UN AMOR DE SWANN

Austral Singular

MARCEL PROUST
UN AMOR DE SWANN

Traducción y edición

Mauro Armiño

 Planeta

Obra editada en colaboración con Editorial Planeta – España

Título original: *Un amour de Swann*
Marcel Proust

© por la traducción y la edición, Mauro Armiño, 2001, 2022
Diseño de la colección: Austral / Área Editorial Grupo Planeta
Ilustración de la portada: Shutterstock

© 2022, © Editorial Planeta, S. A.- Barcelona, España

Derechos reservados

© 2023, Editorial Planeta Mexicana, S.A. de C.V.
Bajo el sello editorial AUSTRAL M.R.
Avenida Presidente Masarik núm. 111,
Piso 2, Polanco V Sección, Miguel Hidalgo
C.P. 11560, Ciudad de México
www.planetadelibros.com.mx

Primera edición impresa en España en Austral: octubre de 2022
ISBN: 978-84-08-26374-6

Primera edición impresa en México en Austral: septiembre de 2023
ISBN: 978-607-39-0451-3

Impreso en los talleres de Impresora Tauro, S.A. de C.V.
Av. Año de Juárez 343, Col. Granjas San Antonio,
Iztapalapa, C.P. 09070, Ciudad de México
Impreso y hecho en México / *Printed in Mexico*

Biografía

Marcel Proust (1871–1922) es uno de los pilares fundamentales de la narrativa moderna. Su obra se centra en un ejercicio de una ambición extraordinaria: la reconstrucción literaria del tiempo de su infancia y primera juventud, con una mirada crítica sobre un entorno social que históricamente ya había caducado. Y junto a la recuperación de la memoria de los años iniciales del autor, el mundo de la vieja aristocracia y de una *belle époque* que derrochaba una alegría desmesurada sin advertir lo que enseguida sobrevino: la Primera Guerra Mundial. Buena parte de la novela que lo ha convertido en icono de la literatura del siglo xx, *A la busca del tiempo perdido*, fue escrita bajo las bombas que caían sobre París durante esa guerra, impidiendo a su autor publicar cuatro de los siete volúmenes que forman ese título y que tuvieron que aparecer póstumamente. *Un amor de Swann* forma parte, de manera prácticamente autónoma, de esa gran novela que ha marcado la literatura europea desde entonces.

Índice

Introducción

En el compacto entramado de *A la busca del tiempo perdido*, donde todos los hilos se traban incluso a centenares de páginas de distancia, *Un amor de Swann* posee características peculiares que han convertido el episodio de ese diletante enamorado que es Charles Swann en un fragmento aislable. No aislado. Marcel Proust escribió *A la busca del tiempo perdido* como un todo en su mente, desde el momento en que dio con la solución a los problemas que planteaba su modo de escribir, el punto de vista del «relato» y el vasto mundo de personajes que el narrador pretendía enhebrar con su memoria por guía. En este sentido, novelas, o ensayos de novela, como *Jean Santeuil* o los textos de sus cuadernos que fueron editados con el título de *Contra Sainte-Beuve* —redactados en el pasado inmediatamente anterior (1896-1909) pero publicados cuatro décadas más tarde (1952 y 1954, respectivamente)—, no solo encaminaron su mundo, los personajes y el estilo de su escritura hacia la obra definitiva, sino que forman parte de esa totalidad necesaria para llevar a cabo una lectura en profundidad de Proust, que no dudó en incorporar o reescribir parte de esos textos dejados de lado e incrustarlos en *A la busca del tiempo perdido*.

Todo se sostiene, todo se apoya y todo se refuerza para hilvanar el dispositivo narrativo en las tres mil quinientas páginas de la novela más importante del siglo XX. Y si es cierto que Proust nunca separó *Un amor de Swann* del conjunto, también lo es que, en sus últimos años, intentó editar y editó como «novelas inéditas y completas» otros pasajes, otros fragmentos, por ejemplo *Celos*, sacado de *Sodoma y Gomorra*, que aparecería en 1921 en la colección «Les Œuvres libres», o el proyecto, interrumpido por su muerte en 1922, de publicar en otro sello editorial una versión de *Albertina desaparecida*, causa de uno de los mayores embrollos bibliográficos y enfrentamientos críticos provocado por los papeles dejados por Proust en 1922. Mientras que esos intentos de edición de partes inéditas tenían un sentido, «cortar» el primer volumen de la obra ya editado en 1913, y cuya segunda parte constituye *Un amor de Swann*, no lo tenía.

Dejando a un lado las motivaciones de esos cortes practicados por el propio escritor en la unidad de su obra, y que tienen que ver sobre todo con rencillas con Gallimard, su editor de ese momento —se ha llegado a hablar de «estafa» por parte de Proust, que no se sentía suficientemente defendido y mimado por su editorial—, lo cierto es que, desde 1930, *Un amor de Swann* viene siendo publicado de forma independiente, en medio de reproches y reticencias de los fetichistas de la «obra entera». Y aunque las razones que aducen son, desde un punto de vista objetivo, ciertas, también lo son las que justifican la edición suelta de *Un amor de Swann*, las grabaciones radiofónicas o la versión cinematográfica de este episodio por Volker Schlöndorff (1984).[1]

La primera de ellas figura ya en el título, con ese artículo indeterminado que invita a ver en este grupo de páginas un amor del personaje (Swann ha podido tener otros), un episodio en cierto modo aislado. En segundo lugar estaría el distanciamiento del escritor respecto al material narrado: Proust no interpone su narrador, ese narrador que desde la primera página de *A la busca del tiempo perdido* relata en primera persona la totalidad de la obra excepto esta parte. Formalmente, *Un amor de Swann* aparenta estar escrito en tercera persona; aunque presente, el narrador se ha retirado al fondo y parece situarse entre cajas para contemplar las andanzas de sus personajes sin apenas mostrarse en este relato de unos hechos acaecidos «antes» de su nacimiento, y que han llegado hasta él no a través de su memoria, sino de los labios de distintas personas allegadas a Swann en diferente grado.

Marcel Proust, desde luego, vio siempre *A la busca del tiempo perdido* como un conjunto cerrado, único y dogmático. No parece difícil suponer que habría protestado contra este «corte» que, de hecho, fragmenta un mundo, hasta el punto de que el lector, cuando se enfrenta a esta segunda parte que forma el primer volumen, *Por la parte de Swann*, ya conoce o adivina por la primera, *Combray*, el desenlace de la aventura amorosa

1. Ha habido otros intentos cinematográficos de adaptar partes de *A la busca del tiempo perdido*: Luchino Visconti y Suso Cecchi d'Amico escribieron un guión inspirado sobre todo en *Sodoma y Gomorra*, que nunca llegó a rodarse, aunque sí se publicó. Raúl Ruiz, en cambio, logró llevar a las pantallas en 1998 su película *El tiempo recobrado*.

de la pareja Swann-Odette. Pero la enjundia de *Un amor de Swann* no está ahí, en la trama, en la progresión de lo «anecdótico». El propio Proust, consciente de las dificultades que el texto recién publicado o por publicar plantea a sus lectores, no duda en recomendar *Un amor de Swann*, en su correspondencia de 1912-1913 con editores y amigos, si no como pórtico, al menos como vía de acceso más «fácil»: insiste en este título con editores como Eugène Fasquelle y Gaston Calmette, con su amiga la poeta Anna de Noailles, a quien escribe: «Si puede usted leerme, me gustaría mucho, sobre todo la segunda parte del capítulo llamado *Un amor de Swann*». Aunque también añade a renglón seguido: «Pero verdaderamente separado de los demás volúmenes esto no tiene gran sentido».

Como escribe Thierry Laget, editor crítico de parte de la obra proustiana, «se puede saborear *Un amor de Swann* independientemente de todo *A la busca del tiempo perdido*; no se puede comprender si se dejan de lado *Por la parte de Swann*, *La prisionera* y *El tiempo recobrado*», es decir, el volumen inicial que sirve de pórtico a esa catedral que es, como construcción, *A la busca del tiempo perdido*, y los dos últimos que la concluyen. Los personajes reaparecen en estos para soldar la trama y cerner el ambiente en que deambulan, mostrando al lector los vaivenes últimos —y algunos ocultados, de etapas anteriores— de su evolución.

No es, por lo tanto, una novela autónoma el episodio de Swann, pero puede utilizarse, como Proust indicaba, como acercamiento, como primera entrada en el mundo de *A la busca del tiempo perdido*.

La figura de Swann aparece muy pronto en *A la busca del tiempo perdido* asociada al narrador en una misma experiencia: la de la ansiedad y angustia que este siente cuando espera el beso nocturno de la madre, sin el que no puede dormirse: «De la angustia que acababa de sentir pensaba yo que Swann se habría reído mucho si hubiera leído mi carta y adivinado su intención, pero, sin embargo, como más tarde he sabido, una angustia semejante atormentó largos años su vida y su persona, y acaso nadie hubiera podido comprenderme mejor»,[2] angustia que reaparece en *Un amor de Swann*: «Mientras regresaba a casa solo, y se acostaba lleno de ansiedad, como yo mismo había de estarlo años después las noches en que Swann venía a cenar a casa, en Combray».[3]

Pero el narrador de *A la busca del tiempo perdido* se retira aquí al fondo del escenario para dejar que la tercera persona cuente este avatar de Swann. No desaparece del todo, en dos ocasiones puede leerse el «yo» que nos devuelve el fantasma del narrador de la obra total, y en varios más los posesivos: «mi padre», «mi abuela», «mi nacimiento», etc., señalan su presencia tras esa tercera persona. Pero quien se encarga de contar los vaivenes de los amores de Swann es un narrador distinto de esa memoria activa del narrador, una figura que la narrativa del siglo XIX conocía bien: el narrador omnisciente que controla y lo sabe todo de sus personajes, de los hechos externos y, sobre todo, de las palpitaciones, los sentimientos y la mente de un Swann

2. Cito por mi edición de *A la busca del tiempo perdido*, I. *Por la parte de Swann*, Editorial Valdemar, Madrid, 2000, pág. 30.

3. *Ibid.*, pág. 265.

que vive un momento anterior al nacimiento del narrador. Ese narrador que escribe en tercera persona, presente en todo, emplea, no la memoria, sino los testimonios de distintos personajes que podríamos llamar menores: el padre y el abuelo del narrador, el barón de Charlus, unido a Swann y a Odette en el origen, desarrollo y fracaso de esos amores, los amigos de Swann; además, el lector puede añadir a *Un amor de Swann* otros datos, otras confesiones sobre el episodio: el de la propia Odette, quien explica ciertos detalles cuya verosimilitud nadie podría asegurar, en *El tiempo recobrado*, o el de Charlus, que en *La prisionera* contará los mismos hechos desde un punto de vista muy diferente y con nuevos datos, capitales, sobre la sexualidad del protagonista de *Un amor de Swann*.

Pero Swann, sus luchas de amor, los celos y su cristalización estaban ya anunciados mucho tiempo atrás por Proust. En 1893 había escrito *El indiferente*,[4] un relato donde, con los papeles cambiados, el lector sigue los vericuetos que Madeleine emplea para seducir a Lepré: con más diferencias que semejanzas respecto de *Un amor de Swann*, en *El indiferente* ya figura el nudo de los amores de Swann, con los celos como clave de la cristalización amorosa en un personaje indiferente (Lepré) o dudoso (Odette). En los márgenes de unas relaciones infames (a Lepré le gustan «las mujeres innobles, que se recogen en el barro»; Odette es una mantenida, y eso mismo enciende el amor de Swann), los celos se convierten en obsesión para la persona que, sin amar inicialmente, se deja arrastrar a la pasión entre certi-

4. *Los placeres y los días*, trad. de M. Armiño, Editorial Valdemar, Madrid, 2006, pág. 255 y ss.

dumbres más oscuras que nítidas: la indiferencia en Lepré, el desamor y el engaño en Odette. El tiempo irá aclarando con luz inexorable esas incertidumbres, y el amor de Swann irá disolviéndose por sí mismo en indiferencia.

No solo una flor del género de las orquídeas, la catleya —símbolo del amor carnal, del hecho mismo de la posesión física, entre Swann y Odette— aparece ya en *El indiferente*, sino que en la correspondencia de Proust hay también constancia de una lectura inmediata y directa de ese relato a poco de iniciar la redacción de *A la busca del tiempo perdido*. En noviembre de 1910, Proust pregunta a su amigo Robert de Flers por un ejemplar de *La Vie Contemporaine*, revista en la que, en 1986, había publicado *El indiferente*: «Había escrito en ella un relato imbécil pero que resulta que necesito y me harías un favor enviándome ese número».[5]

Otro relato de ese mismo período, *El final de los celos* (1896), que, a diferencia del anterior, entrará a formar parte del primer libro publicado por Proust, *Los placeres y los días*, fue expresamente citado en su correspondencia como extremo de comparación de sus vínculos con la novela, en agosto de 1913, momento en que da cuenta a su amigo Georges de Lauris de su tarea de corrección de pruebas «de un primer volumen que no tiene ni pies ni cabeza, pero que salvo esa subdivi-

---

5. *Correspondance*, ed. de Philip Kolb, XXI vols., Plon, 1970-1993, t. X, pág. 19. Kolb, que en 1978 recuperó para la edición *El indiferente*, fue el primero en establecer la relación entre ese texto y *Un amor de Swann*: las catleyas, la similitud del peinado de Madeleine y de Odette y «esa inclinación subitánea, imperiosa, por un hombre mediocre es la misma que la de Swann enamorándose de Odette».

sión ridícula me parece bien y vivo, y totalmente diferente de lo que usted conoce de mí. Tal vez se parezca un poco a *El final de los celos*, pero cien veces menos malo y más profundizado».[6] En ese relato, por encima de la acción emerge un estudio de carácter: la mente de Honoré, su protagonista, es un alambique que desnuda los mecanismos de la conciencia frente al sentimiento de los celos que siente por Françoise, una «mujer fácil». Solo en medio del delirio de la agonía se abre paso en la mente de Honoré la idea de la posesión de Françoise por otro, junto a una observación trivial del agonizante: una mosca que se acerca a su dedo. De repente, «ninguna de las dos cosas me parece más importante una que otra».[7]

El último tramo de la elaboración aparece en *Jean Santeuil*,[8] texto novelesco en el que Proust trabajó entre 1895 y 1902, y al que sería excesivo, aunque no incierto, calificar como «uno de los borradores» de *A la busca del tiempo perdido*. Uno de sus episodios, referido por una serie de fragmentos que su primer editor, Pierre Clarac, rotuló como «Del amor», nos recuerda ante todo el ensayo así titulado de Stendhal, donde el autor de *La cartuja de Parma* analiza su concepción del amor. Proust rechaza la teoría stendhaliana; frente a la idea del amor como culminación del destino del individuo, afirma que supone de hecho una mengua, un encogimiento del espíritu; en vez de acatar ese amor, como Stendhal, se li-

6. *Ibid.*, t. XIII, pág. 251.
7. En *La confesión de una joven y otros cuentos de noche y crimen*, trad. de M. Armiño, Editorial Valdemar, Madrid, 1999, págs. 75-113. El fragmento citado figura en la pág. 111.
8. Marcel Proust, *Jean Santeuil*, ed. M. Armiño, Editorial Valdemar, Madrid, 2007.

mitará a trasponerlo de la realidad sin ánimo de embellecimiento, a describirlo levantando la capa de afeites —literarios, sociales, de costumbres— que lo cubre. Los fragmentos de semejante análisis —«Tormentos de los celos», «Del papel de la imaginación en el amor», «Dolor de no ser amado», etc.— pasarán a *A la busca del tiempo perdido*, copiados íntegramente en algún caso, reescritos en otros: el interrogatorio a Odette sobre su pasado, la lectura que Swann hace, ayudado por la lámpara, de una carta para Forcheville que Odette le ha rogado echar al correo, etc. Otro dato: la amada de Jean Santeuil se llama como la de *El final de los celos*, Françoise, que es uno de los varios nombres de la amada de Swann en los borradores de *A la busca del tiempo perdido* hasta que Proust se decida por el definitivo de Odette.

Es en 1908 cuando Proust, con *Jean Santeuil* embarrancado en su estructura de tres narradores y abandonado, empieza a escribir e hilvanar setenta y cinco hojas manuscritas con recuerdos de infancia. El índice de esas hojas perdidas, pero publicadas parcialmente por Bernard de Fallois en la primera edición de *Contra Sainte-Beuve* (1954), quedó reflejado en *El cuaderno de 1908*. Proust las abandona porque ha iniciado un nuevo proyecto, ese *Contra Sainte-Beuve*,[9] ensayo contra el crítico

9. Considerado desde la edición de Fallois como «libro», la reciente edición de los *Essais* de Proust (La Pléiade, 2022), lo ha dejado en una serie de escritos en distintos *Cahiers* que a lo sumo tienen por eje, sin orden ni rigor, la crítica y la persona de Sainte-Beuve. Puede verse mi edición: Marcel Proust, *Escribir. Ensayos sobre arte y literatura*, Editorial Páginas de Espuma, Madrid, 2022.

Charles-Augustin Sainte-Beuve (1804-1869), paladín en literatura del nacional-romanticismo y creador de una teoría que Proust ataca e incluso ridiculiza en *A la busca del tiempo perdido* a través de Mme. Verdurin, que emite las teorías sainte-beuvianas: consistían en prestar atención a la biografía interna y externa del escritor, cuya obra debería ser leída e interpretada a través de filtros como la herencia, la educación y los ambientes tanto sociales como intelectuales en los que el «genio» pasó su vida. «Ignoró a todos los grandes escritores del siglo», había escrito Proust ya en 1905, el resultado del método no puede ser más desastroso: Sainte-Beuve pasó en silencio a los mayores genios del siglo XIX francés, por ejemplo Balzac, Flaubert y Baudelaire, para ensalzar a escritores tan secundarios que ni siquiera llegaron «vivos» a los umbrales del siglo XX, como Sénac de Meilhan o Vicq d'Azyr.

Además, ese pretendido ensayo, *Contre Sainte-Beuve*, empieza a torcerse rápidamente hacia una forma dialogada entre el narrador y su madre, y a derivar hacia lo narrativo con mayor nitidez a medida que avanzan las páginas. En última instancia, *Contre Sainte-Beuve* no era ni ensayo ni novela, pero la experiencia de esa escritura, la búsqueda de soluciones para encontrar la voz del «yo» narrativo, no tarda en aclararse. En agosto de 1909, Proust todavía cree que *Contre Sainte-Beuve* es una «verdadera novela [...]. El libro acaba con una larga conversación sobre Sainte-Beuve y sobre la estética [...], y cuando haya terminado el libro, se verá (me gustaría) que toda la novela no es más que la materialización de los principios de arte emitidos en esta última parte, especie de prefacio si usted quiere puesto al final».

Ese vaivén entre la exposición teórica sobre el genio hecha por Sainte-Beuve y su crítica por las ideas proustianas sobre arte y literatura será el movimiento binario que sustente la totalidad de la novela. También en ese período de genética de la novela definitiva nace, entre las ruinas del *Contra Sainte-Beuve*, el amor de Swann por una «viuda mantenida», cuyo nombre, Sonia, pasará por muchos otros hasta concluir en el de Odette. Diez apretadas páginas de los *Cuadernos* cuentan, inicialmente, ese amor de Swann siguiendo los análisis de tipo psicologista de *El final de los celos* o de *El indiferente*; y aunque los trazos también esbozan el «cogollito» de los Verdurin, Swann no es todavía más que un hombre, conocido en la infancia por el narrador, que persigue el amor de esa viuda, sin cargar sobre sus hombros la encarnación que Proust terminará dándole en *Un amor de Swann*: el de una criatura novelesca que, por encima de ese amor y sus celos, personifica una reflexión sobre el arte y la vida. Ya están ahí algunos elementos articuladores de la novela futura, como la pequeña frase musical de Vinteuil. En el *Cuaderno 25* surge otro hecho clave de la vida de Swann: en una ciudad balnearia se enamora de una muchacha, Anna, de sexualidad equívoca; sus sospechas sobre la homosexualidad de Anna provocarán sus celos y el amor.

Pero Proust habrá de reescribir luego este fragmento en *A la sombra de las muchachas en flor*, segundo volumen de *A la busca del tiempo perdido*, cargándolo en la cuenta de la experiencia del narrador, y desarrollar, con una alteración radical, la aventura de Swann y la «viuda mantenida» en *Un amor de Swann*. Poco a poco, en los *Cuadernos* de 1909 y 1910, la aventura de Swann va modificándose y enriqueciéndose: aparecen la «pequeña frase», el sombrío combate contra los celos, la desesperación ante las ambigüedades y mentiras de la mujer. Crece, además, el entorno de los salones literarios que mece el inicio de ese amor, aunque es la «pequeña frase» la que va apoderándose del esqueleto y la que contiene «alguna verdad profunda relativa a su amor, a su felicidad, a su vida».

Descubierta la clave que alienta y organiza el episodio de ese amor de Swann, Proust aísla de *Combray*, primera parte del primer volumen, la peripecia y, en 1911, sobre un texto mecanografiado que aún no será el definitivo escribe a mano el título: *Un amor de Swann*. El lector ha conocido, por *Combray*, un Swann posterior, y a sus ojos, cuando inicia la lectura de *Un amor de Swann*, Charles es un seductor, un diletante muy apreciado por las mujeres que, casado con Odette, de la que tiene una hija, Gilberte, parte a la conquista de la joven Mme. de Cambremer. Sin embargo, *Un amor de Swann* nos lo presenta bajo una óptica totalmente distinta, como personaje protagónico de una aventura en tres actos. En el primero, su inicial indiferencia, incluso su aversión por Odette, termina convirtiéndose en amor por el efecto conjugado de una idealización artística: en Odette cree ver la Séfora del pintor renacentista italiano Sandro Botticelli, y mentalmente asocia su figura al placer que le produce la sonata de Vinteuil, que ha acunado su encuentro; hay además otra inducción para que Swann supere su repugnancia inicial hacia esa mujer: un amigo se la presenta como conquista fácil —aunque es casi público, por lo menos en el círculo de los Verdurin, que Odette es una *demi-mondaine* de virtud más que dudosa—. Odette, por su parte, también colabora: le impone su presencia, provocando en Swann, cuando ella está ausente, una angustia que desemboca en el amor.

Una vez asegurada la pieza, es Odette en el segundo acto quien camina hacia la indiferencia, y crea en el celoso una ansiedad tan insoportable que los celos alcanzan el grado de enfermedad. El desenlace del tercer tiempo escénico es perentorio: aunque piense en la muerte de Odette como solución a sus celos, termina casándose con ella para librarse así de la enfermedad: ahora conoce, sin las incertidumbres que lo torturaban, sus engaños, su necedad, su esnobismo. Con el matrimonio, Swann puede empezar una vida distinta, propia, porque se ha liberado del amor, de la enfermedad del amor.

La desmitificación de un amor que acarrea todas las razones que para su existencia había dado el pensamiento occidental desde los trovadores, se realiza así mediante el análisis que el cerebro y los nervios de Swann hacen sufrir a su experiencia sentimental con Odette. La conclusión a la que llega arruina el idealismo y demuestra la diferencia entre amor y vida social. Swann se somete a la hipocresía que ha visto en el mundo con que se relaciona y desposa a Odette, aun a sabiendas de que no será admitida en ese círculo social ni podrá emparejarse con él en las «virtudes» y méritos que le han hecho acreedor de la posición que, como hombre culto, refinado y elegante, ostenta.

La ambigüedad de ese artículo indeterminado del título, *Un amor de Swann*, que ha dado lugar a intentos de precisar su sentido elevándolo al disparate o a la trivialidad castiza, no es única. El punto de referencia temporal, la cronología interna de la acción, es tan vago que resulta intemporal. ¿Cuándo ocurre el episodio?

«Antes de mi nacimiento», dice una vez el narrador, pero en ninguna línea de *A la busca del tiempo perdido* se pone fecha a ese nacimiento, ni al matrimonio de sus padres. Esa ausencia de tiempo «real» recorre toda la novela, y de poco sirven las alusiones que en ella figuran a hechos históricos concretos para precisarlo; las fechas se contradicen entre sí y los personajes inscriben un mismo hecho histórico datable a varios años de distancia en un mismo día. Desde el primer encuentro de la pareja en un teatro hasta la marcha de Swann hacia Combray han transcurrido aproximadamente dos años. Swann conoce a Odette durante la presidencia de la República de Jules Grévy, que la asumió el 30 de enero de 1879 y la abandonó el 2 de diciembre de 1887. Acosado por los celos, Swann busca en la noche a Odette el día de la fiesta París-Murcia, que tuvo lugar el 18 de diciembre de 1879. El mismo día en que los Verdurin lamentan no haber podido asistir desde un lugar privilegiado a las exequias de Gambetta —6 de enero de 1883—, Swann les habla de la reposición de una obra teatral de Dumas, *Les Danicheff*, que tuvo lugar en octubre del año siguiente. Pero ese título y otros estrenos de los que hablan y a los que asisten los personajes subieron a los escenarios a lo largo de la década de los ochenta, por lo que no pretende servir de referencia temporal: figuran en la acción denunciando la falta de gusto artístico del círculo social en el que los personajes hablan. Cuando los Verdurin regresan de su largo periplo de un año al que han arrastrado a Odette, encuentran París envuelto en motines y revueltas que solo pueden aludir a los acontecimientos insurreccionales promovidos por el general Boulanger en 1889, año en el que Swann y Odette aún no están casados, y en el que su hija Gilberte y el narrador tienen ya diez años según puede deducirse de otras partes de *A la busca del tiempo perdido*. ¿Qué sentido puede buscarse en este desbarajuste temporal —hay muchos más ejemplos— cuando, además, al propio novelista no parecía importarle demasiado esa precisión, hasta el punto de que en la versión definitiva, las exequias de Gambetta (1883) sustituyeron a las de Victor Hugo de los borradores, que tuvieron lugar dos años más tarde, en 1885?

Proust ha utilizado las referencias cronológicas sin pretender una coherencia temporal. No es un calendario el que mide las dimensiones de la trama, o quizá sea mejor decir: el tiempo de los amores de Swann en las versiones que el narrador ha recibido. Las referencias cumplen un papel difuso porque es precisamente esa vaguedad la que responde a los latidos del corazón, a la indefinición de la memoria, y la que le ayuda —en el caso de los títulos de estrenos teatrales, por ejemplo— a perfilar el retrato psicosocial del círculo Verdurin. La vivencia de la duración del tiempo real es la que se produce en las alusiones históricas a otro tiempo: el íntimo, en el que los sentimientos se suceden y se producen sin la puntualidad ni la exactitud del reloj.

Se contradice además el propio narrador, que en *Combray* ha hablado de ese amor que Swann «había tenido antes de mi nacimiento» y que ahora, en *Un amor de Swann*, afirma haberse iniciado «más o menos en la época de mi nacimiento». Otros datos temporales también quedan envueltos en la neblina buscada. El lector no podrá saber cuántos años ha perdido Swann en ese amor que, un día, cuando se da cuenta de que Odette empieza a engordar, da por evaporado. En cambio, si los años parecen burlarse del lector, hay una delimitación temporal que Proust precisa para los episodios de este amor de Swann, y es la del paso de las estaciones. Todo ello sirve para que el «tiempo» venga marcado, pero no puntualmente, sino por «todo un tiempo», todo un período. A esta nueva datación, aunque imprecisa, sí responde la exactitud de su mirada, porque la música que los personajes escuchan o los pintores de los que hablan, y cuya presencia late en sus reuniones de salón, es identificable con los últimos años del siglo XIX en los que muere un tipo de vida mientras nacen las revoluciones artísticas del período que arranca con el impresionismo: invasión de la moda oriental en la clase alta, imposición de la música wagneriana en los salones, las nuevas teorías de pintura de Elstir, espectáculos teatrales, actores célebres, etc., son los que en esa larga datación viven para marcar el «tiempo».

Asimismo, *Un amor de Swann*, junto a esa monografía de la pasión, retrata, alrededor de la sentimentalidad celosa de su protagonista, varios círculos de época, grupos de personajes que suponen un corte cronológico en la sociedad parisina. En primer lugar, el salón de los Verdurin: anfitriones e invitados quedan fotografiados en toda su vulgaridad de clase por la ironía del trazo proustiano, que dota a cada uno de ellos de envidias, ambiciones, mezquindades, manías, modas, defectos de todo tipo, crueldades e, incluso, de un habla peculiar, de un lenguaje propio que termina por sacar su carácter al rostro, a la boca. Proust no necesita recurrir a planteamientos ideológicos para levantar la cáscara y dejarlos desnudos íntimamente en su mezquindad más ramplona. Se limita a describir sin prejuicios su mundo y sus relaciones, dejando que ellos mismos se adelanten hasta el proscenio para mostrar su caricatura. Los tópicos y lugares comunes se amontonan, por ejemplo, en boca de esa Mme. Verdurin que se cree encarnación suprema de la cultura «fina». Proust la sume en el ridículo mostrando la vacuidad de un esnobismo rayano en la estupidez. Bromas necias, retruécanos sin gracia de Cottard, respuestas inoportunas, ideas que no son sino trivialidades, fórmulas de diálogo pretenciosas, groserías de clase y fatuidades de salón, como las de Forcheville, el amante de Odette; las burdas explicaciones pictóricas de Biche, la crueldad de todos con Saniette, las falsedades históricas de Brichot, todo un mundo cuya ridiculez Swann solo percibe cuando la decepción de su amor lo sitúa «fuera» del círculo de los Verdurin.

En el otro extremo, en la velada en casa de Mme. Saint-Euverte, la aristocracia del *faubourg* Saint-Germain, que perpetúa los gestos, las muecas, el orgullo y las manías de un mundo ya desaparecido, mientras siguen viviendo en sus castillos, con sus monóculos y su espíritu de casta, sobrevolando en el vacío de ese mundo muerto, con la máscara de una realidad que ya no existe en un baile social cuyas normas solo ellos conocen. Se trata de un mundo social distanciado, sobre todo, de esa burguesía que los acecha con sus monedas para cambiar oro por títulos. Pero esos aristócratas, no menos ridículos que los burgueses del salón de Mme. Verdurin, terminarán absorbidos, devorados por estos en *El tiempo recobrado*, séptimo y último volumen de *A la busca del tiempo perdido*, con la más ridícula de las representaciones de ese mundo, Mme. Verdurin, que se casa con lo que para el narrador era, en su adolescen-

cia, el emblema de la aristocracia: el príncipe de Guermantes.

Dejando a un lado los rasgos sociales distintivos
de esos grupos, Proust abre, a través de Swann, una
ventana a un tercer mundo: el de los gustos artísticos
de ese período, cuando la tradición clásica musical
basada en el romanticismo —por limitarnos a la música— va dando paso a las rupturas iniciales del arte moderno. Y en este punto, Swann, defensor de esa tradición, tiene que admitir esa burguesía finisecular que
fue capaz históricamente de alentar los impulsos reno-
vadores nacientes, y en especial a Wagner, a cuyo templo
de Bayreuth acuden, por ejemplo, los Verdurin. Por el
contrario, a los aristócratas del *faubourg* Saint-Germain, como ocurre en el caso del duque de Guermantes,
Wagner los duerme. Solo un músico resiste las tensio-
nes que las distintas visiones del arte musical provocan
en esos dos medios: Vinteuil, músico ideal y misterioso,
que es, como sabemos por las declaraciones del propio
Proust, un compuesto de músicos; mejor, la idea misma del arte musical, y vital, para Proust: una sonata de
Vinteuil, con su «pequeña frase», es capaz de acicatear
sentimientos y amar posiciones contra natura, como
ese amor de Swann por una Odette que, poco antes,
nada más conocerla, había llegado a parecerle repug-
nante. La pequeña frase ha incubado en Swann una
pasión que se desborda y derrama sobre la primera
mujer que el personaje tiene a mano, Odette, aunque
habría podido ser cualquier otra.

En su etapa de frecuentación de salones —pecado
mayor para algunos críticos del primer tomo de *A la
busca del tiempo perdido*, que lo tenían por un «escritor de salón» del que no se podía esperar demasiado, y

pecado también para la crítica sociológica que lo acusa de burgués que intenta inútilmente descubrir desde su ombligo esa clase muerta—, Proust había captado una realidad que, luego, va a manipular, transformar y convertir en la mayor arma arrojadiza contra las dos clases que son las claves del siglo XIX francés —burguesía y aristocracia—, entre las que Proust se mueve entusiasmado nada más cumplir los veinte años. Con todo, no es una realidad traspuesta de manera simple. Proust había entrenado su pluma haciendo pastiches de escritores como Balzac, Flaubert, Michelet, los Goncourt, Sainte-Beuve, Régnier, Saint-Simon y otros, escribiendo en las claves específicas y estilísticas de esos nombres sobre un caso judicial, el *affaire* Lemoine. En su novela, va a aplicar la técnica del pastiche a todos los personajes que había frecuentado, encargándose él mismo de precisar que no hay «claves para los personajes de este libro; o hay ocho o diez para uno solo».

En Proust, los «modelos» han facilitado a los biógrafos abundantes páginas de cala o análisis sociológico, pero no es ahí donde radica su importancia, sino en el misterioso juego al que Proust se entrega literariamente para crear el magma social que encarnan los personajes narrativos, tras una complicada serie de depuraciones que les obligan a responder no a la imagen del mundo, sino a la idea del creador.

Para el protagonista, Charles Swann, se sirvió de varios, desde Charles Ephrussi para los aspectos artísticos, hasta Émile Straus en sus esfuerzos por conseguir el ascenso social de su mujer a costa de un gran derroche económico. Pero fue Charles Haas (1832-1902) el principal modelo. El propio narrador se lo dice en clave a Swann en *El tiempo recobrado*, y Proust no se cansa de repetirlo en su correspondencia: «Haas es la única persona, no que yo haya querido pintar, sino en última instancia que ha estado (rellenada por lo demás por mí de una humanidad diferente) en el punto de partida de mi Swann». Confesando que «evoluciona de forma muy distinta», Proust aprovechó la «estampa» que le ofrecía este hijo de un apoderado de la banca Rothschild: judío convertido (como Proust, como Swann, cuyo padre también es agente de cambio), consiguió abrirse paso, pese a su sangre, en los clubs y casas aristocráticas más cerradas de París; amigo del príncipe de Gales, elegante, exquisito, de gustos artísticos refinados —Mérimée lo nombró en 1868 inspector de Monumentos Históricos—, puso sus conocimientos al servicio de los coleccionistas, abriéndoles los ojos sobre todo al arte innovador de ese final de siglo; gran seductor, consiguió rodear su vida privada de una discreción que autorizaba todas las fantasías, despreció el amor de Sarah Bernhardt, que le escribía apasionadas cartas, y supo concluir sus aventuras amorosas de un modo galante que convertía a sus amadas en amigas —entre ellas, las mayores beldades de la época, desde la marquesa de Gallifet hasta las princesas de Sagan o de Murat, etc., muchas de ellas amigas de Proust, que lo conoció en 1890, en el salón de Mme. Straus—. En ese momento, Haas mantenía relaciones con una Martínez de Arellano, marquesa d'Audiffret —algún rasgo dejó esta marquesa en Odette de Crécy—, con quien tuvo una hija bautizada con nombre español, Luisita.[10]

Fue el imparable ascenso social del judío, seductor

10. Luisa Haas (1881-1956), nacida en Madrid, hija de Adelaida Rendón (1840-?), casada en esta ciudad con el marqués Léon

y fino diletante artístico Haas lo que admiraba Proust; amigo de todos, de republicanos y bonapartistas, de legitimistas y orleanistas, de la emperatriz Eugenia y de la princesa Mathilde al mismo tiempo, basaba su comportamiento en una sola regla: la elegancia, «una elegancia que encarna de maravilla con su figura de dandy entrado en años, fiel a las modas de la juventud».[11]

Muchos más son, todavía, los presuntos modelos de Odette que han supuesto algunos biógrafos, sacando a la luz el método de trabajo del novelista que utiliza mil piezas para su mosaico. A Laure Hayman (1851-1932), una refinada cortesana de altos vuelos, a la vieja usanza, a la que Proust conoció a principios del otoño de 1888 como amante de Louis Weil, tío de Proust, y también de su padre Adrien, y quien quedó dibujada en *Los placeres y los días* como la cortesana Heldémone. Antes de mantener relaciones con Weil, las había mantenido con el duque d'Orléans, con el rey de Grecia, con el pretendiente al trono de Serbia, etc. Proust asiste a su salón del número 4 de la calle La Pérouse —este nombre recibirá la calle en que vive Odette—, donde reinaba su admirador y amante Paul Bourget (1852-1935), escritor célebre en su momento, viajero cosmopolita y coleccionista de arte, antidreyfusista y antisemita que influyó en el joven Proust de *Los placeres y los días*.[12] Como Odette, Laure Hayman, también escultora, poseía una colec-

---

d'Audiffret (1819-1889). El apellido Martínez de Arellano le habría sido transmitido por un tío de su madre.

11. Ghislain de Diesbach, *Marcel Proust*, trad. de Javier Albiñana, Editorial Anagrama, Barcelona, 1996, pág. 81.

12. Bourget tomó por modelo para su relato breve *Gladys Harvey* a Laure Hayman, quien en octubre de 1888 regaló un ejemplar de esa narración a Proust, encuadernado en seda de una de sus

ción de porcelana de Sajonia (Saxe), y llamaba a Proust «mi pequeño Saxe psicológico», con un juego de palabras lleno de segundas intenciones (*Saxe > sexe*).

Proust gastó cantidades inmensas de dinero en flores, sobre todo crisantemos, para esta mujer que, al reconocerse en Odette, dirigió al novelista una áspera carta en la que lo trataba de «monstruo» y que estuvo a punto de acabar con la larga amistad que habían mantenido. Proust respondió con otra misiva sagaz que, si bien tranquilizó las sospechas de la mujer galante, no consiguió echar por tierra la idea que transmiten la acumulación de datos y las semejanzas: «Odette de Crécy, no solo no es usted, sino que es exactamente lo contrario de usted [...]. Las mujeres de mundo no tienen idea de lo que es la creación literaria, salvo las que son notables. Pero, en mi recuerdo, usted era precisamente notable. Su carta me ha decepcionado mucho».[13]

En esta historia de una pasión, Proust va más allá, no solo del análisis psicológico del amor y su desmitificación. Una frase misteriosa de *Un amor de Swann* y su aclaración en la correspondencia de Proust ofrece una de las claves compositivas del libro: en *Combray*, la primera parte del primer volumen (*Por la parte de Swann*), hay una escena en la que se insinúa sin demasiados velos no solo la homosexualidad femenina entre la hija de Vinteuil y su amiga, en la casa de Montjouvain, sino el sadismo de su relación amorosa; ambos temas estarían

---

faldas, con la dedicatoria: «No encuentre usted nunca a una Gladys Harvey».

13. *Correspondance générale*, ed. cit., t. V, págs. 220-223.

llamados a un mayor desarrollo en tomos posteriores. En *Un amor de Swann* hay una frase enigmática: «Entre M. de Charlus y ella, Swann sabía que no podía ocurrir nada». El lector, sin más antecedentes sobre Charlus porque Proust no los ha dado ni los dará en ese primer volumen, puede sorprenderse ante esta «sabiduría» de Swann, que tiene celos incluso del aire. La frase queda en suspenso, sin más explicaciones. Una carta del novelista al crítico Henri Ghéon para reprocharle algunas opiniones injustas sobre el primer volumen deja al descubierto, más que explicar ese detalle, la forma de narrar: «Porque estoy obligado a recoger en mi primer volumen [...] todo lo que en mis personajes se modificará en el curso del tiempo, el primer volumen, el "arranque", parece demasiado cargado. ¿No hubiera sido tosco y demasiado simple señalar para el lector mi plan de antemano? A ciertas personas les parece que he referido una situación muy trivial, mostrando a Swann confiando ingenuamente su querida a M. de Charlus, quien, esos lectores lo creen, engaña a Swann. Pero nada de eso. M. de Charlus es un viejo homosexual que llenará casi todo el tercer volumen y Swann, de quien ha estado enamorado en el colegio, sabe que no arriesga nada confiándole a Odette. Pero yo he preferido pasar por trivial en este primer volumen antes que "anunciar" una cosa que se supone que entonces no sé. [...] Cuando se haya leído el tercer volumen, si se lo remite al primero, al único pasaje en que M. de Charlus aparece un instante, se verá que me mira fijamente, y entonces se comprenderá por qué».[14]

---

14. *Correspondance générale*, ed. cit., t. XIII, pág. 25. El pasaje en que «un señor vestido de dril» —el nombre no figura— clava en

Desde el primer momento, Proust tenía el «todo», la armazón de lo que pretendía que fuese una catedral, en su cabeza. Y una de las partes, inseparable del resto, era este *Un amor de Swann*, que se organiza como una parte aislada, aislable, pero cuya lectura solo puede ser un pórtico, un inicio quizá más fácil a la lectura de *A la busca del tiempo perdido*: el conjunto lo completa y le da todo su sentido.

Mauro Armiño

---

el narrador unos ojos que se le salen de las órbitas, figura en *A la busca del tiempo perdido*, I, ed. cit., pág. 128.

Nota editorial

Del primer tomo de *A la busca del tiempo perdido*, titulado *Por la parte de Swann*, donde figura como segunda parte *Un amor de Swann*, Proust corrigió dos ediciones en vida. No es por lo tanto texto que haya planteado muchas dudas a su fijación por parte de los encargados de las cinco últimas ediciones modernas. Las variaciones textuales son mínimas en *Un amor de Swann*, y las más notables corresponden a la puntuación y a la división de párrafos del texto, que Marcel Proust quería lo más compacto posible.

M. A.

Un amor de Swann

Para formar parte del «cogollito», del «grupito», del «pequeño clan» de los Verdurin, bastaba una condición pero era necesaria: había que prestar adhesión tácita a un Credo uno de cuyos artículos era que el joven pianista, protegido aquel año por Mme. Verdurin y del que ella decía: «¡No debería estar permitido saber tocar a Wagner así!», «se cargaba» de un golpe a Planté[1] y a Rubinstein[2] y que el doctor Cottard tenía más diagnóstico que Potain.[3] Todo «nuevo recluta» a quien los Verdurin no podían convencer de que las veladas con gente que no iba a la suya eran aburridas como la lluvia

1. Francis Planté (1839-1934), pianista y compositor francés, empezó a dar sus recitales en París en 1872 con un éxito que se prolongó hasta principios de siglo y que culminó en 1902 con los Conciertos de los sábados en el Conservatorio.

2. Antón Grigorievich Rubinstein (1829-1894), pianista y compositor ruso, el más famoso de la época junto con Liszt. Desde 1840 había dado conciertos en París. Durante su gira de despedida en 1866, obtuvo un éxito apoteósico con una serie de siete recitales en la Salle Érard de París.

3. Pierre-Charles-Édouard Potain (1825-1901), prestigioso profesor de cirugía, autor de trabajos sobre el corazón y los pulmones. Perteneció a la Academia de Medicina desde 1883 y a la de Ciencias desde 1893.

se veía inmediatamente excluido. Como en este punto las mujeres eran más reacias que los hombres a renunciar a toda curiosidad mundana y al deseo de informarse por sí mismas del atractivo de los demás salones, y como los Verdurin, temiendo por otro lado que ese espíritu inquisitivo y ese demonio de frivolidad podía por contagio resultar fatal para la ortodoxia de la pequeña iglesia, se habían visto obligados a rechazar uno tras a otro a todos los «fieles» del sexo femenino.

Aparte de la joven esposa del doctor, aquel año se habían visto reducidos casi exclusivamente (aunque Mme. Verdurin fuera virtuosa y de una respetable familia burguesa excesivamente rica y totalmente oscura con la que poco a poco, y voluntariamente, había ido cortando toda relación) a una persona casi del *demimonde*, Mme. de Crécy, a quien Mme. Verdurin llamaba por su nombre de pila, Odette,[4] y calificaba de «un amor», y a la tía del pianista, que debía de haber tenido una portería; personas que no sabían nada del gran mundo y que eran tan ingenuas que había sido fácil hacerles creer que la princesa de Sagan[5] y la duquesa de Guermantes[6] se veían obligadas, para tener gente en sus

4. En los borradores, Proust probó con varios nombres: Françoise, Anna, Carmen y Mme. X, para terminar adjudicando a su protagonista el de Odette, que también es el de la protagonista del ballet *El lago de los cisnes*, de Chaikovski; la intencionalidad proustiana se completa con el nombre de su marido: el término inglés *swan* significa «cisne».

5. Jeanne-Marguerite Seillière se casó en 1858 con Boson de Talleyrand-Périgord (1832-1910), príncipe de Sagan, que, en 1898, a la muerte de su padre, heredó los títulos de duque de Talleyrand y de Sagan, y que en ese fin de siglo estaba considerado como árbitro de la elegancia mundana.

6. Por la fecha en que transcurre la narración, la duquesa aquí

cenas, a pagar a unos cuantos infelices, y que si les hubieran ofrecido la posibilidad de ser invitadas a las casas de esas dos grandes damas, la antigua portera y la *cocotte* la habrían rechazado desdeñosamente.

Los Verdurin no invitaban a cenar: en su casa todos tenían siempre «el cubierto puesto». No había programa para la velada. El joven pianista tocaba, pero solo si «le daba por ahí», pues allí no se obligaba a nadie y, como decía el señor Verdurin: «¡Todo por los amigos, vivan los camaradas!». Si el pianista quería tocar la cabalgata de *La Walkiria* o el preludio de *Tristán*,[7] Mme. Verdurin protestaba, no porque le desagradase aquella música, sino al contrario, porque le impresionaba demasiado. «¿Pretende usted que me dé una jaqueca? Sabe de sobra que siempre pasa lo mismo cada vez que toca eso. ¡Sé lo que me espera! ¡Mañana, cuando quiera levantarme, adiós, destrozada!» Si no tocaba, se charlaba, y uno de los amigos, por lo general su pintor favorito de entonces, «soltaba», como decía el señor Verdurin, «alguna broma de las suyas haciendo desternillarse de risa a todo el mundo», en especial a Mme. Verdurin, a quien —hasta tal punto solía tomar al pie de la letra las expresiones figuradas de las emociones que sentía— el doctor Cottard (joven principiante en esa época) hubo de encajarle un día la mandíbula, que se le había desencajado de tanto reírse.

Se había prohibido el frac porque estaban entre

---

citada no puede ser Oriane de Guermantes, sino su suegra, la madre de Basin, príncipe des Laumes hasta la muerte de su padre y luego duque de Guermantes.

7. *La Walkiria* (1852-1856) forma parte del conjunto operístico wagneriano *El anillo del Nibelungo*. *Tristán e Isolda* se estrenó en 1865 en Múnich, aunque a París no llegó hasta 1900.

«amigos» y para no parecerse a los «pelmas», de los que se huía como de la peste y a quienes solo invitaban en las grandes veladas, que daban las menos veces posibles y únicamente si eso podía divertir al pintor o dar a conocer al músico. El resto del tiempo se contentaban con representar charadas, cenar con disfraces, pero en la intimidad, sin mezclar ningún extraño al «cogollito».

Pero a medida que los «camaradas» habían ocupado más espacio en la vida de Mme. Verdurin, los pelmas y los réprobos fueron convirtiéndose en todo lo que retenía a los amigos lejos de ella, en todo lo que algunas veces les impedía ser libres, fuera la madre de uno, la profesión de otro, la casa de campo o la delicada salud de un tercero. Si el doctor Cottard pensaba que debía marcharse al levantar la mesa para volver junto a un enfermo en peligro: «¡Quién sabe!, le decía Mme. Verdurin, a lo mejor le hace mayor bien que no vaya usted a molestarlo ahora; pasará una buena noche sin su ayuda; vaya mañana tempranito y lo encontrará curado». Desde principios de diciembre se ponía enferma con solo pensar que los fieles la «abandonarían» para el día de Navidad y el de Año Nuevo. La tía del pianista exigía que este fuese a cenar ese día en familia con la madre de ella.

«¿Cree que se moriría su madre, exclamó con dureza Mme. Verdurin, si no cena con ella el día de Año Nuevo, como en *provincias*?»

Sus inquietudes renacían en Semana Santa:

«Y usted, doctor, un sabio, un espíritu libre, vendrá naturalmente el Viernes Santo como cualquier otro día», le dijo a Cottard el primer año, con un tono seguro como si no dudase de la respuesta. Pero temblaba mientras aguardaba a que él la hubiera pronunciado,

40

porque en caso de que el doctor no viniese, corría el peligro de encontrarse sola.

«Vendré el Viernes Santo… a despedirme, porque vamos a pasar las fiestas de Pascua en Auvernia.

»—¿En Auvernia? ¿Para que le coman vivo las pulgas y los piojos? ¡Que les aproveche!»

Y después de un silencio:

«Si por lo menos nos lo hubiera dicho, habríamos tratado de organizarlo y hacer juntos el viaje en condiciones confortables».

Asimismo, si un «fiel» tenía un amigo, o una «habitual», un *flirt* capaz de inducirla a «abandonar» alguna que otra vez, los Verdurin, que no se asustaban si una mujer tenía un amante con tal de que lo tuviese en su casa y lo amase allí, y no lo prefiriera a ellos, decían: «Bueno, traiga a su amigo». Y lo ponían a prueba, para ver si era capaz de no tener secretos con Mme. Verdurin, si era susceptible de ser incorporado al «pequeño clan». Si no lo era, se llamaba aparte al fiel que lo había presentado y se le hacía el favor de malquistarlo con su amigo o con su amante. En caso contrario, el «nuevo» se convertía a su vez en fiel. Así que cuando, aquel año, la *demi-mondaine* contó al señor Verdurin que había conocido a un hombre fascinante, el señor Swann, e insinuó que tendría mucho gusto en ser recibido en su casa, el señor Verdurin transmitió acto seguido la petición a su esposa. (Nunca tenía opiniones después de haber opinado su mujer, y su papel específico era ejecutar los deseos de ella, así como los deseos de los fieles, con grandes recursos de ingenio.)

«Mme. de Crécy tiene algo que pedirte. Querría presentarte a un amigo suyo, el señor Swann. ¿Qué te parece?

»—Pero, bueno, ¿es que se puede negar algo a una preciosidad como esta? Cállese, nadie le ha pedido su opinión, le repito que es usted una preciosidad.

»—Si usted lo dice, respondió Odette en tono de discreteo galante, y añadió: ya sabe que yo no ando *fishing for compliments*.[8]

»—Entonces, traiga a su amigo, si es agradable.»

Desde luego el «cogollito» no tenía ninguna relación con la sociedad que Swann frecuentaba, y puros hombres de mundo habrían pensado que no merecía la pena ocupar en ella, como era su caso, una posición excepcional para luego pedir que lo presentaran en casa de los Verdurin. Pero a Swann le gustaban tanto las mujeres que, desde el día en que había conocido a casi todas las de la aristocracia y en que estas ya no tenían nada que enseñarle, había dejado de considerar esas cartas de naturalización, casi títulos de nobleza, que le había otorgado el *faubourg* Saint-Germain, como una especie de valor de cambio, de letra de crédito carente de valor en sí misma, pero que le permitía improvisar una posición en tal rinconcito de provincias o en tal ambiente oscuro de París, donde le hubiera parecido bonita la hija del hidalgüelo o del escribano. Porque el deseo o el amor le proporcionaba entonces un sentimiento de vanidad del que ahora estaba exento en su vida habitual (aunque sin duda fuera el que en otro tiempo lo había empujado hacia aquella carrera mundana donde había malgastado en placeres frívolos las facultades de su inteligencia y donde había puesto su

8. Locución inglesa: «buscar cumplidos» de los demás, criticándose uno mismo de forma fingida y con falsa modestia para que los interlocutores protesten y lo elogien.

erudición en materia de arte al servicio de las damas de la buena sociedad, en sus compras de cuadros o en el amueblamiento de sus palacetes), y que le hacía desear lucirse, a ojos de una desconocida de la que se había enamorado, con una elegancia que el nombre de Swann, por sí solo, no implicaba. Y lo deseaba sobre todo si la desconocida era de condición humilde. Así como un hombre inteligente no teme parecer necio a otro hombre inteligente, un hombre elegante no tendrá miedo de ver ignorada su elegancia por un gran señor, pero sí por un patán. Las tres cuartas partes de los alardes de ingenio y de las mentiras de vanidad que han sido prodigadas desde que el mundo existe por gentes que no hacían más que rebajarse, lo han sido dirigidas a inferiores. Y Swann, que era sencillo y descuidado con una duquesa, temblaba ante la idea de ser despreciado, se daba aires afectados, cuando se encontraba ante una camarera.

No era como tantas gentes que, por pereza o sentimiento resignado de la obligación que crea la importancia social de permanecer amarrado a cierta orilla, se abstienen de los placeres que la realidad les propone al margen de la posición mundana en que viven confinados hasta su muerte, contentándose con acabar llamando placeres, a falta de algo mejor, una vez que han logrado acostumbrarse a ellos, a las diversiones mediocres o a los soportables hastíos que esa posición encierra. Swann, sin embargo, no pretendía que le pareciesen guapas las mujeres con las que pasaba el tiempo, sino pasar el tiempo con las mujeres que primero le habían parecido guapas. Y muchas veces eran mujeres de belleza bastante vulgar, porque las cualidades físicas que sin darse cuenta buscaba estaban en completa oposición a las que admiraba en las mujeres esculpidas o pintadas por sus maestros preferidos. La profundidad, la melancolía de la expresión, helaban los sentidos que una carne saludable, generosa y rosa bastaba en cambio para despertar en él.

Si durante un viaje topaba con una familia que hubiera sido más elegante evitar conocer, pero en la que una mujer se ofrecía a sus ojos adornada con un encanto que aún no había conocido, quedarse «en sus cosas» y engañar el deseo que ella había despertado, sustituir por un placer distinto el placer que hubiera podido conocer con ella, escribiendo a una antigua amante para que fuese a reunirse con él, le hubiera parecido una abdicación tan cobarde ante la vida, una renuncia tan estúpida a una felicidad nueva como si, en lugar de visitar la región, se hubiera confinado en su cuarto contemplando vistas de París. No se encerraba en el edificio de sus relaciones, sino que había hecho de él, para poder reconstruirlo de arriba abajo con nuevos gastos en cualquier parte donde a una mujer le hubiera gustado, una de esas tiendas desmontables como las que llevan consigo los exploradores. Todo lo que no era transportable o intercambiable por un placer nuevo, lo habría dado a cambio de nada por envidiable que pareciese a otros. Cuántas veces su crédito ante una duquesa, debido al deseo acumulado desde hacía años que esta había tenido de serle agradable sin haber encontrado nunca la ocasión, lo había dilapidado de golpe al pedirle en un indiscreto telegrama una recomendación telegráfica que le pusiera inmediatamente en relación con uno de sus intendentes cuya hija, que vivía en el campo, había llamado su atención, como haría un hambriento que cambiase un diamante por un mendrugo de pan. Incluso, una vez hecho, le divertía, porque había en él, redimida por sutiles delicadezas, cierta patanería. Pertenecía, además, a esa categoría de hombres inteligentes que han vivido en la ociosidad y buscan un consuelo y acaso una excusa en la idea de que esa ociosidad ofrece a su inteligencia objetos tan dignos de interés como podría hacer el arte o el estudio, que la «Vida» contiene situaciones más interesantes, más novelescas que cualquier novela. Eso era al menos lo que proclamaba, convenciendo fácilmente a sus más refinados amigos de la buena sociedad, en particular al barón de Charlus, a quien divertía con el relato de las aventuras picantes que le ocurrían, por ejemplo que, después de conocer en el tren a una mujer a la que luego había llevado a su casa, hubiese descubierto que era la hermana de un soberano por cuyas manos pasaban en ese momento todos los hilos de la política europea, por lo que así estaba al corriente de esa política de una forma muy agradable; o que, por el complejo juego de las circunstancias, dependiese de la elección que iba a hacer el cónclave[9] que él pudiera o no convertirse en amante de una cocinera.

Aunque por otra parte no era solo la brillante falange de virtuosas viudas, generales, académicos, con los que estaba particularmente relacionado, a la que Swann forzaba con tanto cinismo a servirle de alcahuetes. Todos sus amigos estaban habituados a recibir de vez en cuando cartas suyas pidiéndoles unas palabras de recomendación o de presentación con una habilidad diplomática que, persistiendo a través de los amores sucesi-

9. El único cónclave del período fue el de 1878, del que resultó elegido papa León XIII.

vos y los diferentes pretextos, denunciaba, mejor de lo que hubieran hecho sus torpezas, un carácter permanente y unos objetivos idénticos. Muchos años después, cuando empecé a interesarme en su carácter debido a las afinidades que en aspectos completamente distintos ofrecía con el mío, a menudo pedí que me contaran la forma en que, cuando escribía a mi abuelo (que todavía no lo era, pues fue más o menos en la época de mi nacimiento[10] cuando empezó la gran historia de amor de Swann e interrumpió largo tiempo esas prácticas), este, al reconocer en el sobre la letra de su amigo, exclamaba: «Ya está Swann pidiendo algo: ¡en guardia!». Y bien por desconfianza, bien por el sentimiento inconscientemente diabólico que nos empuja a ofrecer algo solo a la gente que no lo desea, mis abuelos se oponían en redondo a las peticiones más fáciles de satisfacer que les dirigía, como presentarle una joven que cenaba todos los domingos en casa, viéndose obligados, cada vez que Swann volvía a hablarles de ella, a fingir que ya no la veían, cuando durante toda la semana se habían preguntado a quién podrían invitar para acompañarla, terminando a menudo no encontrando a nadie por no haber querido invitar a quien se hubiera sentido tan feliz.

Algunas veces, cierto matrimonio amigo de mis abuelos, que hasta ese momento se había lamentado de no ver nunca a Swann, les anunciaba con satisfacción y quizá con un loco deseo de provocar la envidia que se

10. Varios pasajes —al final de *Combray*, en *Un amor de Swann*, etc.— sitúan esa «gran historia de amor» de Swann y Odette entre 1872 y 1875; Proust había nacido en 1871. Pero la cronología no es rigurosa y, de hecho, en *Un amor de Swann* se hace referencia a sucesos ocurridos entre 1871 y el estreno de *Francillon*, que tuvo lugar en 1887.

había vuelto de lo más encantador, que no se separaba de ellos. Mi abuelo no quería turbar su placer, pero miraba a mi abuela canturreando:

> *Quel est donc ce mystère?*
> *Je n'y puis rien comprendre.*[11]

o:

> *Vision fugitive…*[12]

o:

> *Dans ces affaires*
> *Le mieux est de ne rien voir.*[13]

Si unos meses después mi abuelo preguntaba al nuevo amigo de Swann: «Y Swann, ¿sigue viéndolo mucho?», la cara del interlocutor se alargaba: «¡No vuelva

11. «¿Cuál es pues ese misterio? / Nada puedo comprender en él.» Versos del trío final del primer acto de *La Dame blanche*, ópera de François-Adrien Boieldieu (1775-1834), estrenada en 1825, con libreto de Scribe inspirado en dos novelas de Walter Scott, *The monastery* y *Guy Mannering*.
12. «Visión fugitiva.» Aria de Herodes en el segundo acto de *Hérodiade*, ópera de Massenet (1842-1912), inspirada en el relato «Herodías» de Flaubert recogido en *Tres cuentos*; se estrenó en 1881.
13. «En estos asuntos / lo mejor es no ver nada.» Podría tratarse (Philip Kolb) de una cita deformada de la ópera de Offenbach *Barbe-Bleue* (III, I), con libreto de Meilhac y Halévy (véase nota 147 de las págs. 255-256), estrenada en 1886. La expresión, sin embargo, es tan habitual que se han invocado tanto unos versos del *Anfitrión* de Molière como la ópera del mismo título de André-Modeste Grétry (1741-1813), que no hacía mucho que se representaba.

a pronunciar nunca ese nombre en mi presencia! —Pero si los creía muy unidos…». De ese modo había sido íntimo durante algunos meses de unos primos de mi abuela, en cuya casa cenaba casi a diario. Repentinamente dejó de ir, sin haber avisado. Lo creyeron enfermo, y la prima de la abuela se disponía a interesarse por él cuando en la antecocina encontró una carta suya que por descuido había ido a parar al libro de cuentas de la cocinera. En ella notificaba a esta mujer que se ausentaba de París, que ya no podría ir. Ella era su amante, y en el momento de la ruptura, solo había juzgado útil avisarla a ella.

Cuando su amante de turno era por el contrario una persona del gran mundo o al menos una persona a quien una extracción demasiado humilde o una situación demasiado irregular no impedía su presentación en sociedad, entonces volvía a los salones por ella, pero solo en la órbita particular en que la mujer se movía o adonde él la había llevado. «Inútil contar con Swann esta noche, decían, ya sabe que es el día de Ópera de su Americana.» Conseguía que la invitasen a los salones particularmente cerrados donde él tenía sus hábitos, sus cenas semanales, su póquer; todas las noches, después de que un ligero cardado añadido al cepillado de su pelo rojizo hubiera templado con cierta dulzura la vivacidad de sus ojos verdes, escogía una flor para su ojal y salía a reunirse con su amante y cenar en casa de tal o cual mujer de su círculo; y pensando entonces en la admiración y la amistad que las gentes de moda, que lo consideraban juez indiscutible, y con las que iba a encontrarse allí, le prodigarían ante la mujer amada, volvía a encontrar el encanto en esa vida mundana de la que se había hastiado, pero cuya materia, impregnada y coloreada cálidamente por una llama insinuada que ardía en su interior, le parecía preciosa y bella en cuanto le había incorporado un nuevo amor.

Pero, mientras cada una de estas relaciones, o cada uno de estos *flirts*, habían sido la realización más o menos completa de un sueño nacido de la vista de un rostro o de un cuerpo que a Swann, de modo espontáneo y sin el menor esfuerzo, le habían parecido encantadores, en cambio, cuando un día en el teatro fue presentado a Odette de Crécy por un amigo de otro tiempo, que le había hablado de ella como de una mujer arrebatadora con la que tal vez podría llegar a algo, describiéndosela además como más difícil de lo que en realidad era para que pareciera haber hecho algo más amable al presentársela, a Swann no le había parecido carente de belleza, desde luego, pero de un tipo de belleza que le resultaba indiferente, que no le inspiraba deseo alguno, que incluso llegaba a causarle una especie de repulsión física, una de esas mujeres como las que todo el mundo tiene, diferentes para cada uno, y que son todo lo contrario del tipo que nuestros sentidos reclaman. Tenía un perfil demasiado pronunciado para su agrado, la piel demasiado frágil, los pómulos demasiado salientes, los rasgos demasiado tirantes. Sus ojos eran bellos, pero tan grandes que se plegaban bajo su propia masa, fatigaban el resto de su rostro y le daban siempre aire de tener mala cara o de estar de mal humor. Poco tiempo después de esa presentación en el teatro, ella le había escrito para pedirle que le enseñara sus colecciones, que tanto le interesaban, «a ella, una ignorante con gusto por las cosas bonitas», añadiendo que le parecería conocerlo mejor cuando lo hubiera visto en «su *home*» donde lo imaginaba «tan cómodo con su té y sus libros», aunque no le hubiese ocultado su sorpresa por el hecho de que habitase en aquel barrio,[14] que debía de ser tan triste y «que era tan poco *smart*[15] para él, que lo era tanto». Y después de haberla dejado venir, al despedirse ella le había expresado su pesar por haber estado tan poco tiempo en aquella morada que tan feliz le había hecho penetrar, hablando de él como si para ella fuese algo más que el resto de los seres que conocía y pareciendo establecer entre sus dos personas una especie de vínculo novelesco que lo había hecho sonreír. Pero a la edad ya un tanto desengañada a la que Swann se aproximaba y en la que sabemos contentarnos con estar enamorados por el placer de estarlo sin exigir demasiada reciprocidad, ese acercamiento de los corazones, aunque ya no sea como en la primera juventud la meta a la que tiende necesariamente el amor, sigue unido a él en cambio por una asociación de ideas tan fuerte que, si se presenta antes, puede convertirse en su causa. Tiempo atrás soñábamos con poseer el corazón de la mujer de la que estábamos enamorados; más tarde, sentir que poseemos el corazón de una mujer puede bastar para enamorarnos de ella. Y así, a la edad en que parecería, dado que en amor se busca sobre todo un placer subjetivo, que el gusto por la belleza de una mujer debía ser el más grande, el amor puede nacer —el amor más físico— sin que en su base haya existido un deseo previo. En esa época de la vida, ya hemos sido

14. El barrio de la Isla de Saint-Louis, en medio del Sena, cerca del popular Mercado del Vino, donde vive Swann, no le parece distinguido a Odette; la alta burguesía acababa de construirse un barrio en la orilla derecha del Sena.
15. Odette encarna la anglomanía de la época salpicando su lenguaje de términos ingleses: *home* ('casa') y *smart* ('elegante').

alcanzados varias veces por el amor; ya no evoluciona por sí solo siguiendo sus propias leyes desconocidas y fatales, ante nuestro corazón atónito y pasivo. Acudimos en su ayuda, lo falseamos mediante la memoria, mediante la sugestión. Al reconocer uno de sus síntomas, recordamos, hacemos renacer los otros. Como ya poseemos su canción, grabada toda entera en nosotros, no tenemos necesidad de que una mujer nos diga el comienzo —lleno de la admiración que inspira la belleza— para encontrar la continuación. Y si ella empieza por el medio —allí donde los corazones se acercan, donde se habla de no vivir más que el uno para el otro—, estamos lo bastante habituados a esa música para unirnos de inmediato a nuestra pareja en el pasaje en que nos aguarda.

Odette de Crécy volvió a ver a Swann, luego menudeó sus visitas; e indudablemente cada una de ellas renovaba para él la decepción que sentía al volver a encontrarse ante aquel rostro cuyas particularidades había olvidado un poco en el intervalo, y que no había recordado ni tan expresivo ni, a pesar de su juventud, tan marchito; lamentaba, mientras ella hablaba con él, que la gran belleza que tenía no fuese del tipo de las que él habría preferido espontáneamente. Hay que decir además que el rostro de Odette parecía más enjuto y más prominente porque esa superficie lisa y más llana formada por la frente y la parte superior de las mejillas estaba cubierta por la masa de cabellos que entonces se llevaban prolongados hacia delante, realzados con «cardados», esparcidos en mechones caprichosos a lo largo de las orejas; y en cuanto al cuerpo, que estaba admirablemente hecho, era difícil captar la continuidad (debido a las modas de la época y aunque fuese una de las mujeres mejor vestidas de París), porque el corpiño, avanzando en saliente como sobre un vientre imaginario y terminando bruscamente en punta mientras por debajo empezaba a hincharse el globo de las dobles faldas, daba a la mujer el aire de estar compuesta de piezas diferentes mal encajadas unas en otras; hasta el punto de que los plisados, los volantes y el justillo seguían con total independencia, según la fantasía de su dibujo o de la consistencia de su tela, la línea que los llevaba a los nudos, a los bullones de encaje, a los flecos de azabache perpendiculares, o que los dirigía a lo largo de la ballena del corsé, pero sin unirse para nada al ser vivo, que según la arquitectura de todos esos perendengues se adhería o se apartaba demasiado de la suya, se encontraba molesto o perdido en ellos.

Pero cuando Odette se había marchado, Swann sonreía pensando que ella le había dicho lo largo que se le haría el tiempo hasta que él le permitiera volver; recordaba la expresión inquieta, tímida, con que una vez le había rogado que ese tiempo no fuera demasiado largo, y las miradas que en ese instante había puesto, fijas en él con temerosa súplica, y que la volvían conmovedora bajo el ramillete de pensamientos artificiales prendido en la parte delantera de su sombrero redondo de paja blanca, con cintas de terciopelo negro. «Y usted, había dicho ella, ¿no vendrá alguna vez a mi casa a tomar el té?» Había alegado él unos trabajos en marcha, un estudio —en realidad abandonado hacía años— sobre Vermeer de Delft.[16] «Comprendo que, pobre de

16. El pintor holandés Jan Vermeer de Delft (1632-1675), que Proust ortografía «Ver Meer de Delft», fue autor de una obra breve y de pequeño formato, con temas de interior, algunos retratos y

mí, no puedo hacer nada al lado de grandes sabios como ustedes, había contestado Odette. Sería algo así como la rana ante el areópago.[17] Y, sin embargo, cuánto me gustaría instruirme, saber, ser iniciada. ¡Qué divertido debe de ser andar entre libros, meter las narices en viejos papeles!», había añadido con el aire de íntima satisfacción que adopta una mujer elegante para asegurar que su mayor gozo sería poder entregarse sin miedo a mancharse a una tarea sucia, como cocinar, «metiendo ella misma las manos en la masa». «Aunque se burle usted de mí, yo nunca había oído hablar de ese pintor que le impide verme (se refería a Vermeer); ¿vive todavía? ¿Pueden verse obras suyas en París, para que pueda hacerme una idea de lo que usted ama, adivinar un poco lo que hay bajo esa gran frente que trabaja tanto, dentro de esa cabeza que siempre parece estar cavilando, poder decirme: ¡Ah!, es en eso en lo que está pensando. ¡Qué sueño sería participar en sus trabajos!?» Él se había excusado con su miedo a las amistades nuevas, a lo que por galantería había llamado miedo a ser desgraciado. «¿Tiene miedo a un afecto? ¡Qué raro! Yo, que solo busco eso, daría mi vida por encontrar uno», había dicho ella con una voz tan natural, tan con-

---

dos paisajes; este pintor, olvidado durante mucho tiempo y considerado hoy como uno de los más grandes de la época, era el preferido de Proust desde los «veinte años» y, sobre todo, desde el otoño de 1902, cuando viajó a Holanda y pudo ver directamente sus cuadros. «Desde que vi en el museo de La Haya la *Vista de Delft*, supe que había visto el cuadro más bello del mundo.»

17. La fábula de la rana ante el tribunal ateniense del Areópago no concuerda con ninguna escrita por ningún fabulista; la expresión se repite en *Sodoma y Gomorra*, donde M. de Cambremer, personaje tan inculto y dado a esnobismos y confusiones como Odette, la atribuye al fabulista J.-P. Claris de Florian (1755-1794).

vencida, que lo había conmovido. «Usted ha debido sufrir por una mujer. Y cree que las otras son como ella. Ella no supo comprenderlo; es usted un ser tan especial. Fue lo primero que me atrajo de usted, enseguida comprendí que no era como todo el mundo. — Pues usted también, le había dicho Swann, sé cómo son las mujeres, debe de tener un montón de ocupaciones, poco tiempo libre. — ¡Nunca tengo nada que hacer! Siempre estoy libre, lo estaré siempre para usted. A cualquier hora del día o de la noche que podría resultarle cómodo verme, mande a buscarme, y me sentiré muy dichosa acudiendo. ¿Lo hará? ¿Sabe lo que sería estupendo? Conseguir presentarlo a Mme. Verdurin, a cuya casa voy todas las noches. ¡Figúrese si nos encontráramos allí y yo pensase que usted acude un poco por mí!»

E indudablemente, al recordar así sus conversaciones, al pensar así en ella cuando estaba solo, no hacía sino animar su imagen entre muchas otras imágenes de mujeres en ensueños novelescos; pero si, gracias a una circunstancia cualquiera (o incluso quizá sin ella, pues la circunstancia que se presenta en el momento en que un estado, latente hasta ese instante, se manifiesta, puede no haber influido para nada en él), la imagen de Odette de Crécy iba a absorber todos esos ensueños, si estos no eran ya separables de su recuerdo, entonces la imperfección de su cuerpo carecería de importancia, ni tampoco la tendría que correspondiese, más o menos que otro cuerpo, a los gustos de Swann porque, convertido en el cuerpo de aquella a la que amaba, sería en adelante el único capaz de procurarle alegrías y tormentos.

Mi abuelo había conocido con todo detalle, cosa que no habría podido decirse de ninguno de sus actuales amigos, a la familia de aquellos Verdurin. Pero había perdido todo trato con aquel a quien llamaba el «joven Verdurin» y a quien consideraba, sin demasiado fundamento, caído en la bohemia y la canalla —aunque conservando sus muchos millones—. Un día recibió una carta de Swann pidiéndole si no podría relacionarlo con los Verdurin: «¡En guardia!, ¡en guardia!, había exclamado mi abuelo, no me extraña en absoluto, así es como debía terminar Swann. ¡Menudo ambiente! En primer lugar no puedo hacer lo que me pide porque ya no conozco a ese señor. Y además, detrás debe de haber algún lío de faldas, y yo no me meto en esos asuntos. Bueno, será divertido si Swann se adorna ahora con los pequeños Verdurin».

Y tras la respuesta negativa de mi abuelo, fue Odette la que había llevado a Swann a casa de los Verdurin.

El día en que Swann hizo su presentación, los Verdurin habían invitado a cenar al doctor y a Mme. Cottard, al joven pianista y a su tía, y al pintor que entonces gozaba de su favor, a los que se habían unido en el curso de la velada algunos otros fieles.

El doctor Cottard nunca sabía a ciencia cierta el tono en que debía responder a alguien, ni si su interlocutor hablaba en broma o en serio. Y, por si acaso, añadía a todas sus expresiones de fisonomía la oferta de una sonrisa condicional y provisoria, cuya expectante sutileza lo disculparía del reproche de ingenuidad, en caso de que las palabras que se le habían dirigido terminaran revelándose una broma. Pero como para hacer frente a la hipótesis opuesta no se atrevía a dejar que esa sonrisa se afirmase claramente en su cara, se veía flotar perpetuamente en ella una incertidumbre donde se leía la pregunta que no se atrevía a formular: «¿Lo dice usted en serio?». No estaba más seguro de la forma en que debía comportarse en la calle, e incluso en general en la vida, que en un salón, y se le veía oponer a transeúntes, carruajes y acontecimientos una sonrisa maliciosa que privaba de antemano a su actitud de cualquier impropiedad, pues demostraba, si no era oportuna, que lo sabía de sobra y que si la había adoptado era por broma.

En todos los puntos, sin embargo, en que le parecía permitida una pregunta directa, el doctor no dejaba de esforzarse por restringir el campo de sus dudas y completar su instrucción.

Por eso, siguiendo los consejos que una madre previsora le diera cuando había dejado su provincia, nunca dejaba pasar una locución o un nombre propio que le resultaran desconocidos sin intentar documentarse sobre ellos.

Respecto a las locuciones, era insaciable de informaciones, porque, atribuyéndoles a veces un sentido más preciso del que tienen, hubiera deseado saber qué se quería decir exactamente con las que oía emplear más a menudo: la belleza del diablo, sangre azul, una vida alocada, el cuarto de hora de Rabelais,[18] ser el príncipe de la elegancia, dar carta blanca, no tener nada

18. La expresión significa «un mal cuarto de hora, un mal momento», y alude de modo especial a los apuros financieros. Se basa en un episodio legendario de la vida de Rabelais (1494-1553): volviendo de Roma, el autor de *Gargantúa y Pantagruel*, al no poder pagar en Lyon la factura de un albergue, habría escrito sobre unos saquitos de pólvora insultos contra el rey («Veneno para el rey, para la reina y para el Delfín») con objeto de ser detenido y llevado gratuitamente a París, donde esperaba que Francisco I le devolviese la libertad por su ingeniosa estratagema.

que responder, etc., y en qué casos concretos podía a su vez incrustarlas en su conversación. En su defecto, colocaba juegos de palabras que había aprendido. En cuanto a los nombres de personas nuevas que se pronunciaban en su presencia, se contentaba únicamente con repetirlos en un tono interrogativo que consideraba suficiente para merecerle explicaciones que, en apariencia, no había pedido.

Como carecía por completo del sentido crítico que creía aplicar a todo, esa refinada forma de cortesía consistente en decir a alguien a quien hacemos un favor, sin pretender por ello que nos crean, que es él quien nos lo hace, era trabajo perdido en su caso, porque tomaba todo al pie de la letra. Por grande que fuese la ceguera de Mme. Verdurin a su respecto, y aunque seguía encontrándolo muy sutil, había terminado por sentirse molesta al ver que, cuando lo invitaba a un palco de proscenio para oír a Sarah Bernhardt, diciéndole en tono de melindre: «Qué amable ha sido viniendo, doctor, sobre todo porque estoy segura de que usted ya ha oído más veces a Sarah Bernhardt, y además tal vez estemos demasiado cerca del escenario», el doctor Cottard, que había entrado en el palco con una sonrisa que, para concretarse o desaparecer, esperaba que alguien con autoridad le informase sobre el valor del espectáculo, le respondía: «Sí, estamos demasiado cerca y ya empieza uno a cansarse de Sarah Bernhardt. Pero como me había expresado usted su deseo de que viniese. Para mí sus deseos son órdenes. Estoy encantadísimo de hacerle este pequeño favor. ¡Qué no haría yo para complacerla, es usted tan buena!». Y añadía: «Sarah Bernhardt es la Voz de Oro, ¿verdad? También escriben a menudo que incendia las tablas. Es una expresión rara, ¿no le parece?», con la esperanza de comentarios que no llegaban.

«¿Sabes?, le había dicho Mme. Verdurin a su marido, creo que cometemos un error cuando por modestia menospreciamos lo que ofrecemos al doctor. Es un sabio que vive al margen de la existencia práctica, no conoce por sí mismo el valor de las cosas y lo estima por lo que nosotros le decimos. — No me atrevía a decírtelo, pero ya lo había notado», respondió el señor Verdurin. Y al siguiente Año Nuevo, en lugar de enviar al doctor Cottard un rubí de tres mil francos diciéndole que era una cosilla de nada, el señor Verdurin compró por trescientos francos una piedra de fantasía dando a entender que difícilmente podía verse otra tan bella.

Cuando Mme. Verdurin anunció que contarían en la velada con el señor Swann: «¿Swann?», había exclamado el doctor con un acento que la sorpresa volvió brutal, pues la noticia más insignificante siempre cogía más desprevenido que a cualquier otro a este hombre que perpetuamente se creía preparado para todo. Y al ver que nadie le contestaba: «¿Swann? ¿Quién es el tal Swann?», gritó en el colmo de una ansiedad que se calmó de repente cuando Mme. Verdurin hubo dicho: «Pues el amigo del que nos había hablado Odette. — ¡Ah, bueno, bueno, está bien!», respondió el doctor ya tranquilizado. El pintor, por su parte, se alegraba de la presencia de Swann en casa de Mme. Verdurin, porque lo suponía enamorado de Odette y le gustaba favorecer las relaciones amorosas. «¡Nada me divierte tanto como casar a la gente, confió al oído del doctor Cottard, y he tenido muchos éxitos, incluso entre mujeres!»

Al decir a los Verdurin que Swann era muy *smart*, Odette les había hecho temer que fuese un «pelma».

Les causó en cambio una excelente impresión, una de cuyas causas indirectas era, sin que lo supiesen, su frecuentación de la sociedad elegante. De hecho, sobre hombres incluso inteligentes que nunca han pisado el gran mundo, tenía una de las superioridades propias de quienes han vivido un poco en él, y que consiste en no transfigurarlo por el deseo o el horror que inspira a la imaginación, en considerarlo como carente de importancia. Su amabilidad, ajena a todo esnobismo y al miedo a parecer demasiado amable, una vez independizada tiene esa desenvoltura, esa gracia de movimientos de aquellos cuyos ágiles miembros ejecutan con toda precisión lo que quieren, sin participación indiscreta y torpe del resto del cuerpo. La simple gimnasia elemental del hombre de mundo que tiende con gracia la mano al joven desconocido que le presentan y se inclina con reserva ante el embajador al que es presentado, había terminado por pasar sin que él fuera consciente a todo el comportamiento social de Swann, quien, con gentes de un medio inferior al suyo como eran los Verdurin y sus amigos, dio instintivamente muestras de solicitud y se entregó a atenciones de las que, según ellos, un pelma se habría abstenido. Solo hubo un momento de frialdad con el doctor Cottard: al ver que le guiñaba un ojo y le sonreía con aire ambiguo antes incluso de que hubieran hablado (mímica que Cottard denominaba «dejar venir»), Swann creyó que sin duda el doctor lo conocía por haberse encontrado con él en alguna casa de placer, aunque las había frecuentado poquísimo por no haber vivido nunca el mundo de la juerga. Como le pareció de pésimo gusto la alusión, sobre todo en presencia de Odette, que podría formarse una mala opinión de él, afectó una actitud glacial. Pero cuando supo que una dama que se hallaba a su lado era Mme. Cottard, pensó que un marido tan joven no habría intentado aludir en presencia de su mujer a diversiones de esa naturaleza; y dejó de atribuir al aire de connivencia del doctor la significación que temía. El pintor invitó enseguida a Swann a ir con Odette a su *atelier*, a Swann le pareció simpático. «Quizá les trate a ustedes mejor que a mí, dijo Mme. Verdurin en tono de fingido enojo, y les enseñe el retrato de Cottard (ella lo había encargado al pintor). Haga un esfuerzo, "señor" Biche»,[19] recordó al pintor, a quien por broma consagrada llamaban señor, «por expresar la belleza de la mirada, ese lado fino, divertido de los ojos. Ya sabe que lo que quiero tener sobre todo es su sonrisa, lo que le he pedido es el retrato de su sonrisa». Y como esa expresión le pareció notable, la repitió en voz muy alta para asegurarse de que varios invitados la hubieran oído, e incluso, con un vago pretexto, hizo que algunos se acercaran. Swann pidió ser presentado a todo el mundo, incluido un viejo amigo de los Verdurin, Saniette, quien por su timidez, sencillez y buen corazón había terminado perdiendo en todas partes la consideración que le habían granjeado su erudición de archivero, su gran fortuna y la distinguida familia de la que procedía. Cuando hablaba, tenía una especie de sopa en la boca que resultaba adorable porque se sentía que delataba menos un defecto de la lengua que una cualidad del alma, una especie de resto de la inocencia de la primera edad que nunca había perdi-

19. «Biche» es el apodo familiar con que los Verdurin designan al pintor Elstir, a quien no se cita por su nombre en *Un amor de Swann*; en *El tiempo recobrado*, libro del que también está ausente, Mme. Verdurin, acordándose de él, lo denominará «Tiche».

do. Todas las consonantes que no lograba pronunciar correspondían a otras tantas crueldades que era incapaz de cometer. Cuando pidió ser presentado al señor Saniette, Swann dio a Mme. Verdurin la impresión de invertir los papeles (hasta el punto de que, al responderle, dijo subrayando la diferencia: «Señor Swann, ¿tendría la bondad de permitirme que le presente a nuestro amigo Saniette?»), pero despertó en Saniette una ferviente simpatía que por lo demás los Verdurin nunca revelaron a Swann, porque Saniette los irritaba un poco y no trataban de procurarle amigos. Pero en cambio Swann los conmovió profundamente creyendo que debía pedir acto seguido que lo presentasen a la tía del pianista. Vestida de negro como siempre, porque creía que de negro siempre está una bien y que no hay nada más distinguido, tenía la cara excesivamente roja como siempre que acababa de comer. Se inclinó ante Swann con respeto, pero luego se irguió llena de majestad. Como carecía de la mínima instrucción y tenía miedo a cometer faltas de francés, pronunciaba a propósito de una manera confusa, pensando que si soltaba un gazapo se difuminaría en tal vaguedad que nadie podría distinguirlo con certeza, de suerte que su conversación no era otra cosa que una indistinta carraspera de la que de vez en cuando emergían los raros vocablos de los que se sentía segura. Swann creyó que podría burlarse un poco de ella en su conversación con el señor Verdurin, quien por el contrario se lo tomó a mal.

«Es una mujer tan excelente, repuso este. Le admito que no resulta deslumbrante, pero le aseguro que es muy agradable hablar a solas con ella. — No lo dudo, se apresuró a conceder Swann. Quería decir que no me parecía "eminente", añadió subrayando el adjetivo, ¡cosa que en realidad es más bien un cumplido! — Verá usted, dijo el señor Verdurin, voy a sorprenderle, escribe de un modo delicioso. ¿Ha oído alguna vez a su sobrino? ¿Verdad que es admirable, doctor? ¿Quiere que le pida que toque algo, señor Swann? — Sería para mí una dicha…», empezaba a responder Swann, cuando el doctor le interrumpió con aire burlón. Porque, habiendo oído decir que, en la conversación, el énfasis, el empleo de formas solemnes, estaba anticuado, en cuanto oía una palabra grave pronunciada en serio como acababa de serlo la palabra *dicha*, creía que quien la había pronunciado acababa de dar una muestra de pomposidad. Y si, además, esa palabra figuraba por casualidad entre las que él denominaba un tópico manido, por corriente que por lo demás fuese la palabra, el doctor suponía que la frase iniciada era ridícula, y la remataba irónicamente con el lugar común que parecía acusar a su interlocutor de haber querido colocarlo, cuando a este nunca se le había pasado por la cabeza.

«¡Una dicha para Francia!», exclamó con malicia levantando los brazos con énfasis.

El señor Verdurin no pudo contener la risa.

«¿De qué están riéndose todos estos señores? No parece que en ese rincón se engendre la melancolía, exclamó Mme. Verdurin. Pues si piensan que me divierto estando sola como penitencia», añadió en tono despechado, haciéndose la niña.

Mme. Verdurin estaba sentada en un alto taburete sueco de madera de abeto encerada, que un violinista de ese país le había regalado y que conservaba, a pesar de recordarle la forma de un escabel y darse de patadas con los bellos muebles antiguos que poseía, pero tenía mucho interés en exponer los regalos que los fieles solían hacerle de vez en cuando, para que los donantes tuvieran el placer de reconocerlos cuando acudían. Por eso intentaba convencerlos de que se limitasen a flores y bombones, que al menos se destruyen; pero no lo conseguía y en su casa había una colección de calientapiés, cojines, relojes de péndulo, biombos, barómetros y jarrones, en una acumulación de réplicas y un revoltijo de obsequios.

Desde ese elevado sitial participaba con entusiasmo en la conversación de los fieles y se divertía con sus «camelos», pero desde el accidente que le ocurrió a su mandíbula había renunciado a tomarse la molestia de desternillarse de risa de verdad y en su lugar se entregaba a una mímica convencional que significaba, sin fatiga ni riesgos para ella, que lloraba de risa. A la menor palabra que lanzaba un habitual contra un pelma o contra un antiguo habitual expulsado al campo de los pelmas —y para mayor desesperación del señor Verdurin, que durante mucho tiempo había tenido la pretensión de ser no menos amable que su esposa, pero que como se reía de verdad se quedaba enseguida sin aliento y se veía alejado y vencido por esa estratagema de una hilaridad incesante y ficticia—, ella soltaba un gritito, cerraba por completo sus ojos de pájaro que una nube empezaba a velar, y bruscamente, como si solo tuviera el tiempo justo de ocultar un espectáculo indecente o prevenir un acceso mortal, hundiendo el rostro entre las manos que lo cubrían por completo sin permitirle ver nada, parecía esforzarse por reprimir, por aniquilar una risa que, de haberse abandonado a ella, le hubiera hecho perder el conocimiento. Y así, aturdida por la alegría de sus fieles, ebria de camaradería, de maledicencia y de asentimiento, Mme. Verdurin, encaramada en su percha, como un pájaro cuyo copete hubiesen empapado en vino caliente, sollozaba de amabilidad.

Mientras tanto, el señor Verdurin, después de haber pedido permiso a Swann para encender su pipa («aquí no gastamos cumplidos, estamos entre amigos»), rogaba al joven artista que se sentara al piano.

«Venga, vamos, déjele en paz, no está aquí para que lo atormentemos, exclamó Mme. Verdurin, ¡no quiero que lo atormenten!

»—Pero ¿cómo quieres que eso le moleste?, dijo el señor Verdurin; quizá el señor Swann no conozca la sonata en fa sostenido que hemos descubierto, va a tocarnos el arreglo para piano.

»—¡Eso sí que no, no, mi sonata no!, gritó Mme. Verdurin, no tengo ganas de pillar un catarro con neuralgias faciales a fuerza de llorar, como la última vez; gracias por el regalo, pero prefiero no volver a empezar; ¡vaya una bondad la suya! ¡Cómo se ve que no son ustedes los que se quedarán ocho días en cama!»

Esta pequeña comedia que se repetía cada vez que el pianista se disponía a tocar deleitaba a los amigos como si hubiera sido nueva, como una prueba de la seductora originalidad de la «Patrona» y de su sensibilidad musical. Los que estaban a su lado hacían señas a los que más lejos fumaban o jugaban a las cartas, para que se acercasen porque pasaba algo, diciéndoles, como se hace en el Reichstag[20] en los momentos cruciales: «Escuchen, escuchen». Y al día siguiente se compa-

---

20. Nombre de una de las dos asambleas legislativas alemanas, aunque en ninguna de ellas se siguió esa costumbre; Proust parece

decía a quienes no habían podido acudir asegurándoles que la comedia había sido más divertida aún que de costumbre.

«Bueno, de acuerdo, dijo el señor Verdurin, que toque solo el andante.

»—¡Solo el andante, hay que ver cómo eres!, exclamó Mme. Verdurin. Si es precisamente el andante el que me destroza brazos y piernas. ¡Realmente el Patrón es magnífico! Es como decir en la *Novena* que solo oiremos el final, o en *Los Maestros*[21] solo la obertura.»

El doctor entretanto animaba a Mme. Verdurin a que dejase tocar al pianista, no porque creyera fingidas las alteraciones que le producía la música —reconocía en ellas ciertos estados neurasténicos— sino por ese hábito común a muchos médicos de mitigar inmediatamente la severidad de sus prescripciones en cuanto está en juego, cosa que les parece mucho más importante, alguna reunión mundana de la que forman parte y en la que la persona a la que aconsejan olvidar por una vez su dispepsia o su gripe es uno de los factores esenciales.

«Esta vez no se pondrá enferma, ya verá, le dijo tratando de sugestionarla con la mirada. Y si enferma, la curaremos.

»—¿De veras?», respondió Mme. Verdurin, como si ante la esperanza de semejante favor no le quedase otro remedio que capitular. Quizá también, a fuerza de decir que se pondría enferma, había momentos en que no se acordaba de que era una mentira y asumía un

---

confundirse con la Cámara de los Comunes británica, donde la expresión «*¡Hear, hear!*» se emplea ritualmente para el aplauso.

21. Tanto el final de la *Novena Sinfonía* (1824) de Beethoven como la obertura de la ópera en tres actos de Richard Wagner *Los maestros cantores* son momentos culminantes de esas obras.

alma de enferma. Porque algunos enfermos, cansados de verse obligados constantemente a hacer depender la escasez de los ataques que sufren de su propia prudencia, gustan de convencerse a sí mismos de que podrán hacer impunemente cuanto les place y de ordinario les sienta mal, a condición de ponerse en manos de un ser todopoderoso que, sin ningún esfuerzo de su parte, con una palabra o una píldora los ponga de nuevo en pie.

Odette había ido a sentarse en un diván tapizado que había junto al piano.

«Ya sabe que yo tengo mi sitito», le dijo a Mme. Verdurin.

Esta, viendo a Swann en una silla, lo hizo levantarse:

«Ahí no estará cómodo, vaya a sentarse al lado de Odette; ¿verdad, Odette, que le hará un sitio al señor Swann?

»—¡Qué bonito Beauvais!,[22] dijo Swann antes de sentarse, tratando de ser amable.

»—¡Ah, no sabe cómo me alegra que aprecie usted mi diván!, respondió Mme. Verdurin. Y le advierto que, si quiere ver otro tan hermoso, ya puede renunciar ahora mismo. Nunca han hecho nada parecido. También son un prodigio las sillitas. Dentro de un momento podrá verlas. Cada bronce corresponde como atributo al breve tema del asiento; ¿sabe?, si quiere mirar esto,

22. Sillón o canapé tapizado por la célebre manufactura de Beauvais, dirigida por Jean-Baptiste Oudry (1687-1755) desde 1734 hasta su muerte. Oudry realizó más de ciento treinta dibujos inspirados en las *Fábulas* de La Fontaine; pero Mme. Verdurin parece mezclar dos títulos de fábulas muy populares: *El zorro y las uvas* y *El oso y el amante de los jardines*, donde, para amansar al oso, el hombre le ofrece una bandeja de frutas.

tendrá para divertirse, le prometo que pasará un buen rato. Bastarían los pequeños frisos de los bordes, mire ahí, la pequeña vid sobre fondo rojo de *El oso y las uvas*. ¡Qué dibujo!, ¿verdad? ¿Qué le parece? ¡Yo creo que sabían dibujar muy bien! Y qué apetitosa esa viña. Mi marido pretende que no me gusta la fruta porque la como menos que él. Pero no es cierto, me apetece más que a todos ustedes, pero no necesito metérmela en la boca porque la disfruto con la vista. ¿Por qué se ríen todos ustedes? Pregúntenle al doctor, les dirá que esas uvas me purgan. Otras hacen las curas de Fontaine-bleau,[23] mientras que yo me hago mi pequeña cura de Beauvais. Pero, señor Swann, no puede irse sin haber tocado los pequeños bronces de los respaldos. Qué suavidad de pátina, ¿verdad? No, no, con toda la mano, tóquelos bien.

»—¡Ah!, si Mme. Verdurin empieza a manosear los bronces, esta noche no oiremos música, dijo el pintor.

»—Cállese, y no sea malo. En el fondo, dijo ella volviéndose hacia Swann, a nosotras las mujeres nos prohíben cosas menos voluptuosas. ¡Pero no hay carne que pueda compararse con esto! Cuando el señor Ver-durin me hacía el honor de sentir celos de mí — venga, sé cortés por lo menos, no digas que nunca los tuviste…

»—Pero si yo no digo absolutamente nada. Veamos, doctor, le tomo por testigo… ¿es que he dicho algo?».

Swann palpaba los bronces por cortesía y no se atrevía a dejar de hacerlo enseguida.

«Vamos, ya los acariciará más tarde; ahora va a ser usted el acariciado, acariciado en los oídos; estoy segu-

23. Mme. Verdurin alude a las virtudes terapéuticas del *chasse-las*, un vino de mesa de Fontainebleau, de uva albilla.

ra de que le gustará; y de ello va a encargarse un joven-cito.»

Y cuando el pianista terminó de tocar, Swann estuvo más amable todavía con él que con el resto de las personas que allí se encontraban. Y la causa era la siguiente:

El año anterior, en una velada, había oído una obra musical ejecutada a piano y violín. En un primer momento, solo había saboreado la cualidad material de los sonidos secretados por los instrumentos. Y ya le había causado un gran placer cuando, por debajo de la tenue línea del violín, delgada, resistente, densa y directriz, de pronto había visto tratar de elevarse en un chapoteo líquido la masa de la parte para piano, multiforme, indivisa, plana y entrechocada como la malva agitación de las olas que fascina y bemola el claro de luna. Pero en un momento dado, sin poder distinguir con nitidez un contorno, ni dar nombre a lo que le agradaba, hechizado de improviso, había tratado de recoger la frase o la armonía —ni él mismo lo sabía— que pasaba y que le había abierto más ampliamente el alma, como ciertos olores de rosas que circulan en el aire húmedo del atardecer tienen la propiedad de dilatar nuestra nariz. Quizá por no conocer aquella música había podido sentir una impresión tan confusa, una de esas impresiones que tal vez son, sin embargo, las únicas puramente musicales, inextensas, enteramente originales, irreductibles a cualquier otro orden de impresiones. Una impresión de este género, durante un instante, es por así decir *sine materia*.[24] Cierto que las notas que entonces oímos ya tienden, según su altura y su cantidad, a cubrir ante

24. Expresión latina: 'inmaterial'.

nuestros ojos superficies de dimensiones variadas, a trazar arabescos, a darnos sensaciones de amplitud, de tenuidad, de estabilidad, de capricho. Pero las notas se han desvanecido antes de que esas sensaciones se hayan formado suficientemente en nosotros para no ser sumergidas por las que ya despiertan las notas siguientes o incluso simultáneas. Y esa impresión seguiría envolviendo en su liquidez y su «difuminado» los motivos que por instantes emergen de ella, apenas discernibles, para hundirse al punto y desaparecer, solo conocidos por el placer particular que dan, imposibles de describir, de recordar, de nombrar, inefables — si la memoria, como un obrero que trabaja para asentar unos cimientos duraderos en medio de las olas, fabricando para nosotros facsímiles de esas frases fugaces, no nos permitiese compararlas con las que las siguen y diferenciarlas. Y así, nada más expirar la deliciosa sensación que Swann había sentido, su memoria le había suministrado acto seguido una transcripción quizá sumaria y provisional, pero sobre la que había puesto los ojos mientras el fragmento continuaba, de modo que, cuando la misma impresión había vuelto de golpe, ya no era imperceptible. Imaginaba su extensión, los agrupamientos simétricos, la grafía, el valor expresivo; delante de sí tenía esa cosa que ya no es la música pura, que es dibujo, arquitectura, pensamiento, y que permite recordar la música. Aquella vez había distinguido nítidamente una frase elevándose durante unos instantes por encima de las ondas sonoras. E inmediatamente le había propuesto unas voluptuosidades particulares que nunca había imaginado antes de oírla, y sentía que solo ella podría hacérselas conocer; y había sentido por esa frase una especie de amor desconocido.

Con su ritmo lento lo dirigía primero aquí, después allá, luego más lejos, hacia una felicidad noble, ininteligible y precisa. Y de repente, en el punto a que ella había llegado y desde donde él se disponía a seguirla, tras una pausa de un instante, bruscamente cambiaba de dirección y con un movimiento nuevo, más rápido, sutil, melancólico, incesante y dulce, lo arrastraba con ella hacia perspectivas desconocidas. Luego desapareció. Deseó apasionadamente volver a verla por tercera vez. Y de hecho reapareció, pero sin hablarle con más claridad, causándole incluso una voluptuosidad menos profunda. Pero una vez en casa tuvo necesidad de ella, era como un hombre en cuya vida una mujer que pasa, y que ha visto un momento, viene a introducir la imagen de una belleza nueva que da a su propia sensibilidad un valor más alto, sin que sepa siquiera si alguna vez podrá ver de nuevo a la que ya ama y de la que ignora hasta el nombre.

Incluso este amor por una frase musical pareció por un momento que debía iniciar en Swann la posibilidad de una especie de rejuvenecimiento. Hacía tanto tiempo que había renunciado a aplicar su vida a una meta ideal limitada a la persecución de satisfacciones cotidianas, que creía, sin decírselo nunca formalmente, que nada cambiaría hasta su muerte; es más, como ya no sentía ideas elevadas en su mente, había dejado de creer en su realidad, sin por lo demás poder negarlas por completo. Por eso había tomado la costumbre de refugiarse en pensamientos sin importancia que le permitían dejar de lado el fondo de las cosas. Del mismo modo que no se preguntaba si no hubiera sido mejor abandonar la vida social, aunque en cambio supiese con certeza que si había aceptado una invitación debía acudir y que si luego no hacía una visita debía dejar una tarjeta, así también en la conversación se esforzaba por no expresar nunca con ardor una opinión íntima sobre las cosas, pero sí proporcionar detalles materiales que en cierto modo tuvieran valor por sí mismos y le permitiesen no dar ninguna medida de sí. Era de una precisión extrema con una receta de cocina, con la fecha del nacimiento o de la muerte de un pintor, con la nomenclatura de sus obras. A pesar de todo, a veces se permitía pronunciar un juicio sobre una obra, sobre una manera de entender la vida, pero entonces daba a sus palabras un tono irónico, como si no se adhiriese por entero a lo que decía. Y, como ciertos valetudinarios en quienes de repente un país al que han llegado, un régimen distinto, a veces una evolución orgánica, espontánea y misteriosa, parecen provocar tal regresión de su enfermedad que empiezan a considerar la posibilidad inesperada de comenzar en su edad tardía una vida totalmente distinta, Swann encontraba dentro de sí, en el recuerdo de la frase que había oído, en ciertas sonatas que se había hecho tocar para ver si volvía a descubrirla, la presencia de una de esas realidades invisibles en las que había dejado de creer y a las que, como si la música hubiera ejercido sobre la sequedad moral que sufría una especie de influencia electiva, sentía nuevamente el deseo y casi la fuerza de consagrar su vida. Pero, al no haber llegado a saber de quién era la obra que había oído, no había podido conseguirla y había terminado olvidándola. Cierto que aquella semana se había encontrado a varias personas que asistieron como él a esa velada y las había interrogado; pero algunos habían llegado después de la música o se habían marchado antes; otros, sin embargo, estaban allí mientras la ejecutaban, pero se habían ido a conversar a otro salón, y otros, que se habían quedado a escuchar, no habían oído más que los primeros. En cuanto a los dueños de la casa, sabían que se trataba de una obra nueva que los artistas contratados habían pedido tocar; estos habían salido de gira, Swann no pudo saber más. Tenía muchos amigos músicos, pero aunque recordase el placer especial e intraducible que le había producido la frase, aunque tuviera ante los ojos las formas que dibujaba, era incapaz sin embargo de cantársela. Después dejó de pensar en ella.

Hacía unos minutos apenas desde que el joven pianista había empezado a tocar en casa de Mme. Verdurin cuando de pronto, tras una nota alta largamente sostenida durante dos compases, vio acercarse, escapándose por debajo de aquella sonoridad prolongada y tensa como un telón sonoro para ocultar el misterio de su incubación, y reconoció, secreta, rumorosa y dividida, la frase aérea y fragante que amaba. Y era tan particular, poseía una fascinación tan individual e insustituible que para Swann fue como si se hubiera encontrado en un salón amigo con una persona a la que había admirado por la calle y a la que no tenía la esperanza de volver a ver nunca. Por fin se alejó, indicadora, diligente, entre las ramificaciones de su perfume, dejando en el rostro de Swann el reflejo de su sonrisa. Pero ahora podía preguntar el nombre de su desconocida (le dijeron que era el andante de la *Sonata para piano y violín de Vinteuil*),[25] la tenía, podría tenerla en casa tan a me-

25. Son varios los modelos que el propio Proust señala para esta sonata que recorre buena parte de *A la busca del tiempo perdido*: «La Sonata de Vinteuil no es la de [César] Franck. Si puede

nudo como quisiera, tratar de aprender su lenguaje y su secreto.

Por eso cuando el pianista hubo terminado, Swann se acercó para expresarle su gratitud con una vivacidad que agradó mucho a Mme. Verdurin.

«¿Verdad que es encantador?, le dijo a Swann; ¡qué bien ha entendido este pequeño miserable su sonata! No sabía usted que el piano pudiese llegar a tanto, ¿a que no? Es cualquier cosa menos piano, ¡palabra! Cada vez que vuelvo a escucharlo, creo oír a toda una orquesta. Hasta es más bello que la orquesta, más completo.»

El joven pianista hizo una inclinación y, sonriendo,

---

interesarte (¡pero no lo creo!), te diré, con el ejemplar en la mano, todas las obras (a veces muy mediocres) que han "posado" para mi Sonata. Por ejemplo, la "pequeña frase" es una frase de una sonata para piano y violín de Saint-Saëns que te cantaré (¡tiembla!), la agitación de los trémolos que tiene por encima está en un preludio de Wagner, su inicio gimiente y alterno es de la Sonata de Franck, sus movimientos espaciados de la Balada de Fauré, etc., etc., etc.», escribe Proust en 1915 en una carta a Antoine Bibesco. Tres años más tarde, en la dedicatoria de su ejemplar del primer tomo de *A la busca del tiempo perdido* a Jacques de Lacretelle, escribe: «En la medida en que la realidad me ha servido, a decir verdad de forma muy escasa, la pequeña frase de esa Sonata, y nunca se lo he dicho a nadie, es (para empezar por el final), en la velada Saint-Euverte, la frase encantadora pero en última instancia mediocre de una sonata para piano y violín de Saint-Saëns, músico que no me gusta. [...] cuando el piano y el violín gimen como dos pájaros que se responden, he pensado en la Sonata de Franck (sobre todo tocada por Enesco) cuyo cuarteto aparece en uno de los volúmenes siguientes. Los trémolos que cubren la pequeña frase en casa de los Verdurin me fueron sugeridos por un preludio de *Lohengrin*, pero también en ese momento por una cosa de Schubert. En la misma velada Verdurin hay un delicioso trozo de piano de Fauré».

subrayando las palabras como si la suya fuese una ocurrencia ingeniosa:

«Es usted muy indulgente conmigo», dijo.

Y mientras Mme. Verdurin decía a su marido: «Vamos, dale una naranjada, se la ha merecido», Swann le contaba a Odette cómo se había enamorado de aquella pequeña frase. Y cuando Mme. Verdurin dijo desde algo más lejos: «Bueno, me parece que están diciéndole cosas bonitas, Odette», esta respondió: «Sí, muy bonitas», y a Swann le pareció deliciosa su candidez. Entretanto pedía información sobre Vinteuil, sobre su obra, sobre la época de su vida en que había compuesto aquella sonata, sobre lo que para él había podido significar la pequeña frase, esto era sobre todo lo que habría querido saber.

Pero ninguna de todas aquellas personas que hacían gala de admirar al músico (cuando Swann dijo que la sonata era realmente hermosa, Mme. Verdurin había exclamado: «Estoy de acuerdo con usted en que es hermosa. Pero no es de recibo no conocer la sonata de Vinteuil, no hay derecho a no conocerla», y el pintor había añadido: «¡Ah!, realmente es una grandísima obra, ¿verdad? No es, si usted quiere, una cosa "taquillera" y "de público", ¿verdad?, pero es una grandísima emoción para los artistas»), ninguna de aquellas personas parecía haberse planteado jamás aquellas preguntas porque fueron incapaces de responderlas.

Incluso, a una o dos observaciones particulares que Swann hizo sobre su frase preferida:

«Vaya, es divertido, nunca me había fijado; le diré que no me gusta demasiado meterme en jardines ni buscarle tres pies al gato; aquí no perdemos el tiempo pidiendo peras al olmo, no es el estilo de la casa», respondió Mme. Verdurin, a quien el doctor Cottard contemplaba con una admiración beatífica y un celo estudioso navegar por aquel mar de frases hechas. Además, él y Mme. Cottard, con una especie de sentido común que también poseen ciertas gentes de pueblo, se guardaban mucho de expresar una opinión o fingir admiración por una música que, según se confesaban mutuamente, ya de vuelta en casa, no comprendían mejor que la pintura del «señor Biche». Y es que, como de la fascinación, la gracia y las formas de la naturaleza el público solo conoce lo que ha sacado de las trivialidades de un arte lentamente asimilado, y como un artista original empieza por rechazar esas trivialidades, el señor y la señora Cottard, imagen en esto del público, no encontraban ni en la sonata de Vinteuil, ni en los retratos del pintor, lo que para ellos era la armonía de la música y la belleza de la pintura. Cuando el pianista tocaba la sonata les parecía que amontonaba al azar sobre el piano notas que de hecho no enlazaban las formas a las que estaban habituados, y que el pintor lanzaba al azar los colores sobre sus telas. Cuando en estas lograban reconocer alguna forma, les parecía pesada y avulgarada (es decir desprovista de la elegancia de la escuela de pintura por cuyo filtro veían incluso a los seres vivos por la calle), y sin ninguna verdad, como si el señor Biche no hubiera sabido cómo estaba construido un hombro y que las mujeres no tienen el pelo de color malva.

Con todo, cuando los fieles se dispersaron, el doctor pensó que era propicia la ocasión y, mientras Mme. Verdurin hacía un último comentario sobre la sonata de Vinteuil, como un nadador principiante que se lanza al agua para aprender pero elige un momento en que no hay demasiada gente para verle:

«¡Entonces es lo que se llama un músico *di primo cartello!*»,[26] exclamó con brusca resolución.

Swann solo consiguió averiguar que la reciente aparición de la sonata de Vinteuil había causado gran impresión en una escuela de tendencias muy avanzadas, pero era totalmente desconocida por el gran público.

«Conozco bien a una persona que se llama Vinteuil», dijo Swann, pensando en el profesor de piano de las hermanas de mi abuela.

«Quizá sea él, exclamó Mme. Verdurin.

»—No, no, replicó Swann riendo. Si usted lo hubiera visto, aunque fuera dos minutos, no se plantearía la cuestión.

»—Entonces, ¿plantear la cuestión equivale a resolverla?, dijo el doctor.

»—Pero podría ser un pariente, continuó Swann, sería bastante triste, aunque al fin y al cabo un hombre de genio puede ser el primo de un viejo imbécil. Si así fuera, confieso que no hay suplicio que no me impusiera para que el viejo imbécil me presentase al autor de la sonata: empezando por el suplicio de frecuentar a menudo al viejo imbécil, que debe de ser terrible.»

El pintor sabía que en ese momento Vinteuil estaba muy enfermo y que el doctor Potain temía no poder salvarle.

«Pero ¿todavía hay gente que se deja curar por Potain?, exclamó Mme. Verdurin.

»—¡Ah, señora Verdurin!, dijo Cottard en un tono de discreteo galante; olvida usted que está hablando de

---

26. Locución italiana utilizada para designar artistas y, sobre todo, cantantes de primer orden, cabezas de cartel de los grandes teatros líricos.

uno de mis colegas, y hasta debería decir de uno de mis maestros.»

El pintor había oído decir que Vinteuil estaba amenazado de enajenación mental. Y aseguraba que se podía advertir en ciertos pasajes de la sonata. A Swann no le pareció absurdo el comentario, pero lo dejó turbado; que una obra de música pura no contenga ninguna de las relaciones lógicas cuya alteración en el lenguaje denuncia la demencia, que pueda reconocerse la locura en una sonata, le parecía algo tan misterioso como la locura de una perra, la locura de un caballo, que sin embargo se observan realmente.

«Déjeme en paz con sus maestros, usted sabe diez veces más que él», replicó Mme. Verdurin al doctor Cottard, en el tono de una persona que tiene el coraje de opinar por sí misma y hace frente valerosamente a quienes no piensan como ella. «¡Usted por lo menos no mata a sus enfermos!

»—Pero, señora, si es de la Academia, contestó el doctor en tono irónico. Si un enfermo prefiere morir a manos de uno de los príncipes de la ciencia… Es mucho más *chic* poder decir: "Es Potain el que me cuida".

»—¡Ah!, ¿es más *chic*?, dijo Mme. Verdurin. Entonces, ¿también hay ahora *chic* en las enfermedades? No lo sabía… ¡Qué gracioso es usted!, exclamó de pronto hundiendo la cara entre las manos. Y yo, tonta de mí, que discutía en serio sin darme cuenta de que usted estaba tomándome el pelo.»

Como al señor Verdurin le pareció demasiado fatigoso echarse a reír por tan poca cosa, se limitó a expulsar una bocanada de humo de su pipa pensando entristecido que nunca podría alcanzar a su mujer en el terreno de la amabilidad.

«¿Sabe que su amigo nos gusta mucho?», le dijo Mme. Verdurin a Odette en el momento en que esta se despedía. «Es sencillo, encantador; si todos los amigos que tiene que presentarnos son así, puede traerlos.»

El señor Verdurin comentó que, sin embargo, Swann no había sabido apreciar a la tía del pianista.

«El hombre se ha sentido algo desorientado, replicó Mme. Verdurin; no puedes pretender que la primera vez tenga ya el tono de la casa como Cottard, que forma parte de nuestro pequeño clan desde hace años. La primera vez no cuenta, sirve para tomar contacto. Odette, hemos quedado en que mañana irá Swann a buscarnos al Châtelet.[27] ¿Por qué no pasa usted a recogerlo?

»—Qué va, no quiere.

»—En fin, como usted guste. ¡Con tal de que no vaya a fallarnos en el último momento!»

Con gran sorpresa de Mme. Verdurin, Swann no falló nunca. Iba a buscarlas a cualquier parte, algunas veces a los restaurantes de las afueras adonde todavía se iba poco por no ser la temporada, con más frecuencia al teatro, que gustaba mucho a Mme. Verdurin; y como cierto día, en su casa, ella dijo delante de Swann que para las noches de estreno y las funciones de gala le sería de gran utilidad disponer de un pase, que les había resultado muy incómodo no tenerlo el día de los funerales de Gambetta,[28] Swann, que nunca hablaba de

27. Desde 1874, los domingos por la tarde, en el teatro del Châtelet se ofrecían los «Concerts Colonne», que tomaban su nombre del apellido de su fundador, Édouard Colonne.

28. Léon Gambetta (1838-1882), diputado en 1869, proclamó la Tercera República en 1870 y organizó la defensa nacional durante la guerra de ese año frente a los prusianos. Tras la Comuna, presidió el partido Union Républicaine y terminó convirtiéndose

sus amistades brillantes, sino solo de aquellas no muy cotizadas que le hubiera parecido poco delicado ocultar, y entre las cuales se había acostumbrado en el *faubourg* Saint-Germain a colocar las relaciones con el mundo oficial, respondió:

«Le prometo que me ocuparé de eso, lo tendrá a tiempo para la reposición de *Les Danicheff*,[29] precisamente mañana almuerzo con el prefecto de policía del Elíseo.

»—¿Cómo que del Elíseo?, exclamó el doctor Cottard con voz tonante.

»—Sí, con el señor Grévy»,[30] respondió Swann algo molesto por el efecto que su frase había producido.

---

en presidente de la Cámara a la dimisión de Mac Mahon (1879); consiguió formar un gabinete tras la aplastante victoria de los republicanos en noviembre de 1881; pero apenas logró sobrevivir poco más de dos meses —del 14 de noviembre de 1881 al 27 de enero de 1882—, para terminar cayendo bajo la presión de una coalición de extrema izquierda y extrema derecha. Moriría el 31 de diciembre de ese último año, en vísperas de su boda, por las complicaciones de una herida en una mano, que le provocaron una septicemia; sus funerales, celebrados el 6 de enero de 1883, fueron seguidos con vivo interés por la opinión pública.

29. *Les Danicheff*, comedia en cuatro actos escrita en colaboración por Pierre de Corvin-Kroukowski (con el seudónimo de Pierre Newski) y Alexandre Dumas hijo, se había estrenado en 1876, pero fue repuesta —tras fuertes desavenencias entre los autores, que llevaron sus discrepancias a los tribunales— en 1884, en el teatro de la Porte Saint-Martin. Su intriga giraba sobre los amores ancilares del conde Vladimir Danicheff y una joven criada llamada Anna, que concluirán en matrimonio. Proust alude a los amores de Swann, de posición social muy superior a la de Odette.

30. Jules Grévy (1807-1891) sustituyó en la presidencia de la República a Mac Mahon, que dimitió el 30 de enero de 1879; reelegido en 1885, hubo de dimitir en 1887 a raíz del «escándalo de las condecoraciones», en el que estaba implicado su yerno Daniel Wilson.

Y el pintor le dijo al doctor en broma: «¿Le pasa muy a menudo?».

Por regla general, una vez dada la explicación, Cottard decía: «¡Ah, bien, bien, de acuerdo!», y no mostraba más rastro de emoción. Pero esta vez, las últimas palabras de Swann, en lugar de procurarle la habitual calma, llevaron al colmo su asombro ante el hecho de que un hombre con el que cenaba, que no desempeñaba ni funciones oficiales ni notabilidad de ningún tipo, mantuviese relaciones con el jefe del Estado.

«¿Cómo, con el señor Grévy? ¿Conoce al señor Grévy?», le dijo a Swann con el aire estúpido e incrédulo de un municipal a quien un desconocido pide ver al presidente de la República, y que, comprendiendo por sus palabras «con quién tenía que habérselas», como dicen los periódicos, asegura al pobre demente que va a ser recibido de inmediato y lo encamina a la enfermería especial de la Prevención.[31]

«Le conozco algo, tenemos amigos comunes (no se atrevió a decir que se trataba del príncipe de Gales),[32] además invita con facilidad y le aseguro que esos almuerzos no tienen nada de divertidos, son además muy sencillos, nunca hay más de ocho personas a la mesa», respondió Swann tratando de borrar lo que parecían tener de demasiado deslumbrantes, a ojos de su interlocutor, unas relaciones con el presidente de la República.

31. «Puesto de policía o vigilancia de un distrito, donde se lleva preventivamente a las personas que han cometido algún delito o falta» (DRAE).

32. El futuro Eduardo VII de Inglaterra, asiduo visitante de París y una de las causas de la anglomanía que se apoderó de la alta burguesía de la época.

Acto seguido, Cottard, remitiéndose a las palabras de Swann, adoptó, sobre el valor de una invitación de parte del señor Grévy, la opinión de que era cosa muy poco buscada y al alcance de cualquiera. Desde entonces no volvió a asombrarle que Swann, como cualquier otra persona, frecuentase el Elíseo, y hasta cierto punto lo compadecía por ir a unos almuerzos que, según confesión del propio invitado, eran aburridos.

«¡Ah!, bien, bien, estupendo», dijo en el tono de un aduanero que, desconfiado hace un momento, tras vuestras explicaciones os devuelve la visa y os deja pasar sin abriros vuestras maletas.

«Ah, ya lo creo que deben de ser poco divertidos esos almuerzos, cuánto valor necesitará usted para ir», dijo Mme. Verdurin, a quien el presidente de la República le parecía un pelma particularmente temible por disponer de medios de seducción y de coerción que, aplicados a sus fieles, hubieran podido inducirlos a fallarle. «Parece que es sordo como una tapia y que come con las manos.

»—Cierto que no debe de resultarle muy divertido ir», dijo el doctor con un matiz de conmiseración; y, recordando la cifra de ocho comensales: «¿Son almuerzos íntimos?», preguntó vivamente, con más celo de lingüista que con curiosidad de papanatas.

Pero el prestigio que a sus ojos tenía el presidente de la República acabó sin embargo por triunfar tanto de la humildad de Swann como de la malevolencia de Mme. Verdurin, y en todas las cenas Cottard preguntaba con interés: «¿Veremos esta noche al señor Swann? Tiene relaciones personales con el señor Grévy. Es lo que se llama un *gentleman*, ¿no?». Y hasta llegó a ofrecerle una invitación para la exposición odontológica.

«Podrá usted ser admitido con las personas que lo acompañen, pero no dejan pasar a los perros. Se lo digo, como comprenderá, porque he tenido amigos que no lo sabían y luego se han mordido los puños.»

En cuanto al señor Verdurin, no se le escapó el mal efecto que había producido en su esposa aquel descubrimiento de que Swann tenía amistades poderosas de las que nunca había hablado.

Si no le habían organizado algún entretenimiento fuera, era en casa de los Verdurin donde Swann se reunía con el cogollito, pero solo iba por la noche y casi nunca aceptaba invitaciones a cenar pese a las instancias de Odette.

«Si lo prefiere, podría cenar a solas con usted, le decía ella.

»—¿Y Mme. Verdurin?

»—Bah, sería muy sencillo. Bastaría decir que mi vestido no estaba listo, o que mi *cab*[33] ha llegado con retraso. Siempre hay manera de apañárselas.

»—Es usted muy amable.»

Pero Swann se decía que, si demostraba a Odette (consintiendo únicamente en reunirse con ella después de cenar) que había placeres preferibles al de estar con ella, la inclinación que sentía por él no tardaría mucho tiempo en saciarse. Y, por otro lado, como prefería infinitamente más que la de Odette la belleza de una obrerita fresca y rellenita como una rosa de la que se había enamorado, prefería pasar con ella el principio de la velada, seguro de ver luego a Odette. Por las mis-

33. *Cab* (abreviación de *cabriolet*). Coche de caballos descubierto de dos ruedas, con dos plazas y un pescante para el cochero en la parte trasera.

mas razones nunca aceptaba que Odette fuera a recogerlo para ir a casa de los Verdurin. La obrerita lo esperaba cerca de su casa, en una esquina que su cochero Rémi conocía, montaba al lado de Swann y permanecía en sus brazos hasta el momento en que el coche paraba delante de la casa de los Verdurin. Nada más entrar, mientras Mme. Verdurin le decía, mostrándole unas rosas que él mismo le había enviado aquella mañana: «Voy a regañarle», y le indicaba un sitio al lado de Odette, el pianista tocaba, para ellos dos, la pequeña frase de Vinteuil que era como el himno nacional de su amor. Empezaba por la prolongación de los trémolos de violín que durante varios compases se oyen solos, ocupando el primerísimo plano, luego parecían separarse de repente y, como en esos cuadros de Pieter de Hooch[34] a los que da profundidad el marco estrecho de una puerta entreabierta, allá en el fondo, de un color distinto, en el aterciopelado de una luz interpuesta, la pequeña frase surgía danzante, pastoril, intercalada, episódica, perteneciendo a otro mundo. Pasaba con sus pliegues simples e inmortales, distribuyendo aquí y allá los dones de su gracia, con la misma sonrisa inefable; pero ahora Swann creía percibir el desencanto. La frase parecía conocer la vanidad de esa dicha cuyo camino mostraba. En su gracia ligera había algo de consumado, como el desapego que sucede a la pena. Pero le importaba poco, la consideraba menos en sí misma —en aquello que podía expresar para un músico que ignora-

34. Pieter de Hooch o Hoogh (1629-1684), pintor holandés contemporáneo de Vermeer y seguidor de su escuela; sus cuadros, preferentemente de interiores domésticos, multiplican sus fondos, que dan a otras piezas interiores y al paisaje del entorno gracias a los juegos de perspectiva que crean puertas y ventanas.

ba la existencia de Swann y de Odette cuando la había compuesto, y para todos aquellos que habrían de oírla durante siglos— que como una prenda, un recuerdo de su amor que, incluso para los Verdurin, para el pequeño pianista, hacía pensar en Odette al mismo tiempo que en él, los unía; hasta el punto de que, cediendo a un ruego caprichoso de Odette, había renunciado a su proyecto de pedir a un artista que le tocase la sonata entera, de la que siguió conociendo únicamente aquel pasaje. «¿Qué necesitad tiene usted del resto?, le había dicho ella. Ese es *nuestro* fragmento.» E incluso, sufriendo al pensar, en el momento en que la música pasaba tan cerca y sin embargo infinitamente lejana, que, mientras se dirigía a ellos, no los conocía, Swann casi lamentaba que tuviese una significación, una belleza intrínseca e inalterable, ajena a ellos, del mismo modo que ante unas joyas regaladas, o incluso ante las cartas escritas por una mujer amada, reprochamos al agua de la gema, y a las palabras del lenguaje, que no estén hechas solo de la esencia de una relación pasajera y de un ser particular.

Sucedía a menudo que Swann se había retrasado tanto con la joven obrera antes de ir a casa de los Verdurin que, nada más tocar el pianista la pequeña frase, Swann se daba cuenta de que pronto sería la hora de que Odette volviera a casa. La acompañaba hasta la puerta de su palacete en la calle La Pérouse,[35] detrás del Arco de Triunfo. Y quizá por eso, por no pedirle todos los favores, sacrificaba el placer para él menos necesa-

35. Odette vive en esa calle del barrio de l'Étoile, entre las avenidas Kléber y Iéna; formaba parte de los nuevos barrios residenciales que en el siglo XIX comenzó a construir Haussmann.

rio de verla antes, de llegar con ella a casa de los Verdurin, al ejercicio de ese derecho que ella le reconocía de partir juntos y al que él atribuía mayor valor porque, gracias a eso, tenía la impresión de que nadie la veía, ni se interponía entre ellos, ni le impedía seguir estando con él, después de haberla dejado.

Así pues, Odette volvía a casa en el coche de Swann; una noche, cuando ella acababa de apearse y él le decía hasta mañana, cogió precipitadamente en el jardincillo que precedía a la casa un último crisantemo y se lo dio cuando él ya se iba. Durante la vuelta, Swann lo tuvo apretado contra su boca y cuando al cabo de unos días la flor se marchitó, la guardó como algo precioso en su escritorio.

Pero no entraba nunca en casa de ella. Solo en dos ocasiones había ido por la tarde, a participar en aquella operación, capital para ella, de «tomar el té». El aislamiento y el vacío de aquellas calles cortas (compuestas casi en su totalidad por palacetes contiguos cuya monotonía venía a romper de golpe algún tenducho siniestro, testimonio histórico y resto sórdido de la época en que esos barrios aún tenían mala fama), la nieve que había quedado en el jardín y en los árboles, el desaliño de la estación, la vecindad de la naturaleza, daban algo más de misterio al calor, a las flores que había encontrado al entrar.

Dejando a la izquierda, en la planta baja sobrealzada, el dormitorio de Odette, que por la parte de atrás daba a una calleja paralela, una escalera recta entre paredes pintadas de color oscuro y de las que caían unas telas orientales, unos hilos de rosarios turcos y un gran farol japonés colgado de un cordoncillo de seda (pero que, para no privar a los visitantes de las últimas comodidades de la civilización occidental, se iluminaba con gas), subía al salón y al saloncito. Precedía a estos un estrecho vestíbulo cuya pared, cuadriculada por un cañizo de jardín, pero dorado, estaba bordeada en toda su longitud por una caja rectangular donde florecía como en un invernadero una hilera de esos grandes crisantemos raros todavía en esa época, pero sin embargo muy lejos de los que más tarde lograron obtener los horticultores. A Swann le fastidiaba la moda que desde el año anterior se fijaba en ellos, pero, en esa ocasión, le había agradado ver la penumbra de la estancia listada de rosa, naranja y blanco gracias a los rayos fragantes de esos efímeros astros que se encienden en los días grises. Odette lo había recibido con una bata de seda rosa, con el cuello y los brazos desnudos. Le había hecho sentarse a su lado en uno de los muchos misteriosos receptáculos dispuestos en las sinuosidades del salón, protegidos por inmensas palmeras contenidas en maceteros de China, o por biombos en los que se habían fijado fotografías, nudos de cintas y abanicos. Le había dicho: «Así no estará cómodo, espere, yo se lo arreglo», y, con la risita vanidosa que habría soltado ante alguna invención particular, había instalado detrás de la cabeza de Swann, bajo sus pies, cojines de seda japonesa que aplastaba como si hubiera sido pródiga de tales riquezas y no le importara su valor. Pero cuando el ayuda de cámara vino trayendo sucesivamente las numerosas lámparas que, encerradas casi todas en porcelanas chinas, ardían aisladas o por parejas, todas dispuestas sobre distintos muebles como sobre altares y que en el crepúsculo ya casi nocturno de aquel final de atardecer de invierno habían hecho reaparecer una puesta de sol más duradera, más rosa y más humana —haciendo soñar acaso, en la calle, a algún enamorado detenido ante el misterio de la presencia que revelaban y ocultaban a un tiempo las ventanas encendidas—, Odette había vigilado severamente con el rabillo del ojo al criado para ver si las colocaba bien en el sitio que les estaba consagrado. Pensaba que, con una sola que pusiera donde no correspondía, el efecto de conjunto de su salón habría quedado destruido, y su retrato, montado sobre un caballete oblicuo revestido de felpa, mal iluminado. Por eso seguía febrilmente los movimientos de aquel hombre ordinario y lo reprendió vivamente por haber pasado rozando dos jardineras cuya limpieza se reservaba para ella misma por miedo a que se las rompiesen, y fue a examinarlas de cerca para ver si no las había desportillado. Encontraba en todos sus bibelots chinos unas formas «divertidas», y también en las orquídeas, en las catleyas[36] sobre todo, que eran, junto con los crisantemos, sus flores preferidas, porque tenían el raro mérito de no parecerse a flores, sino ser de seda, de raso. «Esta parece que la han cortado del forro de mi abrigo», le dijo a Swann mostrándole una orquídea, con un matiz de admiración por aquella flor tan *chic*, por aquella hermana elegante e imprevista que la naturaleza le daba, tan lejos de ella en la escala de las criaturas y sin embar-

36. La catleya es una variedad de orquídea que produce grandes flores de colores muy vivos; debe su nombre al horticultor inglés William Cattley, quien la desarrolló a finales del siglo XIX. Proust las asocia ya al amor en 1893, en su novela corta *El indiferente*. Pronto pasó a formar parte de la moda entre la alta burguesía, junto a los crisantemos y las hortensias como flores obligadas de la decoración interior e incluso personal. En todo ello influyó considerablemente el japonismo que invadió París tras la presencia de pabellones de Japón en las Exposiciones Universales de 1867, 1878 y 1889.

go refinada, más digna que muchas mujeres de que les hiciera un hueco en su salón. Le fue enseñando, una tras otra, unas quimeras de lenguas de fuego que decoraban un jarrón de porcelana o bordadas en una pantalla de chimenea, las corolas de un ramillete de orquídeas, un dromedario de plata nielada con los ojos incrustados de rubíes que estaba sobre la chimenea al lado de un sapo de jade, fingía alternativamente tener miedo de la maldad, o reírse del extravagante aspecto de los monstruos, ruborizarse de la indecencia de las flores y sentir un irresistible deseo de ir a besar al dromedario y al sapo, a los que llamaba «queridos». Y estos alardes contrastaban con la sinceridad de ciertas devociones suyas, sobre todo a Nuestra Señora de Laghet,[37] que en el pasado, cuando vivía en Niza, la había curado de una enfermedad mortal, y de la que siempre llevaba encima una medalla de oro a la que atribuía un poder ilimitado. Odette hizo a Swann «su» té, y le preguntó: «¿Con limón o con leche?», y cuando él respondió «con leche», le dijo riendo: «¡Una nube!». Y como a él le parecía bueno: «Ya ve como sé lo que le gusta». En efecto, aquel té le había parecido a Swann algo precioso en sí mismo, y es tal la necesidad que el amor tiene de encontrar una justificación, una garantía de duración en los placeres que en caso contrario no existirían sin él y acaban con él, que, cuando a las siete la había dejado para volver a casa para vestirse, durante todo el trayecto que hizo en su cupé, se repetía sin poder contener la alegría que aquella tarde le había causado: «Qué

37. La Madone de Laghet: iglesia y monasterio reconstruidos en el siglo XVII, cerca de Niza, convertidos desde esa época en lugares de peregrinación.

agradable sería tener una personilla así en cuya casa pudiera encontrar uno esa cosa tan rara que es un buen té». Una hora más tarde, recibió una nota de Odette y enseguida reconoció aquella caligrafía grande en la que una afectación de rigidez británica imponía una apariencia de disciplina a ciertos caracteres informes donde ojos menos avisados acaso hubieran advertido desorden del pensamiento, insuficiencia de la educación y falta de franqueza y de voluntad. Swann había olvidado su pitillera en casa de Odette: «Qué pena que no haya olvidado también su corazón, no le habría permitido recuperarlo».

Una segunda visita que le hizo quizá tuvo más importancia. Al dirigirse aquel día a su casa, como siempre que debía verla, se la imaginaba de antemano; y la necesidad que sentía, para encontrar bello su rostro, de limitar solo a los pómulos rosados y frescos las mejillas que tan a menudo tenía amarillas, lacias, picadas a veces de puntitos rojos, le afligía como una prueba de que el ideal es inaccesible y mediocre la felicidad. Le llevaba un grabado que ella deseaba ver. Estaba algo indispuesta; lo recibió en bata de crespón de China color malva, sujetándose sobre el pecho, como un chal, una tela suntuosamente bordada. De pie a su lado, dejando resbalar a lo largo de las mejillas los cabellos que había desatado, con una pierna doblada en actitud levemente danzante para poder inclinarse sin fatiga hacia el grabado que, bajando la cabeza, miraba con sus grandes ojos, tan cansados y desapacibles cuando no se animaba, sorprendió a Swann por su parecido con esa figura de Séfora,[38] la hija de Jetró, que puede verse en un fresco de

---

38. Séfora o Siporá, una de las siete hijas del sumo sacerdote

la capilla Sixtina. Swann siempre había tenido ese gusto particular de encontrar en la pintura de los maestros no solo los caracteres generales de la realidad que nos rodea, sino lo que, por el contrario, parece menos susceptible de generalidad, los rasgos individuales de rostros que conocemos: por ejemplo, en la materia de un busto del dux Loredano de Antonio Rizzo,[39] la prominencia de los pómulos, la oblicuidad de las cejas, el clamoroso parecido, en suma, de su cochero Rémi; bajo los colores de Ghirlandaio, la nariz del señor de Palancy;[40] en un retrato de Tintoretto, la invasión de la grasa de la mejilla por la implantación de los primeros pelos de las patillas, el fruncimiento de la nariz, la penetración de la mirada, la congestión de los párpados del doctor Du Boulbon. Como siempre había tenido remordimientos por haber limitado su vida a las relaciones mundanas, a la conversación, quizá creía encontrar una especie de indulgente perdón que le concedían los grandes artistas en ese hecho que también ellos habían considerado con

Jetró, fue mujer de Moisés y figura en el Éxodo de la Biblia. Aparece en el fresco *Escenas de la vida de Moisés* pintado por Sandro Botticelli (1444-1510) entre 1480 y 1481, en el techo de la Capilla Sixtina en Roma.

39. Al escultor paduano Andrea Briosco, llamado il Riccio, o Rizzo (1470-1532), se le atribuye un busto en bronce de Andrea Loredano, dogo más que condotiero, que se conserva en el museo Correr de Venecia. Lo reproducía, con errores de autoría debidos a la época, un volumen sobre Venecia de la colección *Villes d'art célèbres* consultado por Proust.

40. La alusión parece apuntar al cuadro de Ghirlandaio (1449-1494) titulado *Retrato de viejo con niño*, que se encuentra en el Louvre y que representa a un anciano con una enorme nariz roja y verrugosa mirando a un niño rubio. También el Louvre guarda un autorretrato de Tintoretto (1518-1594), aunque resulta imposible precisar que sea ese el aludido por Proust.

placer, acoger en su obra unas caras tales que confieren a esta un certificado singular de realidad y de vida, un sabor moderno; quizá también se había dejado conquistar tanto por la frivolidad de las gentes de mundo que sentía la necesidad de encontrar en una obra antigua aquellas alusiones anticipadas y rejuvenecedoras a nombres propios del presente. Quizá, por el contrario, había conservado el suficiente temperamento de artista para que esas características individuales le gustasen adoptando una significación más general cuando las veía desarraigadas, liberadas, en el parecido de un retrato más antiguo con un original al que no representaba. En todo caso, y quizá porque la plenitud de impresiones que tenía desde hacía un tiempo, y aunque le hubiese llegado más bien con el amor por la música, había enriquecido incluso su gusto por la pintura, el placer fue más profundo, y había de ejercer sobre Swann una influencia duradera, que encontró en ese momento en el parecido de Odette con la Séfora de aquel Sandro di Mariano a quien se prefiere dar el sobrenombre popular de Botticelli desde que este evoca en lugar de la obra verdadera del pintor la idea trivial y falsa que de él se ha vulgarizado.[41] Ya no estimaba la cara de Odette por la mejor o peor calidad de sus mejillas y por la suavidad puramente carnosa que suponía debía encontrar en ellas al rozarlas con sus labios si alguna vez se atrevía a besarla, sino como una madeja de líneas sutiles y bellas que sus miradas se apresuraron a

41. El sobrenombre con que Sandro di Mariano Filipepi ha pasado a la historia de la pintura, Botticelli, significa en italiano «tonel pequeño». Según Vasari, en su juventud habría trabajado como aprendiz con un orfebre llamado Botticello, de quien lo habría tomado.

devanar, siguiendo la curva de su forma de envolverse, conectando la cadencia de la nuca a la efusión de los cabellos y a la flexión de los párpados, como en un retrato de ella en el que su tipo se volviera inteligible y claro.

La miraba; un fragmento del fresco aparecía en su cara y en su cuerpo, y desde entonces siempre trató de volver a encontrarlo cuando estaba junto a Odette, o simplemente cuando pensaba en ella, y aunque la obra maestra florentina solo le gustase porque la encontraba en ella, sin embargo ese parecido también confería a Odette una belleza, la volvía más preciosa. Swann se reprochó haber desconocido el valor de una criatura que hubiera parecido adorable al gran Sandro, y se felicitó por el placer que sentía viendo a Odette encontrar una justificación en su propia cultura estética. Se dijo que asociando la idea de Odette a sus sueños de felicidad no se había resignado a falta de otra cosa mejor a algo tan imperfecto como había creído hasta entonces, puesto que satisfacía en él sus gustos artísticos más refinados. Olvidaba que no por ello Odette se convertía en una mujer conforme a su deseo, porque precisamente su deseo siempre se había orientado en un sentido opuesto a sus gustos estéticos. La expresión «obra florentina» prestó un gran servicio a Swann. Le permitió como un título hacer percibir la imagen de Odette en un mundo de sueños, al que hasta entonces ella no había tenido acceso y en el que se impregnó de nobleza. Y, mientras la visión puramente carnal que había tenido de aquella mujer, el renovar perpetuamente sus dudas sobre la calidad de su rostro, de su cuerpo, de toda su belleza, debilitaba su amor, esas dudas quedaron destruidas, aquel amor se afianzó cuando en su lugar tuvo por base los datos de una estética cierta; sin contar con que el beso y la posesión que parecían naturales y mediocres si le eran concedidos por una carne marchita, viniendo a coronar la adoración de una pieza de museo, le parecieron que habían de ser sobrenaturales y deliciosos.

Y cuando se veía tentado a lamentar que desde hacía meses no había hecho otra cosa que ver a Odette, se decía que era razonable dedicar gran parte de su tiempo a una inestimable obra maestra, fundida por una vez en una materia distinta y particularmente sabrosa, en un ejemplar rarísimo que unas veces contemplaba con la humildad, la espiritualidad y el desinterés de un artista, otras con el orgullo, el egoísmo y la sensualidad de un coleccionista.

Sobre su mesa de trabajo colocó, como una fotografía de Odette, una reproducción de la hija de Jetró. Admiraba los grandes ojos, el delicado rostro que dejaba adivinar la imperfección del cutis, los maravillosos rizos de sus cabellos a lo largo de las mejillas fatigadas, y adaptando lo que hasta entonces le parecía bello de forma estética a la idea de una mujer viva, lo transformaba en méritos físicos que se felicitaba por encontrarlos reunidos en una criatura que podría poseer. Esa vaga simpatía que nos impulsa hacia una obra maestra que contemplamos se convertía, ahora que conocía el original carnal de la hija de Jetró, en un deseo capaz de suplir en adelante lo que no le había inspirado al principio el cuerpo de Odette. Después de haber mirado largo rato aquel Botticelli, pensaba en su Botticelli particular que le parecía más hermoso todavía, y cuando acercaba la fotografía de Séfora, creía estrechar a Odette contra su corazón.

Y sin embargo no era solo el hastío de Odette lo que se ingeniaba en prevenir, a veces también era el suyo propio; advirtiendo que, desde que podía verlo sin ninguna dificultad, Odette parecía no tener gran cosa que decirle, temía que los modales algo insignificantes, monótonos, y como fijados definitivamente, que eran ahora los de Odette cuando estaban juntos, acabasen por matar en él aquella esperanza novelesca de un día en el que ella querría declararle su pasión, que era lo único que lo había enamorado y lo mantenía en ese estado. Y para renovar un poco el aspecto moral, demasiado cristalizado, de Odette, y del que temía cansarse, le escribía de repente una carta llena de fingidas decepciones y simulados enfados que le hacía llegar antes de la cena. Sabía que ella se asustaría, que le respondería, y esperaba que en la contracción que el miedo a perderlo haría sufrir a su alma, brotarían palabras que ella nunca le había dicho todavía; — y, en efecto, de ese modo había conseguido las cartas más tiernas que hasta entonces ella le escribiera, sobre todo una que le había mandado a mediodía desde la Maison Dorée[42] (era el día de la fiesta París-Murcia a beneficio de los inundados de Murcia),[43] que empezaba con estas palabras: «Amigo mío, me tiembla tanto la mano que ape-

42. El café-restaurante de la Maison Dorée —más adelante aparecerá como Maison d'Or— abrió sus puertas en 1840 en el espacio del antiguo Café Hardy, en la esquina de la calle Laffitte y del bulevar des Italiens, y las cerró en 1902, después de haber estado de moda muchos años durante el Segundo Imperio.

43. El 18 de diciembre de 1879, en el Hipódromo se dio una fiesta a beneficio de los damnificados por una catastrófica inundación del río Segura, que asoló la ciudad y la provincia de Murcia en el mes de octubre. El baile fue presidido por la reina de España.

nas puedo escribir», y que había guardado en el mismo cajón que la flor seca del crisantemo. O si ella no había tenido tiempo de escribirle, cuando él llegase a casa de los Verdurin ella saldría vivamente a su encuentro y le diría: «Tengo que hablarle», y él contemplaría con curiosidad en su rostro y en sus palabras lo que hasta entonces ella le había ocultado de su corazón.

Le bastaba acercarse a casa de los Verdurin y ver, iluminados por lámparas, los grandes ventanales cuyos postigos nunca se cerraban, para enternecerse pensando en la encantadora criatura a la que iba a ver abrirse en medio de su luz dorada. Las sombras de los invitados se perfilaban a veces delgadas y negras, incorpóreas, delante de las lámparas, como esos pequeños grabados intercalados de trecho en trecho en los paneles de una pantalla translúcida cuyas restantes hojas no son más que pura claridad. Trataba de distinguir la silueta de Odette. Luego, nada más llegar, sin que se diera cuenta sus ojos brillaban con tal alegría que el señor Verdurin decía al pintor: «Creo que eso va que arde». Y en efecto, la presencia de Odette añadía para Swann a aquella casa algo de lo que carecían todas las demás en las que era recibido: una especie de aparato sensitivo, de red nerviosa que se ramificaba por todas las salas y aportaba constantes excitaciones a su corazón.

Así, el simple funcionamiento de aquel organismo social que era el pequeño «clan» proporcionaba a Swann automáticamente citas cotidianas con Odette y le permitía fingir cierta indiferencia por verla, o incluso un deseo de no verla más, que no lo exponía a grandes riesgos porque, aunque le hubiera escrito durante el día, la vería forzosamente por la noche y la acompañaría a casa.

Pero una vez en la que, después de pensar con desagrado en aquel inevitable regreso juntos, había llevado hasta el Bois a su joven obrera para retrasar el momento de ir a casa de los Verdurin, llegó tan tarde que Odette, creyendo que ya no iría, se había marchado. Al ver que ya no estaba en el saloncito, Swann sintió una punzada en el corazón; temblaba al verse privado de un placer cuya importancia medía ahora por primera vez, pues hasta entonces había tenido la certeza de encontrarlo cuando lo quería, lo cual, en todos los placeres, reduce o incluso nos impide ver su grandeza.

«¿Has visto la cara que ha puesto al darse cuenta de que no estaba?, le dijo el señor Verdurin a su mujer; podría decirse que está pillado.

»—¿La cara que ha puesto?», preguntó con violencia el doctor Cottard, que, tras ausentarse un momento para visitar a un enfermo, volvía a recoger a su mujer y no sabía de quién hablaban.

«Pero ¿cómo? ¿No ha encontrado en la puerta al más apuesto de los Swann?…

»—No. ¿Ha venido el señor Swann?

»—Sí, pero solo un instante. Hemos tenido a un Swann muy agitado, muy nervioso. Compréndalo, Odette se había ido.

»—¿Quiere decir que están a partir un piñón, y que ella le ha concedido sus favores?», dijo el doctor experimentando con cautela el sentido de esas expresiones.

«No, no hay absolutamente nada, y, entre nosotros, creo que ella se equivoca y que está portándose como lo que realmente es, una tonta de remate.

»—¡Ta, ta, ta!, dijo el señor Verdurin, ¿cómo sabes que no hay nada? No estábamos allí para verlo, ¿verdad?

»—A mí ella me lo habría dicho, replicó orgullosa Mme. Verdurin. ¡Les aseguro que me cuenta todas sus cosas! Como en este momento ya no tiene a nadie, le he dicho que debería acostarse con él. Asegura que no puede, que está enamoriscada de Swann, pero que es tímido con ella, y que eso la intimida a su vez; además dice que no lo ama de esa forma, que es un ser ideal, que tiene miedo a desflorar el cariño que siente por él, y qué sé yo cuántas cosas más. Y sin embargo, es lo que tendría que hacer.

»—Me permitirás que no comparta tu opinión, dijo el señor Verdurin; ese caballero no acaba de convencerme; me parece un pretencioso.»

Mme. Verdurin permaneció inmóvil, adoptó una expresión inerte como si se hubiera vuelto una estatua, ficción que le permitió dar a entender que no había oído aquella palabra insoportable de pretencioso que parecía implicar que alguien pudiera «ser pretencioso» con ellos, y por lo tanto ser «más que ellos».

«En fin, si no pasa nada, no creo que sea porque ese caballero la crea *virtuosa*, dijo irónicamente el señor Verdurin. Al fin y al cabo, nada se puede decir, porque él parece creerla inteligente. No sé si oíste lo que le decía la otra noche sobre la sonata de Vinteuil; aprecio a Odette de todo corazón, pero, en fin, hay que ser muy pánfilo para exponerle teorías de estética.

»—Venga, no hables mal de Odette, dijo Mme. Verdurin haciéndose la niña. Es encantadora.

»—Pero si eso no impide ser encantadora; no hablamos mal de ella, decimos que no es la encarnación de la virtud ni de la inteligencia. En el fondo, le dijo al pintor, ¿a usted le importa algo que sea virtuosa? Quizá fuese mucho menos encantadora, ¿quién sabe?»

En el descansillo, Swann fue alcanzado por el mayordomo, que no se encontraba allí en el momento en que había llegado y a quien Odette había encargado decirle —pero hacía lo menos una hora—, en caso de que todavía llegase, que probablemente iría a tomar chocolate a Prévost[44] antes de volver a casa. Swann se encaminó hacia Prévost, pero su carruaje se veía detenido a cada paso por otros o por gente que se cruzaba, obstáculos odiosos que le hubiera encantado arrollar si el atestado del guardia no lo hubiera retrasado todavía más que el paso del peatón. Contaba el tiempo que tardaba, añadía algunos segundos a cada minuto para estar seguro de no haberlos hecho demasiado cortos, lo cual le hubiera permitido creer mayor de lo que en realidad era su posibilidad de llegar bastante pronto y de encontrar todavía a Odette. Y en determinado momento, como un enfermo febril que acaba de dormir y toma conciencia de lo absurdo de las ensoñaciones que rumiaba sin distinguirse nítidamente de ellas, Swann percibió de improviso en su interior la rareza de unos pensamientos que lo rondaban desde el momento en que le habían dicho en casa de los Verdurin que Odette ya se había ido, la novedad del dolor que le oprimía el corazón desde hacía un rato, pero que ahora percibió solo como si acabara de despertarse. ¿Cómo? ¿Toda aquella agitación porque no vería a Odette hasta el día siguiente, cuando era eso precisamente lo que había deseado, hacía una hora, camino de casa de Mme. Ver-

44. El Café Prévost fue inaugurado en 1825 como salón de té, en el número 39 del bulevar Bonne-Nouvelle; centro de la vida elegante, a finales de siglo se había trasladado al 10 de la calle de Clichy; en la actualidad sigue existiendo en la Chaussée-d'Antin. Su especialidad era el chocolate.

durin? Y se vio obligado a admitir que en aquel mismo coche que lo llevaba a Prévost ya no era el mismo, y que no estaba solo, que con él había un ser nuevo, adherido, amalgamado a él, del que acaso no podría librarse, al que iba a verse obligado a tratar con deferencia como con un amo o con una enfermedad. Y sin embargo, desde el momento en que sentía que una persona nueva se le había añadido de ese modo, su vida le parecía más interesante. Apenas si se decía que aquel posible encuentro en Prévost (cuya expectativa destrozaba, desnudaba hasta tal punto los momentos que la precedían que ya no encontraba una sola idea, un solo recuerdo tras el que pudiese hacer descansar su mente) probablemente sería, en caso de que tuviera lugar, como los demás, muy poca cosa. Como todas las noches, en cuanto estuviera con Odette, lanzando furtivamente sobre su mudable rostro una mirada al punto desviada por miedo a que la mujer viese en ella la insinuación de un deseo y no creyese ya en su indiferencia, no dejaría de pensar en ella, demasiado ocupado en buscar pretextos que le permitiesen no abandonarla tan pronto y asegurarse, sin aparentar demasiado interés, de que volvería a encontrarla al día siguiente en casa de los Verdurin: es decir, prolongar por el momento y renovar un día más la decepción y la tortura que le aportaba la vana presencia de aquella mujer a la que se acercaba sin atreverse a abrazarla.

No estaba en Prévost; quiso buscar en todos los restaurantes de los bulevares. Para ganar tiempo, mientras él inspeccionaba unos, envió a los otros a su cochero Rémi (el dux Loredano de Rizzo), a quien luego fue a esperar —sin haber encontrado nada él mismo— al lugar que le había indicado. El coche no volvía y Swann imaginaba el momento que estaba a punto de llegar, a la vez como aquel en que Rémi le diría: «Esa señora está ahí», y como aquel en que Rémi le diría: «Esa señora no está en ninguno de los cafés». Y de este modo veía delante de sí el final de la velada, única y sin embargo alternativa, precedida bien por el encuentro de Odette que aboliría su angustia, bien por la renuncia forzada a encontrarla esa noche, por la aceptación del regreso a casa sin haberla visto.

Volvió el cochero, pero, en el momento en que se detuvo delante de Swann, este no le dijo: «¿Ha encontrado a esa señora?», sino: «Recuérdame mañana que encargue leña, me parece que la provisión está empezando a agotarse». Quizá se decía que si Rémi hubiera encontrado a Odette en un café donde ella lo esperaba, el final de la velada nefasta quedaba aniquilado por la realización iniciada del final de velada feliz y que no era necesario darse prisa para alcanzar una felicidad capturada y en lugar seguro, que ya no había de escapársele. Pero también era por fuerza de inercia; tenía en el alma la falta de flexibilidad que ciertos seres tienen en el cuerpo, esos que, en el momento de evitar un choque, de alejar una llama de su traje, de hacer un movimiento urgente, se toman su tiempo, empiezan por permanecer un segundo en la situación en que antes se hallaban como para encontrar en ella su punto de apoyo, su impulso. E, indudablemente, si el cochero lo hubiera interrumpido diciéndole: «Esa señora está ahí», habría respondido: «¡Ah, sí, es verdad, el recado que le había encargado, vaya, no me lo habría creído!», y habría seguido hablándole de la provisión de leña para ocultarle la emoción que había sentido y darse a sí mismo tiempo de romper con la inquietud y entregarse a la felicidad.

Pero el cochero regresó para decirle que no la había encontrado por ninguna parte, y, como viejo servidor, añadió su propio parecer:

«Creo que al señor no le queda otra que volver a casa».

Pero la indiferencia que Swann fingía sin esfuerzo cuando Rémi ya no podía cambiar nada de la respuesta que traía se esfumó al ver que trataba de hacerle renunciar a su esperanza y a su búsqueda:

«No, nada de eso, exclamó, tenemos que encontrar a esa señora; es de la mayor importancia. Se encontraría en un buen aprieto, debido a cierto asunto, y se ofendería si no me hubiera visto.

»—No veo cómo podría darse por ofendida esa señora, respondió Rémi, si ha sido ella la que se ha marchado sin esperar al señor, la que ha dicho que iba a Prévost y la que no estaba allí».

Además habían empezado a apagar las luces en todas partes. Bajo los árboles de los bulevares, en una oscuridad misteriosa, vagaban los transeúntes más extraños, apenas reconocibles. Más de una vez, la sombra de una mujer que se le acercaba, le murmuraba unas palabras al oído, pidiéndole que la llevara con él, hizo estremecerse a Swann. Se rozaba ansiosamente con todos aquellos cuerpos oscuros como si entre los fantasmas de los muertos, en el reino sombrío, estuviese buscando a Eurídice.[45]

45. Eurídice es, según la mitología griega, esposa de Orfeo. Perseguida durante la ceremonia nupcial por Aristeo, que pretendía raptarla, la joven fue picada en su huida por una serpiente venenosa. Orfeo bajó a los Infiernos tras ella y consiguió que los dioses, fascinados por sus cantos, le permitieran regresar con Eurídice al mundo de los vivos a condición de no volver los ojos hacia su

De todas las formas de producción del amor, de todos los agentes de diseminación del mal sagrado, uno de los más eficaces es ese gran soplo de agitación que a veces pasa sobre nosotros. Entonces la suerte está echada, el ser con el que en ese instante nos complacemos es el que amaremos. No es siquiera preciso que hasta ese momento nos guste más o incluso lo mismo que otros. Solo era necesario que nuestro gusto por él se volviera exclusivo. Y esa condición se cumple cuando —en ese momento en que nos falta— la búsqueda de los placeres que su beneplácito nos prodigaba es sustituida bruscamente en nuestro interior por una necesidad ansiosa que tiene por objeto ese mismo ser, una necesidad absurda, que las leyes de este mundo vuelven imposible de satisfacer y difícil de curar —la necesidad insensata y dolorosa de poseerlo.

Swann se hizo llevar a los últimos restaurantes; era la única hipótesis de la felicidad que había contemplado con calma; ahora ya no ocultaba su agitación, la importancia que atribuía a ese encuentro y prometió a su cochero una recompensa en caso de éxito, como si, inspirándole el deseo de conseguirlo que vendría a sumarse al que él mismo tenía, pudiera hacer que, en caso de que hubiera vuelto a casa para acostarse, Odette estuviese sin embargo en un restaurante del bulevar. Llegó hasta la Maison Dorée, entró dos veces en Tortoni,[46]

---

mujer hasta que hubieran salido. Impaciente por verla, Orfeo desobedeció la orden y Eurídice desapareció.

46. El Café Tortoni se hallaba en el número 10 del bulevar des Italiens, en el cruce con la calle Taitbout. Abierto en 1798 por el primer heladero napolitano instalado en París, Velloni, fue adquirido en 1804 por Tortoni, que lo convirtió en lugar de encuentro de políticos y literatos. Cerró sus puertas en 1894.

y salía, también sin verla, del Café Anglais,[47] caminando a zancadas, con aire trastornado, para dirigirse al coche que lo esperaba en la esquina del bulevar des Italiens, cuando chocó con una persona que venía en sentido contrario: era Odette; ella le explicó más tarde que, al no haber encontrado mesa en Prévost, había ido a cenar a la Maison Dorée en un rincón apartado donde él no la había descubierto, y ahora regresaba a su coche.

Se esperaba tan poco verlo que ella hizo un gesto de susto. En cuanto a él, había recorrido París no porque creyera posible encontrarla, sino porque le resultaba demasiado cruel renunciar a ello. Pero aquella alegría que su razón no había dejado de estimar, esa noche, irrealizable no le parecía ahora sino más real; pues, como no había contribuido a ella con la previsión de lo verosímil, seguía siendo exterior a él; no tenía necesidad de sacarla de su espíritu para proporcionársela, porque emanaba de ella misma, era ella misma la que proyectaba hacia él aquella verdad que irradiaba hasta el punto de disipar como un sueño el aislamiento que había temido, y en la que apoyaba, a la que confiaba, sin pensar, sus sueños más felices. Como un viajero que un día de cielo sereno llega a orillas del Mediterráneo, inseguro de la existencia de los países que acaba de abandonar, deja que deslumbren su vista, en vez de lanzarles miradas, los rayos que hacia él emite el azul luminoso y resistente de las aguas.

47. El Café Anglais, en el cruce del bulevar des Italiens y la calle Marivaux, fue centro de reunión de los románticos y a finales de siglo tenía fama de ser el mejor restaurante de París. Fue demolido en 1913. En su búsqueda frenética de Odette, Swann hace el recorrido de los cafés y restaurantes más elegantes de ese fin de siglo, que se encontraban a pocos pasos unos de otros.

Subió con Odette al coche que ella tenía y mandó al suyo que lo siguiera.

Odette llevaba en la mano un ramo de catleyas y Swann vio que, bajo su pañuelo de encaje, en el pelo tenía flores de esa misma orquídea prendidas en un airón de plumas de cisne. Bajo la mantilla llevaba una casaca de terciopelo negro que, recogida al bies, descubría en un amplio triángulo el bajo de una falda de falla blanca y dejaba ver un canesú, también de falla blanca, en la abertura del escotado corpiño, donde se hundían otras flores de catleyas. Nada más reponerse del susto que Swann le había causado, un obstáculo provocó un extraño del caballo. Fueron vivamente desplazados, ella había lanzado un grito y permanecía toda palpitante, sin aliento.

«No es nada, le dijo él, no tenga miedo.»

Y la tenía cogida por el hombro, apoyándola contra él para sostenerla; luego le dijo:

«Sobre todo, no me hable, contésteme solo por señas para no sofocarse todavía más. ¿No le molesta que vuelva a enderezarle las flores del corpiño que han sido desplazadas por el choque? Temo que las pierda, quisiera metérselas un poco».

Odette, que no estaba acostumbrada a ver que los hombres tuvieran tantas deferencias con ella, dijo sonriendo:

«No, nada de eso, no me molesta».

Pero él, intimidado por la respuesta, también acaso para fingir que había sido sincero al elegir ese pretexto, o quizá porque empezaba a creer que lo había sido, exclamó:

«¡Oh!, no, sobre todo no hable, volverá a quedarse sin aliento, puede responderme con gestos, la entenderé perfectamente. ¿De veras que no le molesta? Mire… aquí hay un poco de… me parece que es polen que se ha esparcido sobre usted; ¿me permite que lo limpie con la mano? ¿No voy demasiado fuerte, no soy demasiado brutal? Quizá estoy haciéndole algunas cosquillas, ¿eh? Pero es que no querría tocar el terciopelo del vestido para no chafarlo. Ya ve, no había más remedio que sujetarlas, se habrían caído; y, si las meto así, poco a poco, hasta el fondo… ¿De veras que no soy desagradable? ¿Y si las huelo para ver si en realidad tampoco tienen olor? Nunca he olido estas flores, ¿puedo? Diga la verdad».

Sonriendo, Odette se encogió ligeramente de hombros, como diciendo «qué tonto es usted, ya ve que eso me gusta».

Él levantaba su otra mano a lo largo de la mejilla de Odette; ella lo miró fijamente, con el aire lánguido y grave que tienen las mujeres del maestro florentino con las que le había encontrado parecido; llevados al borde de los párpados, sus ojos brillantes, grandes y rasgados como los suyos, parecían a punto de desprenderse como dos lágrimas. Doblaba el cuello como vemos hacer a todas, en las escenas paganas y en los cuadros religiosos. Y, en una actitud que sin duda era habitual en ella, que sabía apropiada en esos momentos y que estaba muy atenta para no olvidarse de asumirla, parecía tener necesidad de toda su fuerza para retener su propio rostro, como si una fuerza invisible lo hubiera atraído hacia Swann. Y fue Swann quien, antes de que ella lo dejase caer, como a pesar suyo, sobre sus labios, lo retuvo un instante, a cierta distancia, entre sus manos. Había querido dejar a su pensamiento el tiempo de acudir, de reconocer el sueño que había acariciado hacía tanto tiempo y de asistir a su realización, como una pariente a la que se llama para hacerla partícipe del éxito de un hijo al que ella ha querido mucho. Quizá Swann también fijaba en aquel rostro de Odette aún no poseído, y ni siquiera besado todavía por él, que veía por última vez, esa mirada con la que, un día de despedida, querríamos llevarnos un paisaje que vamos a dejar para siempre.

Pero era tan tímido con ella que, aunque esa noche terminó poseyéndola después de haber empezado por arreglarle las catleyas, fuera por temor a ofenderla, fuera por miedo a parecer retrospectivamente que había mentido, fuera por falta de audacia para formular una exigencia mayor que aquella (que podía repetir dado que no había molestado a Odette la primera vez), los días siguientes recurrió al mismo pretexto. Si Odette llevaba catleyas en el corpiño, decía: «¡Qué lástima! Esta noche las catleyas no necesitan que nadie las arregle, no están fuera de su sitio como la otra noche; pero me parece que hay una que no está muy derecha. ¿Puedo ver si huelen más que las otras?». O, si no las llevaba: «¡Ah! Esta noche no hay catleyas, y no podré dedicarme a mis pequeños arreglos». De modo que, durante algún tiempo, no hubo cambio en el orden que había seguido la primera noche, empezando por tocamientos de dedos y labios sobre el pecho de Odette, y por ellos siguieron empezando siempre sus caricias; y mucho más tarde, cuando arreglar (o el simulacro ritual de arreglo) las catleyas hacía tiempo que había caído en desuso, la metáfora «hacer catleya», convertida en un simple vocablo que utilizaban de forma inconsciente cuando querían referirse al acto de la posesión física —en el que por lo demás no se posee nada—, sobrevivió, en su lenguaje, a esa costumbre olvidada para conmemorarla. Y acaso esa manera particular de decir «hacer el amor» no significaba exactamente lo mismo que sus sinónimos. Por más hastiado que esté uno de las mujeres, considerar la posesión de las más diferentes como si fueran siempre la misma y conocida de antemano, si se trata de mujeres bastante difíciles —o que nosotros tenemos por tales—, se vuelve por el contrario un placer nuevo, lo bastante para que nos veamos obligados a hacerlo nacer de algún episodio imprevisto de nuestras relaciones con ellas, como para Swann había sido la primera vez el arreglo de las catleyas. Aquella noche, esperaba temblando (pero se decía que, si Odette era la víctima de su astucia, no podía adivinarlo) que fuera la posesión de aquella mujer lo que había de salir de entre sus anchos pétalos color malva; y el placer que ya sentía y que Odette, según él, acaso toleraba únicamente porque no lo había reconocido, le parecía precisamente por eso —como pudo parecer al primer hombre que lo saboreó entre las flores del paraíso terrenal— un placer que hasta entonces no había existido, que trataba de crear, un placer —como el nombre especial que le dio conservó su huella— enteramente particular y nuevo.

Ahora, todas las noches, después de haberla llevado a su casa, tenía que entrar, y a menudo ella volvía a salir en bata y lo acompañaba hasta el carruaje, lo besaba a la vista del cochero, diciendo: «¿Qué puede importarme, qué me importan los demás?». Las noches que no iba a casa de los Verdurin (cosa que ocurría a veces desde que podía verla de otra forma), las noches cada vez menos frecuentes que pasaba en reuniones mundanas, Odette le pedía que fuese a verla antes de volver a casa, fuera la hora que fuese. Era primavera, una primavera pura y helada. Al salir de una velada, montaba en su victoria,[48] extendía una manta sobre sus piernas, respondía a los amigos que se iban al mismo tiempo que él y le proponían que volviera con ellos que no podía, que no iba en la misma dirección, y el cochero, sabiendo cuál era su destino, partía al galope. Los otros se sorprendían, y, en efecto, Swann ya no era el mismo. Ahora ya no recibían cartas suyas pidiéndoles que le presentaran a una mujer. Tampoco se fijaba en ninguna, ni frecuentaba los lugares donde se las encuentra. En un restaurante, en el campo, su actitud era inversa a la que, todavía ayer, permitía reconocerlo y que había parecido que debía ser siempre la suya. ¡Hasta tal punto una pasión es en nosotros una especie de carácter momentáneo y diferente que sustituye al otro y anula los signos hasta entonces invariables por los que se expresaba! En cambio, ahora lo invariable era que, estuviera donde estuviese, Swann no dejaba de ir a ver a Odette. El trayecto que lo separaba de ella era el que inevitablemente recorría como si fuese la pendiente misma, irresistible y rápida, de su vida. A decir verdad, cuando a veces se entretenía hasta muy tarde en sociedad, habría preferido volver derecho a casa sin hacer aquella larga carrera y no verla sino al día siguiente; pero el hecho mismo de molestarse a una hora insólita en ir a su casa, de adivinar que los amigos al despedirse decían: «Está bajo mucha presión, debe de tener una mujer que lo obliga a ir a verla a la hora

48. Coche de cuatro ruedas y dos asientos, abierto por los lados y con capota, así llamado por el nombre de la reina Victoria de Inglaterra, que fue la primera en usarlo.

que sea», le daba la sensación de llevar la vida de esos hombres que tienen una aventura amorosa en su existencia, y que, sacrificando su propio descanso y sus intereses a una fantasía voluptuosa, provocan el nacimiento de un encanto interior. Además, sin que se diera cuenta, aquella certeza de que Odette lo esperaba, de que además no estaba con otros, de que no volvería a casa sin haberla visto, neutralizaba aquella angustia olvidada pero siempre presta a renacer que había sentido la noche en que Odette ya no estaba en casa de los Verdurin y que, sosegada ahora, era tan dulce que se la podía llamar felicidad. Quizá a esa angustia se debiera la importancia que Odette había cobrado para él. Suelen sernos tan indiferentes los seres que, cuando hemos depositado en uno de ellos tales posibilidades de sufrimiento y de alegría para nosotros, nos parece que pertenece a un universo distinto, se rodea de poesía, transforma nuestra vida en una especie de extensión emotiva donde estará más o menos cerca de nosotros. Swann no podía preguntarse sin inquietud en qué se convertiría Odette para él en los años futuros. A veces, al contemplar desde su victoria, en aquellas hermosas noches frías, la brillante luna que difundía la claridad entre sus ojos y las calles desiertas, pensaba en aquel otro rostro claro y levemente rosado como el de la luna, que, un día, había surgido ante su pensamiento y que desde entonces proyectaba sobre el mundo la luz misteriosa en la cual él lo veía. Si llegaba pasada la hora en que Odette enviaba a sus criados a acostarse, antes de llamar a la puerta del jardincillo, iba primero a la calle a la que daba en la planta baja, entre las ventanas todas iguales, pero oscuras, de los hotelitos contiguos, la ventana, la única iluminada, de su dormitorio. Golpeaba en el cristal, y ella, advertida, respondía e iba a esperarlo a la otra parte, en la puerta de la entrada. Swann encontraba abiertas sobre el piano algunas de las partituras que ella prefería: el *Vals de las rosas* o *Pobre loco*, de Tagliafico[49] (que, según su voluntad escrita, debían ejecutarse en su entierro), le pedía que tocara en su lugar la pequeña frase de la sonata de Vinteuil, aunque Odette tocase muy mal, pero la visión más bella que nos queda de una obra es a menudo la que se elevó por encima de sonidos falsos arrancados por torpes dedos de un piano desafinado. La pequeña frase seguía asociándose para Swann al amor que tenía por Odette. Sentía que ese amor era algo que no correspondía a nada externo, ni verificable por nadie que no fuera él; se daba cuenta de que las cualidades de Odette no justificaban que él atribuyera tanto valor a los ratos pasados a su lado. Y a menudo, cuando era la inteligencia positiva la única que reinaba en Swann, quería dejar de sacrificar tantos intereses intelectuales y sociales a ese placer imaginario. Pero, en cuanto la oía, la pequeña frase sabía liberar en su interior el espacio necesario para ella, y las proporciones del alma de Swann se veían cambiadas; en ella quedaba reservado un margen para un goce que tampoco correspondía a ningún objeto exterior y que, sin

49. Olivier Métra (1830-1889), autor del *Vals de las rosas* (1885), fue director de la orquesta del Châtelet, del Folies Bergère y, desde 1878, de los bailes de la Ópera. Compuso operetas y músicas de ballet de gusto muy popular. Joseph Dieudonné Tagliafico (1821-1900), barítono francés de origen italiano, que, además de empresario en Montecarlo y en el Covent Garden, compuso algunas romanzas y baladas, entre ellas la titulada *Pobres locos*, que Proust transcribe en singular.

embargo, lejos de ser puramente individual como la del amor, se imponía a Swann como una realidad superior a las cosas concretas. Esta sed de un encanto desconocido la despertaba en él la pequeña frase, pero sin aportarle nada preciso para saciarla. De modo que aquellas partes del alma de Swann donde la pequeña frase había borrado la preocupación por los intereses materiales, las consideraciones humanas y válidas para todos, las había dejado vacías y en blanco, y era libre para inscribir ahí el nombre de Odette. Además, a lo que el amor de Odette podía tener de escaso y decepcionante, la pequeña frase venía a añadir, a amalgamar, su propia esencia misteriosa. Viendo el rostro de Swann mientras escuchaba la frase, se hubiera dicho que estaba absorbiendo un anestésico que daba más amplitud a su respiración. Y el placer que le procuraba la música, y que pronto iba a crear en él una verdadera necesidad, se parecía de hecho, en esos momentos, al placer que habría obtenido inhalando perfumes, entrando en contacto con un mundo para el que no estamos hechos, que nos parece informe porque nuestros ojos no lo perciben, sin significación porque escapa a nuestra inteligencia, que únicamente alcanzamos por un solo sentido. Qué gran descanso, qué misteriosa renovación para Swann —cuyos ojos, aunque delicados degustadores de pintura, cuya mente, aunque sutil observadora de costumbres, llevaban por siempre la huella indeleble de la sequedad de su vida— sentirse transformado en una criatura ajena a la humanidad, ciega, desprovista de facultades lógicas, casi un fantástico unicornio, una criatura quimérica que solo percibe el mundo por el oído. Y como en la pequeña frase buscaba sin embargo un sentido al que su inteligencia no podía descender, ¡qué extraña ebriedad sentía al despojar su alma más interior de todos los auxilios del razonamiento y hacerla pasar sola por el pasillo, por el filtro oscuro del sonido! Empezaba a darse cuenta de todo el dolor, tal vez incluso de todo el secreto desasosiego que había en el fondo de la dulzura de aquella frase, pero no podía soportarlo. ¡Qué importaba que le dijera que el amor es frágil si el suyo era tan fuerte! Jugaba con la tristeza que difundía, la sentía pasar sobre él, pero como una caricia que volvía más profunda y más dulce la sensación que tenía de su felicidad. Hacía que Odette la tocase diez, veinte veces, exigiendo que al mismo tiempo no dejara de besarlo. Un beso llama a otro beso. ¡Ay, con qué naturalidad nacen los besos en esos primeros tiempos en que se ama! Menudean tan cerca unos de otros; y costaría tanto contar los besos que se dan durante una hora como las flores de un campo en el mes de mayo. Entonces ella hacía ademán de pararse, diciendo: «¿Cómo quieres que toque si me sujetas así? No puedo hacer todo a la vez, decide al menos lo que quieres, debo tocar la frase o hacerte arrumacos», él se enfadaba y ella soltaba una risa que se transformaba en una lluvia de besos que caía sobre él. O lo miraba con expresión huraña, y él volvía a ver un rostro digno de figurar en la *Vida de Moisés* de Botticelli, la situaba en el cuadro y daba al cuello de Odette la inclinación necesaria; y cuando la tenía bien pintada al temple,[50] en el siglo XV, sobre la pared de la Sixtina, la idea de que mientras ella se había quedado allí, junto al piano, en el presente, dispuesta a ser besada y poseída, la idea de

---

50. Botticelli pintó frescos en la Capilla Sixtina, pero los retoques finales fueron realizados al temple seco.

su materialidad y de su vida lo embriagaba con tal fuerza que, con la mirada extraviada, las mandíbulas tensas como para devorar, se precipitaba sobre aquella virgen de Botticelli y se ponía a pellizcarle las mejillas. Luego, una vez que la había dejado, no sin volver a entrar para besarla una vez más porque había olvidado llevarse en su recuerdo alguna particularidad de su olor o de sus rasgos, mientras volvía a casa en su victoria, bendecía a Odette por permitirle aquellas visitas cotidianas de las que comprendía que, sin duda, a ella no debían causarle una gran alegría pero que impidiéndole sentirse celoso —evitándole la ocasión de sufrir nuevamente el mal que se había declarado en su interior la noche que no la había encontrado en casa de los Verdurin— lo ayudarían a alcanzar, sin incurrir en otras de aquellas crisis la primera de las cuales había sido tan dolorosa y seguiría siendo la única, el final de aquellas horas singulares de su vida, horas casi encantadas como aquellas en que atravesaba París al claro de la luna. Y como, durante esa vuelta a casa, notase que ahora el astro se había desplazado respecto a él, y casi en el límite del horizonte, sintiendo que también su amor obedecía a unas leyes inmutables y naturales, se preguntaba si aquel período en el que acababa de entrar duraría mucho todavía, si dentro de poco su pensamiento solo volvería a ver aquel rostro querido ocupando una posición distante y menguada, y a punto de dejar de difundir su encanto. Porque desde que estaba enamorado Swann lo encontraba en las cosas, como en la época en que, adolescente, se creía artista; pero ya no era el mismo encanto; este, era solo Odette la que se lo confería. Sentía renacer en su interior las inspiraciones de la juventud que una vida frívola había disipado,

113

pero todas llevaban el reflejo, la impronta de un ser particular; y el delicado placer que ahora disfrutaba pasando largas horas en casa, a solas con su alma convaleciente, se volvía poco a poco él mismo, pero de otra.

Solo iba a casa de Odette por la noche, y no sabía nada de lo que ella hacía durante el día, ni tampoco de su pasado, hasta el punto de carecer incluso de esa pequeña información inicial que, permitiéndonos imaginar lo que no sabemos, nos da deseo de conocerlo. Por eso no se preguntaba qué podía hacer Odette, ni cuál había sido su vida. A veces se limitaba a sonreír pensando que unos años antes, cuando no la conocía, le habían hablado de una mujer que, si no recordaba mal, debía ser ella desde luego, como de una cualquiera, de una mantenida, una de esas mujeres a las que seguía atribuyendo, por haber vivido poco su ambiente, el carácter uniforme, fundamentalmente perverso, con que las dotó durante mucho tiempo la imaginación de ciertos novelistas. Se decía a sí mismo que, a menudo y en materia de reputaciones, basta con defender la opinión contraria que forma la gente para juzgar con exactitud a una persona, cuando a un carácter como ese oponía el de Odette, buena, ingenua, enamorada de ideal, tan incapaz casi de no decir la verdad que, tras suplicarle un día que, para poder cenar a solas con ella, escribiese a los Verdurin que se encontraba mal, al día siguiente, ante Mme. Verdurin que le preguntaba si estaba mejor, la había visto ruborizarse, balbucir y reflejar a pesar suyo, en su rostro, la pena, el suplicio que le suponía mentir y, mientras multiplicaba en su respuesta los detalles inventados sobre su pretendida indisposición de la víspera, dar la impresión de pedir perdón con sus

114

miradas suplicantes y su voz desolada por la falsedad de sus palabras.

Sin embargo, algunos días, aunque pocos, Odette acudía a su casa por la tarde a interrumpir su ensoñación o aquel estudio sobre Vermeer en el que volvía a trabajar últimamente. Iban a decirle que Mme. de Crécy estaba en el saloncito. Salía a recibirla, y cuando abría la puerta, nada más ver a Swann, al rostro rosado de Odette iba a mezclarse una sonrisa —que cambiaba la forma de su boca, la expresión de los ojos, el modelado de sus mejillas—. Una vez solo, volvía a ver esa sonrisa, la que había mostrado la víspera, otra con la que lo había acogido en tal o cual ocasión, aquella que, en el coche, había sido su respuesta cuando le había preguntado si le resultaba desagradable al enderezarle las catleyas; y la vida de Odette durante el resto del tiempo, al no saber nada de ella, le parecía, con su fondo neutro e incoloro, semejante a esas hojas de apuntes de Watteau[51] donde aquí y allá, en todas partes y en todas direcciones, se ven, dibujadas a tres lápices sobre el papel gamuzado, innumerables sonrisas. Pero a veces, en un rincón de aquella vida que Swann veía completamente vacía, aunque su razón le dijese que no lo estaba porque no podía imaginarla, algún amigo que, sospechando que se amaban, no se hubiera arriesgado a decirle de ella nada que no fuese insignificante, le describía la silueta de Odette, a quien esa misma mañana había vis-

51. Antoine Watteau (1684-1721) sugiere en sus «fiestas galantes», en sus sanguinas y dibujos «a tres lápices», la «apoteosis del amor y del placer», por lo que Proust le adjudica en *Ensayos y artículos* el título de primer artista que había pintado «el amor moderno» con sus sutilezas de gestos, disfraces y paseos en un entorno de fuentes y boscajes.

to subir a pie la calle Abbattucci[52] con una «visite»[53] guarnecida de *skunks*,[54] bajo un sombrero «a lo Rembrandt»[55] y un ramillete de violetas en el escote. Este sencillo esbozo alteraba a Swann porque, de golpe, le hacía vislumbrar que Odette tenía una vida que no era enteramente suya; quería saber a quién había tratado de agradar con aquella indumentaria para él desconocida; se prometía preguntarle adónde iba, en ese momento, como si en toda la vida incolora —casi inexistente, por ser invisible para él— de su amante no hubiera más que una sola cosa al margen de todas aquellas sonrisas dirigidas a él: su paseo bajo un sombrero a lo Rembrandt, con un ramillete de violetas en el corpiño.

Salvo cuando le pedía la pequeña frase de Vinteuil en lugar del *Vals de las rosas*, Swann no trataba de hacerle tocar las cosas que amaba ni corregir, tanto en música como en literatura, su mal gusto. Se daba perfecta cuenta de que ella no era inteligente. Al decirle que le gustaría tanto que le hablase de los grandes poetas, Odette se había figurado que acto seguido iba a conocer estrofas heroicas y novelescas del género de

52. Entre 1868 y 1879, un trecho de la actual calle parisina La Boétie, entre el *faubourg* Saint-Honoré y la plaza Saint-Augustin, llevó el nombre de un ministro de Justicia de Napoleón III, Jacques-Pierre-Charles Abbattucci (1792-1857).

53. Pequeña capa femenina bordada de piel, utilizada para salir de visita.

54. Piel de mofeta, de pelos de longitud media y color negro con bandas blancas. Es un sustantivo plural inglés que en francés se empleó como singular al ser tomado directamente de los catálogos de pieles.

55. Sombrero de alas realzadas que podía ir adornado con una pluma.

las del vizconde de Borelli,[56] más emotivas todavía. En cuanto a Vermeer de Delft, le preguntó si había sufrido por una mujer, si era una mujer la que lo había inspirado, y, tras haberle confesado Swann que no sabía nada de eso, se había desinteresado por este pintor. Decía a menudo: «Estoy segura de que no habría nada más bello que la poesía si fuese verdad, si los poetas pensaran todo lo que dicen. Pero la mayoría de las veces, no hay gente más interesada que ellos. Y de eso sé algo, tuve una amiga que amó a una especie de poeta. En sus versos, solo hablaba de amor, del cielo, de las estrellas. ¡Ah!, ¡bien que la engañó! Le sacó más de trescientos mil francos». Si entonces Swann trataba de enseñarle en qué consistía la belleza artística, cómo había que admirar los versos o los cuadros, al cabo de un instante ella dejaba de escuchar, diciendo: «Vaya…, no me imaginaba que fuera así». Y Swann advertía en ella tal decepción que prefería mentir diciéndole que todo aquello no importaba nada, que no eran más que bagatelas, que no tenía tiempo para abordar el fondo, que había otra cosa. Pero ella le interrumpía vivamente: «¿Otra cosa? ¿Qué cosa?… Dímelo entonces», pero él no lo decía, sabiendo que había de parecerle insignificante y distinto de lo que ella esperaba, menos sensacional y menos conmovedor, y temiendo que, desilusionada del arte, se desilusionase al mismo tiempo del amor.

Y en efecto, intelectualmente, Swann le parecía inferior a lo que habría creído. «Nunca pierdes la sangre

56. El vizconde Raymond de Borelli (1837-1906) consiguió tres premios de poesía de la Academia Francesa —institución que lo acogió en su seno— por *Sursum corda* (1885), *Jongleur* (1891) y *La Fonte de Persée* (1895). En 1889 en el Théâtre-Français se estrenó su obra teatral *Alain Chartier*, en versos patrióticos.

fría, no puedo definirte.» Y le maravillaba todavía más su indiferencia hacia el dinero, su amabilidad con todos, su delicadeza. Y de hecho, a personajes más grandes de lo que era Swann, a un sabio, a un artista, cuando no es del todo desconocido por quienes lo rodean, a menudo les ocurre que aquel sentimiento suyo que demuestra que la superioridad de su inteligencia se ha impuesto a ellos no es la admiración por sus ideas, dado que se les escapan, sino el respeto hacia su bondad. Era también respeto lo que inspiraba a Odette la posición de que gozaba Swann en la buena sociedad, pero no deseaba que tratase de introducirla en ella. Tal vez intuía que no podría conseguirlo, y temiese incluso que, con solo hablar de ella, provocase algunas revelaciones que temía. Lo cierto es que le había hecho prometer que nunca pronunciaría su nombre. Según le había dicho, la razón por la que no quería hacer vida social era una disputa que en otro tiempo había tenido con una amiga, quien después, para vengarse, había hablado mal de ella. Swann objetaba: «Pero no todo el mundo ha conocido a tu amiga. — Claro que sí, eso es como una mancha de aceite, la gente es tan malvada». Por un lado, Swann no comprendió aquella historia, pero por otro sabía que proposiciones como «La gente es tan malvada», «una calumnia es como una mancha de aceite» son tenidas generalmente por verdaderas; debía haber casos a los que se aplicaban. ¿Era el de Odette uno de ellos? No dejaba de preguntárselo, aunque no por mucho tiempo, porque también él estaba sometido a aquel embotamiento mental que se abatía sobre su padre cuando se planteaba un problema difícil. Además, aquella buena sociedad que tanto asustaba a Odette quizá no le inspirara grandes deseos porque estaba demasiado lejos de la que ella conocía para imaginársela con claridad. Sin embargo, a pesar de que en ciertos aspectos seguía siendo realmente simple (por ejemplo, había conservado como amiga a una pequeña modista retirada y trepaba casi a diario su escalera empinada, oscura y fétida), tenía sed de *chic*, aunque no se hiciese de lo *chic* la misma idea que las gentes de mundo. Para estas, lo *chic* es una emanación de unas pocas personas que lo proyectan hasta un nivel bastante alejado —y más o menos debilitado en razón de la distancia del centro de su intimidad— en el círculo de sus amigos o de amigos de sus amigos cuyos nombres forman una especie de repertorio. Las gentes de mundo lo poseen en su memoria, tienen sobre estas materias una erudición de la que han extraído una especie de gusto, de tacto, hasta el punto de que, por ejemplo, si Swann leía en un periódico los nombres de las personas que se encontraban en una cena podía decir inmediatamente, sin necesidad de recurrir a su saber mundano, el matiz de lo *chic* de esa cena, lo mismo que un literato, por la simple lectura de una frase, aprecia con exactitud la calidad literaria de su autor. Pero Odette formaba parte de las personas (extremadamente numerosas, pese a lo que crean las gentes de mundo, y como las hay en todas las clases de la sociedad) que no poseen esas nociones, se imaginan un *chic* completamente distinto, que reviste diversos aspectos según el ambiente a que pertenecen, pero que tiene como carácter particular —ya sea el *chic* con el que soñaba Odette, o aquel ante el que se inclinaba Mme. Cottard— ser directamente accesible a todos. A decir verdad, también lo es el otro, el de las gentes de mundo, pero requiere cierto tiempo. Odette decía de alguien:

«Nunca va a ningún sitio que no sea *chic*».[57]

Y si Swann le preguntaba qué quería decir con esa expresión, le respondía con un poco de desprecio:

«¡Pues a los sitios *chic*, está claro! Si, a tu edad, hay que enseñarte lo que son los sitios *chic*, pues ¿qué quieres que te diga? Por ejemplo, los domingos por la mañana, la avenida de l'Impératrice,[58] a las cinco la vuelta al Lago,[59] los jueves el Éden-Théâtre,[60] el viernes el Hipódromo,[61] los bailes…

»—Pero ¿qué bailes?

»—Pues los bailes que se dan en París, los bailes *chic* quiero decir. Verás, Herbinger, ya sabes, el que trabaja con un corredor de bolsa, pues sí, claro que lo

57. Para Odette, los sitios *chic* están alrededor del Bois de Boulogne, la Ópera o el puente de l'Alma, convertidos por el nuevo poder (la III República) en centros de convivencia de la clase que había acabado con el Segundo Imperio; en cuanto a buen gusto, están muy lejos del auténtico árbitro de la elegancia del período, el *faubourg* Saint-Germain.

58. Nombre que llevó la actual Avenida Foch de 1854 a 1875; en esta fecha, tras la caída del Segundo Imperio, recibió el de Avenida du Bois, aunque durante mucho tiempo siguió utilizándose el nombre antiguo. En 1929 pasó a llamarse Foch; es una de las doce avenidas que irradian desde el Arco de Triunfo, al que une con la Porte Dauphine.

59. El lago del Bois de Boulogne, al que conducía la avenida de l'Impératrice.

60. El Éden-Théâtre abrió sus puertas en 1883, en la calle Boudreau, cerca de la Ópera, para ofrecer sobre todo espectáculos de ballet, aunque en él se oyó por primera vez en París *Lohengrin* (1887) y la ópera de Saint-Saëns *Sansón y Dalila*; demolido en 1898, sobre su solar se asienta desde esa fecha el teatro Athénée.

61. El estadio del Hipódromo se construyó en 1875 entre las avenidas de l'Alma (en la actualidad George V) y Marceau. Demolido en 1892, tenía capacidad para 10.000 espectadores que podían asistir en él a ballets, carreras de caballos y espectáculos ecuestres.

sabes, es uno de los hombres más lanzados de París, un joven alto, rubio y tremendamente esnob, que siempre lleva una flor en el ojal, una raya hasta la nuca, unos abrigos claros; está con esa vieja pintarrajeada a la que pasea por todos los estrenos. Pues bien, la otra noche dio un baile, y estaba todo lo más *chic* de París. ¡Qué no hubiera dado yo por ir! Pero había que presentar la tarjeta de invitación en la puerta y no había podido hacerme con una. En el fondo, prefiero no haber ido, fue una carnicería, no habría conseguido ver nada. Sobre todo era por poder decir que habían estado en casa de Herbinger. ¡Y ya sabes que, a mí, esa vanidad! Además, puedes estar seguro de que, de cada cien mujeres que cuentan que estaban, por lo menos la mitad miente… Pero me extraña que tú, un hombre tan "pschutt"[62] no estuvieras».

Pero Swann no intentaba de ningún modo hacerle modificar esa concepción de lo *chic*; pensando que la suya no era más verdadera, sino igual de idiota, carente de importancia, no veía ningún interés en instruir en este punto a su amante, y por eso, varios meses después, ella solo se interesaba en las personas a cuya casa Swann iba únicamente por las invitaciones para el recinto de pesaje, los concursos de hípica, las entradas de estreno que él podía conseguirle gracias a ellas. Deseaba que Swann cultivase amistades tan provechosas, pero por otro lado se inclinaba a considerarlas poco *chic* desde que vio pasar por la calle a la marquesa de Villeparisis con un vestido de lana negra y un gorro con bridas.

«¡Pero si parece una acomodadora, una vieja porte-

62. Neologismo que data de 1883 y que estuvo de moda en el cambio de siglo; era sinónimo de *chic*, de elegante o dandy.

ra, *darling*![63] ¡Y eso es una marquesa! ¡Yo no soy marquesa, pero tendrían que pagarme mucho para que saliese a la calle emperejilada de ese modo!»

No comprendía que Swann pudiera vivir en el palacete del Quai d'Orléans,[64] que, sin atreverse a confesárselo, le parecía indigno de él.

Tenía, desde luego, la pretensión de amar las «antigüedades» y adoptaba un aire deslumbrado y fino para decir que adoraba pasar todo un día «revolviendo cacharros», buscando «trastos viejos», cosas «de otra época». Aunque se empeñase con una especie de pundonor (y pareciese poner en práctica algún precepto familiar) en no responder nunca a las preguntas y no «rendir cuentas» sobre la forma en que pasaba sus días, en cierta ocasión le habló a Swann de una amiga que la había invitado y en cuya casa todo era «de época». Pero Swann no consiguió hacerle confesar de qué época se trataba. Sin embargo, después de haber reflexionado, respondió que era «medieval». Con eso quería decir que había artesonados. Algún tiempo después, volvió a hablarle de su amiga y añadió, en el tono vacilante y el aire de entendido con que se cita a una persona con quien se ha cenado la víspera y cuyo nombre nunca se había oído, pero a quien vuestros anfitriones parecían considerar alguien tan célebre que se espera del interlocutor que sepa sobradamente a quién os referís: «¡Tiene un comedor… del… dieciocho!». A ella, por lo demás, le parecía espantoso, desnudo, como si la casa estuviera

63. Expresión inglesa que significa «querido», «cariño».
64. Construido en la Île de Saint Louis, entre 1614 y 1616, este *quai* situado frente al ábside de Notre Dame y habitado por bohemios, artistas y dandis no era el lugar más idóneo para la burguesía ni para la modernidad elegante.

sin acabar, hacía que las mujeres pareciesen horribles y aquella moda nunca conseguiría imponerse. Por último, volvió a hablar de su amiga una tercera vez, mostrando a Swann la dirección del hombre que había construido aquel comedor y al que deseaba llamar, cuando tuviera dinero, para ver si podía hacerle, no desde luego uno semejante, sino el que ella soñaba y que, por desgracia, no cuadraba con las dimensiones de su hotelito, con altos aparadores, muebles Renacimiento y chimeneas como las del castillo de Blois.[65] Ese día se le escapó, delante de Swann, lo que pensaba de su vivienda del Quai d'Orléans; como él había criticado que a la amiga de Odette le diese, no por el estilo Luis XVI, porque, según decía, aunque ya no se lleve, puede tener su encanto, sino por el falso estilo antiguo, le contestó: «No querrías que viva como tú, en medio de muebles rotos y de alfombras gastadas», porque en Odette seguía prevaleciendo el respeto humano de la burguesía sobre el diletantismo de la *cocotte*.

De quienes amaban las baratijas, amaban los versos, despreciaban los cálculos mezquinos y soñaban con el honor y con el amor, Odette hacía una élite superior al resto de la humanidad. No era necesario tener realmente esos gustos con tal de que los proclamasen; de un hombre que, en una cena, le había confesado que le gustaba callejear, ensuciarse los dedos en las viejas tiendas, que nunca sería apreciado por este siglo mercantilista, pues no le preocupaban sus propios intereses y en esto pertenecía a otro tiempo, Odette volvía a casa di-

65. Residencia de los reyes de Francia en el siglo XVI, construida entre los siglos XIII y XVII; de los elementos que la caracterizan destacan sus chimeneas.

ciendo: «¡Qué alma tan adorable! ¡Es un sensible! ¡Nunca lo hubiera sospechado!», y sentía por él una inmensa y repentina amistad. Pero, en cambio, quienes, como Swann, tenían esos gustos, pero no hablaban de ellos, la dejaban fría. Claro que estaba obligada a reconocer que Swann no daba importancia al dinero, pero añadía enfadada: «Pero en su caso, no es lo mismo»; y en efecto, lo que hablaba a su imaginación no era la práctica del desinterés, era su vocabulario.

Dándose cuenta de que a menudo no podía realizar lo que ella soñaba, Swann trataba por lo menos de que se sintiera a gusto con él, de no contrariar aquellas ideas vulgares, aquel mal gusto que tenía en todo, y que por lo demás él apreciaba como todo lo que venía de ella, que lo fascinaba incluso, por ser otros tantos rasgos particulares gracias a los cuales se le manifestaba y volvía visible la esencia de aquella mujer. Por eso, cuando parecía feliz porque iba a ir a la *Reine Topaze*,[66] o cuando su mirada se volvía seria, inquieta y resuelta si temía perderse la fiesta de las flores o simplemente la hora del té, con *muffins* y *toasts*, en el «Thé de la Rue Royale»[67] donde creía indispensable una presencia asidua para consagrar la reputación de elegancia de una mujer, Swann, arrastrado como solemos serlo por el carácter de un niño o por la verdad de un retrato que parece a punto de hablar, sentía el alma de su amante aflorarle

66. *La reine Topaze*, ópera cómica de Victor Massé (1822-1884), con libreto de J. P. Lockroy y L. Battu, se estrenó en el Théâtre-Lyrique en 1856 y se repuso en el teatro del Château-d'Eau en 1882.
67. Antigua y elegante casa situada en la calle Royale, especializada en té a la inglesa; fue uno de los centros de la anglomanía parisina.

124

con tal fuerza al rostro que no podía resistirse a ir a tocarla con sus labios. «¡Ah! La pequeña Odette quiere que la lleven a la fiesta de las flores, quiere ser admirada, pues entonces la llevaremos, no podemos hacer otra cosa que inclinarnos.» Como la vista de Swann era algo débil, hubo de resignarse a servirse de lentes para trabajar en casa, y a adoptar el monóculo, que lo desfiguraba menos, para la vida social. La primera vez que le vio uno en el ojo, Odette no pudo contener su alegría: «Que digan lo que quieran, yo creo que para un hombre no hay nada más *chic*. ¡Qué bien estás así! Pareces un verdadero *gentleman*. ¡Solo te falta un título!», añadió con un matiz de pesar. A él le gustaba que Odette fuera así, del mismo modo que, de haberse enamorado de una bretona, habría sido feliz viéndola con cofia y oyéndola decir que creía en aparecidos. Hasta entonces, como muchos hombres en quienes el gusto por las artes se desarrolla independientemente de la sensualidad, había existido una extraña disparidad entre las satisfacciones que concedía al uno y a la otra, gozando, en compañía de mujeres cada vez más ordinarias, de las seducciones de obras cada vez más refinadas, llevando a una criadita en un palco con celosía a la representación de una pieza decadente a la que él tenía ganas de ir, o a una exposición de pintura impresionista, y convencido por otro lado de que una dama del gran mundo no hubiera entendido más, y encima no habría sabido callarse con tanta gracia. Pero desde que amaba a Odette, en cambio, simpatizar con ella, tratar de tener una sola alma para los dos le resultaba tan dulce que intentaba complacerse con las cosas que ella amaba, y sentía un placer tanto más profundo no solo en imitar sus costumbres, sino en adoptar sus opiniones, porque, al no tener ninguna raíz en su propia inteligencia, le recordaban exclusivamente su amor, ya que por él las había preferido. Si volvía a *Serge Panine*,[68] si aprovechaba cualquier ocasión para ir a ver cómo dirigía Olivier Métra, era por la dulzura de ser iniciado en todas las ideas de Odette, de sentirse cómplice de todos sus gustos. Aquel encanto de acercarle a ella que poseían las obras o los lugares que amaba le parecía más misterioso que aquel otro intrínseco a lugares y obras más bellos, pero que no se la recordaban. Además, como había dejado debilitarse las creencias intelectuales de su juventud, y como su escepticismo de hombre de mundo había penetrado sin que se diese cuenta hasta ellas, pensaba (o al menos lo había pensado durante tanto tiempo que aún lo proclamaba) que los objetos de nuestros gustos no tienen en sí un valor absoluto, sino que todo es cuestión de época, de clase, que consiste en modas, y las más vulgares valen tanto como las que pasan por las más distinguidas. Y como la importancia atribuida por Odette al hecho de tener invitaciones para las inauguraciones de pintura no le parecía en sí misma más ridícula que el placer que en otro tiempo sintiera él por almorzar con el príncipe de Gales, tampoco pensaba que la admiración que ella profesaba por Montecarlo o por el Righi[69] fuese más

68. Drama del novelista y dramaturgo Georges Ohnet (1848-1884), sacado de su novela del mismo título, que se estrenó en 1882 en el Gymnase-Dramatique. Su protagonista es un príncipe polaco arruinado que logra casarse con una rica heredera, cuya fortuna derrocha; su suegra acaba matándolo para vengarse. Gozó de un gran éxito popular y del rechazo de los árbitros del buen gusto.

69. Macizo montañoso suizo, entre los lagos de los Cuatro Cantones y de Zoug; a finales de siglo era muy frecuentado como punto de vista panorámico de gran belleza.

irracional que su propia afición por Holanda, que ella se figuraba fea, y por Versalles, que a ella le parecía triste. Por eso se privaba de visitarlos, y hallaba placer diciéndose que lo hacía por ella, y que solo quería sentir y amar con ella.

Como todo lo que rodeaba a Odette y en cierto sentido no era para él más que el modo en que podía verla, hablar con ella, Swann amaba la sociedad de los Verdurin. Como en el fondo de todas las diversiones, comidas, música, juegos, cenas de disfraces, excursiones campestres, noches de teatro, y hasta de las pocas «grandes veladas» dadas para los «pelmas», allí estaba la presencia de Odette, la vista de Odette, la conversación con Odette, don inestimable que los Verdurin hacían a Swann invitándolo, y él se encontraba en el «cogollito» mejor que en cualquier otra parte, y trataba de atribuirle méritos reales, imaginándose que lo frecuentaría toda su vida por gusto. Pero como, por miedo a no creerlo, no se atrevía a decirse que amaría eternamente a Odette, suponer al menos que siempre frecuentaría a los Verdurin (proposición que, *a priori*, planteaba menos objeciones de principio de parte de su inteligencia) le permitía ver un futuro en el que seguiría encontrándose con Odette todas las noches; eso quizá no equivaliera exactamente a amarla eternamente, pero por el momento, y mientras amaba, creer que no dejaría de verla un solo día era cuanto pedía. «¡Qué ambiente tan delicioso, pensaba! ¡En el fondo, la verdadera vida es esta! ¡Aquí hay más inteligencia y más sentido artístico que en el gran mundo! Y ¡qué amor tan sincero el de Mme. Verdurin, a pesar de pequeñas exageraciones algo ridículas, por la pintura y por la música, qué pasión por las obras, qué deseo de complacer a los artistas! Su idea de las gentes de mundo no es exacta; ¡pero no lo es menos que estas la tienen más falsa todavía de los ambientes artísticos! Puede ser que yo no tenga grandes necesidades intelectuales que satisfacer en la conversación, pero me encuentro muy a gusto con Cottard, a pesar de sus ineptos retruécanos. Y por lo que se refiere al pintor, si resulta desagradable su pretensión cuando intenta deslumbrar a los demás, en cambio es una de las más bellas inteligencias que yo haya conocido. Y sobre todo, además, allí uno se siente libre, cada cual hace lo que quiere sin presiones ni ceremonias. ¡Qué derroche de buen humor se gasta a diario en ese salón! Decididamente, salvo algunas raras excepciones, de ahora en adelante, solo frecuentaré ese ambiente. Y en él tendré cada vez más mis hábitos y mi vida.»

Y como las cualidades que creía intrínsecas a los Verdurin solo eran el reflejo en ellos de los placeres que su amor por Odette había disfrutado en su casa, esas cualidades se volvían más serias, más profundas, más vitales, cuando esos placeres también lo eran. Como a veces Mme. Verdurin daba a Swann lo único que para él podía constituir la felicidad; como, cierta noche en que sufría de ansiedad porque Odette había hablado con un invitado más que con otro, y en que, irritado con ella, no quería tomar la iniciativa de preguntarle si volvería con él a casa, Mme. Verdurin le aportaba la paz y la alegría diciendo espontáneamente: «Odette, volverá usted con el señor Swann, ¿verdad?»; — como, a punto de llegar aquel verano, y cuando lleno de inquietud se había preguntado al principio si Odette se ausentaría sin él, si podría seguir viéndola todos los días, Mme. Verdurin les había invitado a pasarlo juntos en su casa de campo, — Swann, dejando inconscientemente que la gratitud y el interés se infiltraran en su inteligencia e influyesen en sus ideas, llegaba a proclamar que Mme. Verdurin era una gran alma. Por exquisitas o eminentes que fuesen ciertas personas de las que le hablaba alguno de sus antiguos compañeros de la escuela del Louvre:[70] «Prefiero cien veces a los Verdurin», respondía. Y con una solemnidad nueva en él añadía: «Son unos seres magnánimos, y en el fondo la magnanimidad es lo único que importa y que distingue en este mundo. Verás, solo hay dos clases de personas: los magnánimos y los demás; y he llegado a una edad en la que hay que tomar partido, decidir de una vez por todas qué se quiere amar y qué se quiere despreciar, quedarnos con los que amamos y, para recuperar el tiempo que malgastamos con los demás, no separarnos de ellos hasta su muerte. Por eso», añadía con esa leve emoción que sentimos cuando, incluso sin darnos muy bien cuenta, decimos una cosa no porque sea verdad, sino porque sentimos placer diciéndola y porque la escuchamos en nuestra propia voz como si viniese de fuera, «la suerte está echada, he elegido amar solo a los corazones magnánimos y vivir únicamente en la magnanimidad. Me preguntas si Mme. Verdurin es realmente inteligente. Te aseguro que me ha dado pruebas de una nobleza de corazón y de una altura de alma que, qué quieres que te diga, no se alcanza sin una altura igual de pensamiento. Claro que tiene la profunda inteligencia de las artes. Pero en ella, tal vez no sea eso lo más admirable; y cierta pequeña acción inge-

70. Fundada en 1881, se encargó de formar al personal de los museos franceses mediante clases de historia del arte y de arqueología.

niosa y exquisitamente buena que ha hecho por mí, determinada atención genial, determinado gesto familiarmente sublime, revelan una comprensión de la existencia más profunda que todos los tratados de filosofía».

Y sin embargo habría podido decirse que había viejos amigos de sus padres tan sencillos como los Verdurin, compañeros de su juventud igual de apasionados por el arte, que conocía a otras personas de gran corazón y que, sin embargo, desde que había optado por la simplicidad, las artes y la magnanimidad, ya no las veía nunca. Pero estas personas no conocían a Odette, y, de haberla conocido, no se habrían preocupado de acercarla a él.

Así que, en todo el círculo de los Verdurin, no había desde luego un solo fiel que los quisiese o creyese quererlos tanto como Swann. Y sin embargo, cuando el señor Verdurin había dicho que Swann no lo convencía, no solo había expresado su propio pensamiento sino que había adivinado el de su mujer. Sin duda Swann sentía por Odette un cariño demasiado particular, y había olvidado hacer de Mme. Verdurin su confidente cotidiana: sin duda la discreción misma con la que aprovechaba la hospitalidad de los Verdurin, absteniéndose a menudo de acudir a cenar por un motivo que no sospechaban y en el que veían el deseo de no renunciar a una invitación en casa de unos «pelmas», y, también sin duda, el progresivo descubrimiento que, a pesar de todas las precauciones que había tomado para ocultárselo, hacían de su brillante situación mundana, todo esto contribuía a su irritación contra él. Pero la razón profunda era otra. Y es que enseguida habían advertido en Swann un espacio reservado, impenetrable, donde seguía profesando silenciosamente para sí mismo que la princesa de Sagan no era grotesca y que las bromas de Cottard no eran graciosas; en definitiva, y aunque nunca se apartase de su amabilidad ni se rebelase contra sus dogmas, una imposibilidad de imponerle estos últimos y de convertirlo enteramente a ellos, como nunca habían encontrado otra igual en nadie. Le habrían perdonado que frecuentase a pelmas (por lo demás, en el fondo de su corazón prefería mil veces a los Verdurin y a todo el cogollito que a ellos) si hubiera consentido, para dar buen ejemplo, en renegar de ellos en presencia de los fieles. Pero comprendieron que era una abjuración que no podrían arrancarle.

¡Qué diferencia con un «nuevo» a quien Odette les había pedido que invitasen, aunque solo se hubiera encontrado con él pocas veces, y en quien los Verdurin fundaban muchas esperanzas, el conde de Forcheville! (Resultó ser precisamente cuñado de Saniette, cosa que llenó de asombro a los fieles: el viejo archivero tenía unos modales tan humildes que siempre le habían creído de un rango social inferior al suyo y no esperaban saber que pertenecía a un mundo adinerado y relativamente aristocrático.) Sin duda Forcheville era groseramente esnob, mientras que Swann no lo era; cierto que distaba mucho de poner, como Swann, el ambiente de los Verdurin por encima de todos los demás. Pero carecía de esa delicadeza de temperamento que impedía a Swann sumarse a las críticas, demasiado manifiestamente falsas, que Mme. Verdurin lanzaba contra personas que él conocía. En cuanto a las parrafadas pretenciosas y vulgares que el pintor soltaba ciertos días, a las bromas de viajante de comercio que aventuraba Cottard, para las que Swann, que apreciaba a ambos, encontraba fácilmente excusas aunque no tuviera el valor ni la hipocresía de aplaudirlas, Forcheville era por el contrario de un nivel intelectual que le permitía quedar atónito y maravillado por las primeras, aunque sin comprenderlas, y deleitarse con las segundas. Y precisamente la primera cena en casa de los Verdurin a la que asistió Forcheville arrojó luz sobre todas estas diferencias, realzó sus cualidades y precipitó la desgracia de Swann.

Además de los habituales, en aquella cena estaba un profesor de la Sorbona, Brichot, que había conocido al señor y la señora Verdurin en las aguas y que, si sus funciones universitarias y sus trabajos de erudición no hubieran vuelto muy raros sus momentos de libertad, de buena gana habría ido más a menudo a su casa. Porque tenía esa curiosidad, esa superstición de la vida que, unida a cierto escepticismo sobre el objeto de sus propios estudios, da a ciertos hombres inteligentes en cualquier profesión, médicos que no creen en la medicina, profesores de liceo que no creen en la versión de latín, la reputación de mentes abiertas, brillantes, e incluso superiores. En casa de Mme. Verdurin, hacía gala de buscar sus comparaciones entre lo que era de mayor actualidad cuando hablaba de filosofía y de historia, primero por estar convencido de que ambas no son más que una preparación para la vida y por imaginarse que en el pequeño clan encontraba en acto lo que hasta entonces solo había conocido en los libros, y tal vez también porque, habiéndose visto inculcar en el pasado, y habiendo conservado sin saberlo, el respeto por ciertos temas, creía despojarse del universitario tomándose con ellos unas libertades que, por el contrario, solo le parecían tales porque seguía siéndolo.

Desde el principio de la cena, cuando el señor de Forcheville, sentado a la derecha de Mme. Verdurin, que, en honor del «nuevo», había hecho un gran derroche en su atuendo, le decía: «¡Qué original esa túnica blanca!», el doctor, que no había dejado de observarlo, por la curiosidad que tenía de saber de qué estaba hecho lo que él llamaba un «de», y que buscaba una oportunidad para llamar su atención y entrar en contacto más estrecho con él, cogió al vuelo la palabra *blanca* y, sin levantar la nariz del plato, dijo: «¿Blanca? ¿Blanca de Castilla?»,[71] y luego, sin mover la cabeza, lanzó furtivamente a derecha e izquierda unas miradas inseguras y risueñas. Mientras Swann, con el vano y doloroso esfuerzo que hizo por sonreír, reveló que el retruécano le parecía estúpido, Forcheville daba muestras de que apreciaba la agudeza y, al mismo tiempo, de que sabía vivir, conteniendo en sus justos límites una alegría cuya franqueza conquistó a Mme. Verdurin.

«¿Qué me dice usted de un sabio así?, le había

71. Blanca de Castilla (1188-1252), hija de Alfonso VIII de Castilla y de Leonor de Inglaterra, era nieta por parte de madre de Enrique II Plantagenet y de Aliénor de Aquitania; se casó con Luis VIII de Francia y, como madre de san Luis (Luis IX), que tenía once años a la muerte de su padre (1226), se hizo cargo de la regencia. Apoyada por Teobaldo IV de Champaña, dio muestras de carácter enérgico y reafirmó la autoridad monárquica frente a los grandes vasallos rebeldes como el duque de Bretaña; en 1229 acabó con la cruzada de los albigenses. Volvió a asumir la regencia durante la cruzada de su hijo a Tierra Santa (la séptima), desde 1247 hasta su muerte; durante ese período puso fin a la rebelión campesina conocida como revuelta de los Pastorcillos.

preguntado a Forcheville. No hay modo de hablar en serio con él ni dos minutos. ¿Les dice usted las mismas cosas en su hospital?, añadió volviéndose hacia el doctor. Entonces no debe de ser tan aburrido ir todos los días. Veo que acabaré pidiendo que me admitan en él.

»—Creo haber oído que el doctor hablaba de esa vieja pécora de Blanca de Castilla, si se me permite expresarme así. ¿No es cierto, señora?», preguntó Brichot a Mme. Verdurin que, en éxtasis y con los ojos cerrados, escondió la cara entre las manos, de donde escaparon unos grititos sofocados. «Por Dios, señora, no quisiera alarmar a las almas respetuosas, si es que las hay en torno de esta mesa, *sub rosa*…[72] Reconozco además que nuestra inefable república ateniense —¡oh, cuánto!— podría honrar en esta capeta oscurantista al primero de los prefectos de policía de puño de hierro. Cierto, mi querido anfitrión, cierto, cierto», prosiguió con su voz bien timbrada que separaba cada sílaba, en respuesta a una objeción del señor Verdurin. «La *Chronique de Saint-Denis*,[73] cuya seguridad de información

72. *Sub rosa*: Locución latina proverbial ('confidencialmente'), que hace referencia a la antigua costumbre romana de colgar una rosa en el techo encima de la cabeza de quien presidía la reunión, el banquete, etc. Era una advertencia para todos los comensales conminándolos a no revelar nada de cuanto se había dicho o hecho durante la comida.

73. En realidad, Brichot alude a las *Grandes Chroniques de France*, que trazan la historia de la monarquía francesa desde sus orígenes (siglo XII) hasta la muerte de Luis XII (1515). Escritas primero en latín, y a partir del siglo XIV en francés, fueron iniciadas por el abad Suger (1081-1151), rector de la abadía de Saint-Denis desde 1122; a su muerte la obra fue continuada por sus monjes.

no podemos cuestionar, no deja duda alguna a este respecto. No podría elegirse patrona mejor por un proletariado laicizante que esa madre de un santo, al que por cierto también se las hizo pasar moradas, como dice Suger y el mismo san Bernardo;[74] porque les ajustaba las cuentas a todos.

»—¿Quién es ese caballero?», preguntó Forcheville a Mme. Verdurin, «parece saber lo suyo.

»—¡Cómo!, ¿no conoce usted al famoso Brichot? Es célebre en toda Europa.

»—¡Ah!, es Bréchot, exclamó Forcheville que no había oído bien, ¡no me diga más!», añadió clavando unos ojos desorbitados en el hombre célebre. «Siempre es interesante cenar con una persona famosa. Pero, oiga, si ustedes nos invitan a cenar con comensales de primera fila. En su casa es imposible aburrirse.

»—Bueno, verá, dijo en tono modesto Mme. Verdurin, lo que ocurre sobre todo es que se sienten en confianza. Hablan de lo que quieren, y la conversación se convierte en fuegos de artificio. Brichot, por ejemplo, esta noche todavía no es nada: ha de saber que, en mi casa, le he visto deslumbrante, como para ponerse de rodillas ante él; sin embargo, en otras casas, ya no es

---

74. San Bernardo de Claraval (1090-1153) fundó la abadía de Clairvaux, cuna de los benedictinos reformados o cistercienses en 1115; a la muerte de su fundador, la nueva orden contaba con cerca de 350 abadías. Se convirtió en uno de los principales propagandistas e inspiradores de las órdenes militares y sentó las bases de la regla de los templarios. Predicó la segunda cruzada, en la que participó Luis VII de Francia, y fue un escritor de talento que practicó todos los géneros: desde los comentarios hasta las cartas, los sermones, los tratados e incluso el teatro. Brichot comete un error: por pura cuestión cronológica, ni Suger ni Bernardo de Claraval pudieron conocer a Blanca de Castilla.

el mismo hombre, carece de ingenio, hay que arrancarle las palabras, resulta aburrido incluso.

»—¡Qué curioso!», dijo Forcheville asombrado.

Un tipo de ingenio como el de Brichot habría sido tenido por pura estupidez en el círculo en que Swann había pasado su juventud, aunque sea compatible con una inteligencia real. Y la del profesor, vigorosa y bien nutrida, probablemente hubiera podido suscitar envidia en muchas gentes de mundo que a Swann le parecían ingeniosas. Pero estas habían acabado por inculcarle tan bien sus gustos y sus repugnancias, al menos en todo lo que afecta a la vida mundana e incluso en aquella de sus partes anejas que debería inscribirse más bien en el terreno de la inteligencia: la conversación, que Swann no pudo por menos de juzgar pedantescas, vulgares y groseras hasta la repulsión las bromas de Brichot. Además, habituado como estaba a los buenos modales, le chocaba el tono rudo y militar que el universitario patriotero adoptaba para dirigirse a todos. Por último, y quizá por encima de todo, aquella noche había perdido su indulgencia al ver la amabilidad que Mme. Verdurin desplegaba con el tal Forcheville, a quien Odette había tenido la singular ocurrencia de llevar. Al llegar, y algo incómoda con Swann, le había preguntado:

«¿Qué le parece mi invitado?».

Y él, advirtiendo por vez primera que Forcheville, a quien conocía hacía mucho, podía agradar a una mujer y era hombre bastante atractivo, había contestado: «¡Inmundo!». Desde luego no se le ocurría tener celos de Odette, pero no se sentía tan feliz como de costumbre y cuando Brichot, que había empezado a contar la historia de la madre de Blanca de Castilla, que «había estado durante años con Enrique Plantagenet antes de casarse con él»,[75] quiso que Swann le pidiera que continuase, diciéndole: «¿No es así, señor Swann?», en el tono marcial que se adopta para ponerse a la altura de un aldeano o dar ánimo a un soldado, Swann cortó el efecto de Brichot con gran enfado de la dueña de la casa, respondiendo que tuvieran a bien excusarlo por interesarse tan poco en Blanca de Castilla, pero que tenía que preguntar algo al pintor. Este, en efecto, había ido esa tarde a visitar la exposición de un artista, amigo de Mme. Verdurin que había muerto hacía poco, y Swann habría querido saber de sus labios (porque apreciaba su gusto) si realmente había en sus últimas obras algo más que el virtuosismo que ya asombraba en las anteriores.

«Desde ese punto de vista era extraordinario, pero eso no parecía un arte, como suele decirse, muy "elevado", dijo Swann con una sonrisa.

»—Elevado… a la altura de una institución», le interrumpió Cottard levantando los brazos con una gravedad simulada.

Toda la mesa se echó a reír.

«¿No se lo había dicho? Es imposible estar serio con él, dijo Mme. Verdurin a Forcheville. Cuando menos lo esperas, sale con una pata de banco.»

Pero se dio cuenta de que Swann era el único que no se había reído. Además, no le satisfacía mucho que

75. Enrique II Plantagenet (1133-1189), duque de Normandía y rey de Inglaterra desde 1154, se casó con la esposa de Luis VII, Aliénor de Aquitania (1122-1204), pocas semanas después de que, repudiada por el rey francés, fuese anulado su matrimonio, en 1152. Brichot comete un nuevo error: Blanca de Castilla era nieta de Aliénor, no hija; su madre fue Leonor de Inglaterra, esposa de Alfonso VIII de Castilla (1155-1214). (Véase nota 71 de la pág. 133).

Cottard hiciese reír a su costa delante de Forcheville. Pero el pintor, en vez de dar a Swann una respuesta interesante, como probablemente hubiera hecho de haber estado a solas con él, prefirió ganarse la admiración de los comensales colocando una frase efectista sobre la habilidad del maestro desaparecido.

«Me acerqué, dijo, para ver cómo estaba hecho, metí la nariz en los cuadros. Y nada, ¡imposible decir si están hechos con cola, con rubíes, con jabón, con bronce, con sol o con caca!

»—¡Y más uno, doce!», exclamó a destiempo el doctor sin que nadie comprendiese la interrupción.

«Parece que están hechos de nada, continuó el pintor, no hay manera de descubrir el truco, igual que en *La Ronda* o en *Las regentes*,[76] y como buena mano es incluso más fuerte que Rembrandt y que Hals. Tiene todo dentro, sin tenerlo, se lo juro.»

Y como los cantantes que, llegados a la nota más alta que pueden dar, continúan con voz de falsete, piano, se limitó a murmurar, y riéndose, como si en efecto aquella pintura hubiera sido ridícula a fuerza de belleza:

«Tiene buen olor, se te sube a la cabeza, te corta la respiración, te hace cosquillas, y no hay medio de saber cómo está hecha, es brujería, es marrullería, es milagro (estallando en carcajadas): ¡es indecente!». E, interrumpiéndose, irguiendo gravemente la cabeza, adoptando

76. Los cuadros *La ronda de noche* (1642), de Rembrandt (1606-1669), y *Las regentes del hospital Santa Isabel*, de Frans Hals (1582/1583 - 1666), pudieron ser vistos por Proust durante su viaje a Holanda en 1902. El primero se encuentra en el Rijksmuseum de Ámsterdam, y el segundo en el Museo de Haarlem; precisamente el cuadro de Hals retrata a las damas que presidían las fundaciones caritativas de esa ciudad.

una nota de bajo profundo que se esforzó por volver armoniosa, añadió: «¡Y es tan leal!».

Salvo en el momento en que había dicho: «más fuerte que *La Ronda*», blasfemia que había provocado una protesta de Mme. Verdurin, que tenía *La Ronda* por la mayor obra maestra del universo junto con la *Novena* y la *Samotracia*,[77] y cuando dijo lo de «hecho con caca», que había obligado a Forcheville a echar una ojeada circular a la mesa para ver si la palabra pasaba antes de permitir que a su boca asomase una sonrisa mojigata y conciliadora, todos los invitados, menos Swann, habían clavado en el pintor unos ojos fascinados por la admiración.

«¡Cómo me divierte cuando se entusiasma así!», exclamó, nada más terminar el pintor, Mme. Verdurin, encantada de que la mesa fuese tan interesante precisamente el día en que el señor de Forcheville acudía por primera vez. «Y tú, ¿qué haces ahí, con la boca abierta como un pasmarote?, le dijo a su marido. Sabes de sobra que habla bien; se diría que es la primera vez que le oye a usted. ¡Si lo hubiera visto mientras hablaba! Se bebía sus palabras. Y mañana nos recitará todo lo que usted ha dicho, sin saltarse una sílaba.

»—Pero si estoy hablando en serio, dijo el pintor, encantado con el éxito; usted parece creer que es palabrería, que es puro camelo; la llevaré a verla, y ya me dirá si he exagerado; ¡le apuesto lo que quiera a que vuelve más entusiasmada que yo!

»—No, si no creemos que exagere, solo queremos

77. *La Victoria de Samotracia*, exvoto conmemorativo de una batalla naval de principios del siglo II a. C., fue encontrada en 1863; se conserva en el museo del Louvre.

que coma, y que también coma mi marido; llévele otro lenguado normando al señor, ¿no ve que el suyo está frío? No tenemos ninguna prisa, está usted sirviendo como si hubiera fuego, espere un poco para sacar la ensalada.»

Mme. Cottard, que era modesta y hablaba poco, sabía sin embargo encontrar aplomo cuando una feliz inspiración le había hecho encontrar una frase acertada. Estaba segura de que tendría éxito, eso le daba confianza, aunque si intervenía era menos por brillar que por contribuir a la carrera de su marido. Así que no dejó escapar la palabra *ensalada* que acababa de pronunciar Mme. Verdurin.

«¿No es la ensalada japonesa?», dijo a media voz volviéndose hacia Odette.

Y encantada y confusa por la oportunidad y la audacia con que así había hecho una alusión discreta, aunque clara, a la nueva comedia de Dumas[78] que tanto eco había tenido, se echó a reír con deliciosa risa de ingenua, poco sonora pero tan irresistible que permaneció unos instantes sin poder dominarla. «¿Quién es esa dama? Tiene ingenio», dijo Forcheville.

«No, pero se la prepararemos si todos ustedes vienen a cenar el viernes.

»—Le voy a parecer muy provinciana, caballero, le

---

78. En *Francillon*, obra de Alexandre Dumas hijo, estrenada en 1887, uno de los personajes, Annette de Riverolles, da la receta de una ensalada japonesa a base de patatas y mejillones, recubierta de trufas cocidas en vino de Champagne (II, II). *Francillon* tiene por trama una historia de celos: la protagonista, Francine, acude también al restaurante La Maison d'Or para encelar a su marido (II, v). De ahí que, dos párrafos después, Swann ofrezca un semblante grave.

dijo Mme. Cottard a Swann, pero aún no he visto esa famosa *Francillon* de la que todo el mundo habla. El doctor ya ha ido a verla (hasta recuerdo que me dijo haber tenido el grandísimo placer de pasar la velada con usted) y confieso que no me ha parecido razonable que sacase entradas para volver conmigo. Evidentemente, en el Théâtre-Français nunca se desperdicia la velada, interpretan siempre tan bien, pero como tenemos unos amigos muy amables» (Mme. Cottard rara vez pronunciaba un nombre propio, limitándose a decir «unos amigos nuestros», «una de mis amigas», por «distinción», en un tono artificioso, y con el aire de importancia de una persona que solo nombra a quien quiere) «que disponen de palcos muy a menudo y tienen la feliz idea de llevarnos a todas las novedades que merecen la pena, siempre estoy segura de que veré *Francillon* un poco antes o un poco después, y de poder formarme una opinión. Debo confesar, sin embargo, que me siento un poco estúpida, porque en todos los salones a los que voy de visita no se habla naturalmente más que de esa maldita ensalada japonesa. Hasta empieza a cansar un poco», añadió viendo que Swann no parecía tan interesado como ella había supuesto por una actualidad tan candente. «Pero le confesaré, sin embargo, que sirve a veces de pretexto para ocurrencias bastante divertidas. Por ejemplo, una amiga mía que es muy original a pesar de ser mujer muy guapa, muy agasajada y muy impulsiva, pretende que ha mandado hacer esa ensalada japonesa en casa, pero poniéndole todo lo que Alexandre Dumas hijo dice en la comedia. Había invitado a unas cuantas amigas a comer. Por desgracia yo no era de las elegidas. Pero nos lo ha contado hace poco, en su día de visita; parece que la ensalada era detestable, nos ha hecho llorar de risa. Pero como usted sabe todo está en la manera de contar», añadió viendo que Swann mantenía un semblante grave.

Y suponiendo que tal vez fuese porque no le gustaba *Francillon*:

«Además, creo que me llevaré una decepción. No creo que valga tanto como *Serge Panine*, el ídolo de Mme. de Crécy. Esos sí que son argumentos profundos, que hacen pensar; pero ¡dar una receta de ensalada sobre el escenario del Théâtre-Français! ¡Ni comparación con *Serge Panine*! Además, es como todo lo que sale de la pluma de Georges Ohnet, está siempre tan bien escrito. No sé si conoce usted *Le Maître de Forges*,[79] que a mí me gusta todavía más que *Serge Panine*.

»—Perdóneme, le dijo Swann con aire irónico, pero confieso que mi falta de admiración por esas dos obras maestras es poco más o menos la misma.

»—¿De veras? ¿Qué es lo que les reprocha? ¿Es un prejuicio? ¿Le parece acaso que son un poco tristes? Por otra parte, como yo siempre digo, nunca se debe discutir sobre novelas ni sobre obras de teatro. Cada cual tiene su modo de ver y a usted puede parecerle detestable lo que a mí más me gusta».

Fue interrumpida por Forcheville, que se dirigía a Swann. Porque mientras Mme. Cottard hablaba de *Francillon*, Forcheville había expresado a Mme. Verdu-

---

79. Novela de Georges Ohnet, publicada en 1882 y, como en el caso de la citada *Serge Panine*, llevada a los escenarios en 1884, en el Gymnase-Dramatique. Se convirtió en uno de los mayores éxitos de la época.

rin su admiración por lo que había denominado el pequeño «*speech*» del pintor.

«¡Qué facilidad de palabra y qué memoria tiene el señor!», le había dicho a Mme. Verdurin cuando el pintor hubo acabado. «¡He visto pocas parecidas! ¡Demonio!, ya las quisiera yo para mí. Sería un predicador excelente. Podría decirse que con él y con el señor Bréchot tienen ustedes dos números de primera, y no sé si en labia aquel gana por la mano al profesor. Le sale más natural, es menos rebuscado. Aunque, en el camino, utilice algunas palabras algo realistas, pero es el gusto del día, y pocas veces he visto chacharear con tanta destreza, como decíamos en mi regimiento, donde sin embargo tenía yo un camarada a quien precisamente el señor me ha recordado un poco. A propósito de cualquier cosa, no sé qué decirle, de este vaso por ejemplo, era capaz de parlotear durante horas, no, de este vaso no, lo que digo es estúpido; pero a propósito de la batalla de Waterloo, de todo lo que usted quiera, y de paso nos soltaba cosas en las que a usted nunca se le habría ocurrido pensar. Por cierto, Swann debió de conocerle, estaba en el mismo regimiento.

»—¿Ve usted con frecuencia al señor Swann?, preguntó Mme. Verdurin.

»—Qué va», respondió el señor de Forcheville, y como para acercarse con mayor facilidad a Odette deseaba congraciarse con Swann, quiso aprovechar la ocasión para halagarlo hablando de sus notables relaciones, pero hablando como hombre de mundo, en un tono de crítica cordial y sin dar la impresión de felicitarlo como por un éxito inesperado: «¿No es cierto, Swann, que no lo veo nunca? Además, ¿cómo hacer para verlo? ¡Este animal siempre está metido en casa de los La Trémoïlle,[80] de los Laumes, en casa de toda esa gente!…». Imputación por otro lado tanto más falsa cuanto que desde hacía un año Swann apenas frecuentaba otra casa que la de los Verdurin. Pero el solo nombre de personas desconocidas para ellos bastaba para provocar un silencio de reprobación. El señor Verdurin, temiendo la penosa impresión que esos nombres de «pelmas», sobre todo soltados así, sin tacto, a la cara de todos los fieles, habían debido producir en su mujer, le lanzó a hurtadillas una mirada llena de inquieta solicitud. Vio entonces que en su resolución de no darse por enterada, de no haber sido rozada siquiera por la noticia que acababan de comunicarle, de permanecer no solo muda, sino de haber sido sorda, igual que lo fingimos cuando un amigo indiscreto intenta insinuar en la conversación una excusa que daríamos la impresión de admitir si la oyéramos sin protestar, o cuando en nuestra presencia se pronuncia el nombre prohibido de un ingrato, Mme. Verdurin, para que su silencio no pareciese un consentimiento, sino el silencio ignorante de las cosas inanimadas, había despojado de repente a su rostro de toda vida, de toda motilidad; su frente abombada ya no era más que un bello estudio de escultura en alto relieve donde el nombre de aquellos La Trémoïlle en cuya casa Swann siempre estaba metido no había podido penetrar; su nariz levemente arrugada mostraba una hendidura que parecía calcada sobre la

---

80. Charles-Louis de La Trémoïlle (1838-1911), duque de ese apellido —uno de los más antiguos de Francia—, llevaba además, como primogénito, el título familiar de príncipe de Tarento; se dedicó a la erudición histórica y fue miembro de la Académie des Inscriptions en 1899. Amigo de Charles Haas, uno de los modelos de Swann.

vida. Se hubiera dicho que su boca entreabierta estaba a punto de hablar. Ya solo era una cera perdida, una máscara de yeso, una maqueta para un monumento, un busto para el Palacio de la Industria,[81] ante el que el público se detendría seguramente para admirar la habilidad con que el escultor había expresado la imprescriptible dignidad de los Verdurin, enfrentada a la de los La Trémoïlle y de los Laumes, que desde luego se igualaban así a todos los pelmas de la tierra, había llegado a dar una majestad casi papal a la blancura y a la rigidez de la piedra. Pero el mármol acabó por animarse e hizo oír que se necesitaba tener estómago para ir a casa de gente así, porque la mujer siempre estaba borracha y el marido era tan ignorante que decía cogedor por corredor.

«Ni por todo el oro del mundo dejaría yo entrar eso en mi casa», concluyó Mme. Verdurin mirando a Swann con aire imperioso.

Indudablemente no esperaba que Swann se sometiese hasta el punto de imitar la santa simplicidad de la tía del pianista, que acababa de exclamar:

«¿Qué les parece? Lo que me asombra es que todavía haya personas que consientan en hablarles; creo que a mí me daría miedo: ¡es tan fácil recibir un mal golpe! ¿Cómo es posible que haya gente tan bruta que corra tras ellos?». Pero que por lo menos no respondiese como Forcheville: «Bueno, es una duquesa; hay gen-

81. El Palace de l'Industrie, ubicado en el actual emplazamiento del Grand-Palais y del Petit-Palais, fue construido para la Exposición Universal de 1855, y recibió el nombre de Palais-Napoléon. Demolido para la Exposición Universal de 1900, había albergado exposiciones de pintura y escultura, sobre todo el Salón anual de arte moderno.

tes a las que eso todavía impresiona», lo cual había permitido a Mme. Verdurin replicar: «¡Que les aproveche!». En cambio, Swann se limitó a reír con un gesto que significaba que ni siquiera podía tomar en serio semejante extravagancia. El señor Verdurin, que seguía lanzando sobre su mujer miradas furtivas, veía con tristeza y comprendía perfectamente que la dominaba la cólera de un gran inquisidor que no consigue extirpar la herejía, y para intentar conseguir de Swann una retractación, donde el coraje de las opiniones propias siempre parece cálculo y cobardía a ojos de aquellos contra quienes se ejerce, el señor Verdurin lo interpeló:

«Díganos francamente lo que piensa, no iremos a contárselo».

A lo que Swann respondió:

«Pero desde luego no es por miedo a la duquesa (si es que usted se refiere a los La Trémoïlle). Les aseguro que a todo el mundo le gusta ir a su casa. No digo que sea "profunda" (pronunció "profunda" como si hubiera sido una palabra ridícula, pues su lenguaje conservaba las huellas de hábitos espirituales que cierta renovación, marcada por el amor a la música, le había hecho perder momentáneamente —a veces expresaba sus opiniones con ardor—, pero, con toda franqueza, es una mujer inteligente y su marido es auténticamente culto. Son personas encantadoras».

Hasta el punto de que Mme. Verdurin, intuyendo que por culpa de aquel solo infiel no conseguiría realizar la unidad moral del cogollito, en su rabia contra aquel obstinado que no veía cuánto le hacían sufrir sus palabras, no pudo dejar de gritarle desde el fondo del corazón:

«Si quiere pensarlo, hágalo, pero por lo menos no nos lo diga.

»—Todo depende de lo que usted llame inteligencia, dijo Forcheville, que también quería lucirse. Díganos, Swann, ¿qué entiende usted por inteligencia?

»—¡Eso!, exclamó Odette, esas son las grandes cosas de las que le pido que me hable, pero nunca quiere.

»—Claro que sí…, protestó Swann.

»—¡Vaya una broma!, dijo Odette.

»—¿Broma de bromuro?, preguntó el doctor.

»—¿Opina usted, prosiguió Forcheville, que la inteligencia es la cháchara mundana, el arte de ciertas personas para insinuarse?

»—Acabe sus entremeses para que le puedan retirar el plato», dijo Mme. Verdurin en tono agrio dirigiéndose a Saniette, que absorto en sus reflexiones había dejado de comer. Y quizá algo avergonzada del tono que había empleado: «No importa, tómese su tiempo; si se lo digo es por los demás, porque eso impide que les sirvan.

»—Hay una definición muy curiosa de inteligencia en ese dulce anarquista de Fénelon…,[82] dijo Brichot recalcando las sílabas.

»—¡Escuchen!, dijo a Forcheville y al doctor Mme. Verdurin, va a darnos la definición de inteligencia según

82. En el *Tratado de la existencia y de los atributos de Dios*, François de Salignac de La Mothe Fénelon (1651-1715) —preceptor del duque de Borgoña, nieto de Luis XIV, y arzobispo de Cambray—, expone su teoría de la inteligencia de las criaturas como emanación de la inteligencia divina: «Como el sol sensible ilumina todos los cuerpos, así ese sol de inteligencia ilumina todos los espíritus» (II parte, cap. IV). El calificativo de «dulce anarquista» que Brichot da a Fénelon es un tópico que alude a la adhesión del «cisne de Cambray» a las doctrinas quietistas, y a su enfrentamiento al absolutismo, con fuertes críticas a Luis XIV.

Fénelon, es interesante, no todos los días se tiene ocasión de oírla».

Pero Brichot estaba esperando a que Swann diese la suya. Este no respondió y escurriendo el bulto hizo fracasar la brillante justa que Mme. Verdurin se alegraba de ofrecer a Forcheville.

—Ya lo ven, hace lo mismo conmigo, dijo Odette en tono enfurruñado, no me molesta descubrir que no soy la única a quien no considera a su altura.

—Esos La Trémouaille[83] que Mme. Verdurin nos ha mostrado como tan poco recomendables, dijo Brichot articulando con fuerza, ¿no serán descendientes de aquellos a los que esa buena esnob de Mme. de Sévigné confesaba sentirse feliz de conocer porque le resultaba ventajoso delante de sus campesinos?[84] Cierto que la marquesa tenía otra razón que para ella debía primar sobre la primera, porque, literata hasta la médula, ponía su correspondencia por encima de todo. Y en el diario que regularmente enviaba a su hija, era Mme. de La Trémouaille, bien documentada gracias a sus ilustres parientes, la que se ocupaba de política extranjera.

83. Pronunciación, incorrecta por afán de pedantería, del apellido La Trémoïlle.
84. Alusión a una carta de 13 de noviembre de 1675, en que Mme. de Sévigné cuenta a su hija las repetidas visitas que le hace Amélie de Hesse-Cassel, esposa de Henri-Charles de La Trémoïlle, príncipe de Tarento (1621-1672): «Me quiere mucho. En París, se criticaría, pero aquí es un favor que me hace ser honrada por mis campesinos». La princesa, de origen alemán, se carteaba con Mme. de Sévigné, informándola sobre lo que ocurría en cortes europeas, sobre todo las de Dinamarca y Alemania, gracias a su hija, la condesa d'Oldembourg, que las había frecuentado en diversos momentos de su vida.

—No, no creo que sea la misma familia», dijo por si acaso Mme. Verdurin.

Saniette, que, desde que había entregado precipitadamente al mayordomo su plato todavía lleno, había vuelto a sumirse en un silencio meditativo, salió al fin de él para contar, riéndose, la historia de una cena con el duque de La Trémoïlle, historia de la que resultaba que este no sabía que George Sand era el seudónimo de una mujer. Swann, que tenía simpatía por Saniette, creyó oportuno proporcionarle algunos detalles sobre la cultura del duque para demostrar que semejante ignorancia era de su parte materialmente imposible; pero de pronto se detuvo: acababa de comprender que Saniette no tenía necesidad de tales pruebas y sabía de sobra que la historia era falsa por la sencilla razón de que acababa de inventarla hacía un momento. Aquel hombre excelente sufría viendo que los Verdurin lo encontraban tan aburrido; y consciente de haber estado en aquella cena más insulso todavía que de costumbre, no había querido dejarla terminar sin haber conseguido divertir. Capituló tan pronto, pareció tan infeliz al ver cómo fallaba el efecto con el que había contado y respondió a Swann en un tono tan cobarde, para que este no se encarnizase en una refutación ahora ya inútil: «Bueno, bueno; en todo caso, incluso si me equivoco, no creo que sea un crimen», que Swann habría deseado poder decir que la anécdota era verdadera y deliciosa. Al doctor, que los había escuchado, le pareció oportuno decir: *Se non è vero*,[85]

---

85. Primera parte de la locución italiana *Se non è vero, è ben trovato*: «aunque no sea cierto, está bien ideado». Procede de Giordano Bruno (*Degli eroici furore*, 1585).

pero no estaba muy seguro de las palabras y tuvo miedo a embarullarse.

Acabada la cena, fue Forcheville quien se dirigió al doctor.

«No ha debido de estar mal Mme. Verdurin, y encima es una mujer con la que se puede hablar, y para mí eso es lo más importante. Cierto que se le notan los años. Pero la que sí parece inteligente es esa mujercita de Mme. de Crécy, canastos, ¡enseguida se ve que tiene el ojo americano![86] Estamos hablando de Mme. de Crécy», le dijo al señor Verdurin, que se acercaba con la pipa en la boca. «Me imagino que como cuerpo de mujer…

»—Preferiría tenerla en mi cama antes que al rayo», dijo precipitadamente Cottard, que desde hacía unos instantes esperaba en vano a que Forcheville recobrase el aliento para colocar esa vieja broma, temiendo perder la oportunidad si la conversación tomaba otro derrotero, y que soltó con ese exceso de espontaneidad y seguridad con que se intenta enmascarar la frialdad y la desazón inseparables de todo recitado. Forcheville la conocía, la entendió y se divirtió con ella. Tampoco el señor Verdurin escatimó su alegría, porque hacía poco que había encontrado, para expresarla, un símbolo distinto del que empleaba su mujer, pero igual de sencillo y de claro. Nada más empezar a hacer el movimiento de cabeza y de hombros propio de quien se desternilla de risa, se ponía a toser como si, por reírse demasiado fuerte, se hubiera atragantado con el humo de su pipa. Y sin quitársela de la comisura de la boca, prolongaba

86. Ojo vivo, observador; el adjetivo *americano* remite a la acuidad de visión de los indios de América.

indefinidamente el simulacro de ahogo y de hilaridad. Por eso él y Mme. Verdurin, que, enfrente y mientras escuchaba al pintor contarle una historia, cerraba los ojos antes de hundir el rostro entre las manos, hacían pensar en dos máscaras de teatro que expresaran de modo distinto la alegría.

El señor Verdurin, por otro lado, había hecho bien en no quitarse la pipa de la boca, porque Cottard, que tenía necesidad de salir un momento, dijo a media voz una broma aprendida hacía poco y que repetía cada vez que debía ir al mismo lugar: «Tengo que irme a echar una parrafada con el duque d'Aumale»,[87] de modo que volvió a empezar el ataque de tos del señor Verdurin.

«Venga, quítate la pipa de la boca, ya ves que terminarás ahogándote si contienes así la risa», le dijo Mme. Verdurin, que venía a ofrecer licores.

«¡Qué encantador es su marido, tiene ingenio por cuatro!, declaró Forcheville a Mme. Cottard. Gracias, señora. Un viejo soldado como yo nunca rechaza un trago.

»—Al señor de Forcheville Odette le parece encantadora, le dijo el señor Verdurin a su mujer.

»—Pues ella también querría almorzar una vez con usted. Nosotros lo arreglaremos, pero no hay necesidad

87. Henri d'Orléans, duque d'Aumale (1822-1897), general, historiador y académico, fue el cuarto hijo del rey Luis Felipe; la frase de Cottard, cuyo significado exacto el personaje desconoce, se basa en una fórmula legitimista: «duc d'Aumale» sería en la época una expresión licenciosa indicativa de una posición amorosa durante la relación sexual; Cottard hace un juego de palabras: *Aumale* se pronuncia en francés igual que *aux mâles*, equivalente del cartel «caballeros» de los urinarios, por lo que el significado directo de la chanza equivaldría, por ser el duque d'Aumale miembro prominente de la familia legitimista, a «mearme en los Orléans».

de que Swann se entere. Ya sabe, lo enfría todo. Claro que eso no le impedirá venir a cenar, naturalmente, esperamos tenerlo con nosotros muy a menudo. Ahora que llega el buen tiempo, salimos a cenar al aire libre a menudo. ¿No le aburren las pequeñas cenas en el Bois? Bien, bien, será muy divertido. Pero ¿cuándo va a ponerse a trabajar en su oficio?», le gritó al pequeño pianista, para hacer ostentación al mismo tiempo, delante de un nuevo de la importancia de Forcheville, de su ingenio y del poder tiránico que ejercía sobre los fieles.

«El señor de Forcheville estaba hablándome mal de ti», le dijo Mme. Cottard a su marido cuando este volvió al salón.

Y Cottard, que seguía con la idea de la nobleza de Forcheville que ocupaba su mente desde el principio de la cena, le dijo:

«En este momento tengo entre mis enfermos a una baronesa, la baronesa de Putbus; los Putbus participaron en las Cruzadas,[88] ¿no? Tienen en Pomerania un lago diez veces igual de grande que la plaza de la Concorde. La estoy curando de una artritis seca, es una mujer encantadora. Además, creo que conoce a Mme. Verdurin».

Lo cual permitió a Forcheville, cuando un momento después se encontró a solas con Mme. Cottard, completar el juicio favorable que había hecho sobre su marido.

---

88. Proust se ha valido del *Gotha* para el personaje de la baronesa de Putbus, cuya familia se remontaba al siglo XII en Pomerania; en el siglo XIX se había extinguido su rama masculina. En los borradores de la novela, Proust concede mayor papel a la baronesa de Putbus, o, mejor dicho, a su doncella, que, desfigurada por un incendio, se parece a la Caridad de Giotto. Saint-Loup, según *Sodoma y Gomorra*, la habría conocido en una casa de citas.

«Y qué interesante además, se ve que conoce a mucha gente. ¡Caramba, cuántas cosas saben los médicos!

»—Voy a tocar la frase de la Sonata para el señor Swann, dijo el pianista.

»—¡Diantre!, esperemos que no sea la "Serpiente de Sonatas"»,[89] dijo M. de Forcheville intentando lucirse.

Pero el doctor Cottard, que nunca había oído ese retruécano, no lo captó y pensó en un error del señor de Forcheville. Se apresuró a acercarse para corregirlo.

«No, no se dice serpiente de sonatas, sino serpiente de cascabel», exclamó en tono solícito, impaciente y triunfal.

Forcheville le explicó el juego de palabras y el doctor se puso colorado.

«¿No le parece que tiene gracia, doctor?

»—Bueno, lo conozco hace tanto tiempo», respondió Cottard.

Pero se callaron; bajo la agitación de los trémolos de violín que la protegían con su temblorosa prolongación a dos octavas de distancia —y lo mismo que en una región montañosa, tras la inmovilidad aparente y vertiginosa de una cascada, se divisa, doscientos pies más abajo, la forma minúscula de una paseante—, la pequeña frase acababa de brotar, lejana, llena de gracia, protegida por la larga caída de aquella cortina transparente, incesante y sonora. Y desde el fondo de su corazón, Swann se dirigió a ella como a una confidente de su amor, como a una amiga de Odette que

89. *Serpent à sonates*: juego de palabras; *serpent à sonnettes* es, en francés, «serpiente de cascabel». Diane Feydeau de Brou, marquesa Diane de Saint-Paul, debía ese apodo tanto a su mala lengua como a su brillante ejecutoria como pianista. Es uno de los posibles modelos de Mme. de Saint-Euverte.

debería decirle que no se preocupase por el tal Forcheville.

«¡Ah!, llega usted tarde, dijo Mme. Verdurin a un fiel al que solo había invitado en calidad de "mondadientes",[90] hemos tenido "un" Brichot incomparable, ¡qué elocuencia! Pero se ha marchado. ¿Verdad, señor Swann? Me parece que es la primera vez que se encuentra usted con él», añadió para hacerle notar que era a ella a quien debía ese conocimiento. «¿Verdad que nuestro Brichot ha estado delicioso?»

Swann se inclinó cortésmente.

«¿No? ¿No le ha interesado?, le preguntó en tono seco Mme. Verdurin.

»—Claro que sí, señora, mucho, me ha fascinado. Quizá sea un poco perentorio y un poco jovial para mi gusto. A veces echo en falta en él un poco de vacilación y de dulzura, pero se nota que sabe muchas cosas y parece una persona excelente.»

Todo el mundo se retiró muy tarde. Las primeras palabras de Cottard a su mujer fueron:

«Pocas veces he visto a Mme. Verdurin tan animada como esta noche».

«¿Qué es exactamente la tal Mme. Verdurin? ¿Ni carne ni pescado?»,[91] le dijo Forcheville al pintor, a quien propuso regresar juntos.

Odette lo vio alejarse con pena, no se atrevió a no volver con Swann, pero estuvo de mal humor en el coche, y cuando él le preguntó si debía entrar en su casa,

90. Comparsas, invitados para después de la cena, cuando llega el turno de los mondadientes.

91. *Demi-castor*: según el Littré es un «sombrero de pelo de castor mezclado»; por extensión indica a una mujer del *demi-monde*, virtuosa a medias.

le dijo: «Por supuesto», encogiéndose de hombros con impaciencia. Cuando todos los invitados se hubieron marchado, Mme. Verdurin le dijo a su marido:

«¿Has notado qué risa más estúpida ha puesto Swann cuando hemos hablado de Mme. La Trémoïlle?».

Se había dado cuenta de que Swann y Forcheville habían suprimido varias veces la partícula delante de ese nombre. Segura de que lo habían hecho para demostrar que no les intimidaban los títulos, deseaba imitar su orgullo, pero no había captado bien la forma gramatical con que ese orgullo se traducía. Además, como su defectuoso modo de hablar se imponía a su intransigencia republicana, seguía diciendo «los de La Trémoïlle», o mejor dicho, con una abreviación usual en las letras de las canciones de café-concierto y las leyendas de los caricaturistas que disimulaba el «de», los «d'La Trémoïlle», para desquitarse diciendo: «Madame La Trémoïlle». «La *Duquesa*, como dice Swann», añadió con una sonrisa irónica que ponía de manifiesto que se limitaba a citar y que personalmente no asumía una denominación tan ingenua y ridícula.

«Te diré que me ha parecido extremadamente estúpido.»

Y el señor Verdurin le respondió:

«No es franco, es un hombre lleno de cautelas, siempre entre el sí y el no. Siempre quiere nadar y guardar la ropa. ¡Qué diferencia con Forcheville! Este por lo menos te dice francamente su forma de pensar. Te guste o no te guste. No es como el otro, que nunca sabes si habla en broma o en serio. Por otro lado, Odette parece preferir con diferencia al Forcheville, y le doy la razón. Además, en última instancia, mientras Swann

155

quiere dárselas con nosotros de hombre de mundo, de paladín de duquesas, el otro por lo menos tiene su título; siempre será conde de Forcheville», añadió con delicadeza, como si, al corriente de la historia de ese condado, sopesase minuciosamente su valor específico.

«Te diré, repuso Mme. Verdurin, que le ha parecido oportuno lanzar contra Brichot unas cuantas insinuaciones venenosas y bastante ridículas. Naturalmente, como ha visto que apreciamos a Brichot, era una forma de herirnos, de despellejar nuestra cena. Es fácil ver en él al buen amiguito que te despelleja en cuanto sale de tu casa.

»—Pero ya te lo dije yo, respondió el señor Verdurin, es el fracasado, el individuo mezquino que envidia todo lo que tiene un poco de grandeza.»

En realidad no había un solo fiel que fuese menos malévolo que Swann; pero todos tenían la precaución de sazonar sus maledicencias con bromas conocidas, con una pequeña dosis de emoción y cordialidad; mientras que la menor reserva que Swann se permitía, despojada de las fórmulas convencionales como: «No lo decimos por hablar mal», y a las que no se dignaba rebajarse, parecía una perfidia. Hay autores originales cuya osadía, por mínima que sea, provoca indignación porque previamente no han halagado los gustos del público ni le han servido los lugares comunes a que está acostumbrado; así indignaba Swann al señor Verdurin. Para Swann, como para ellos, era la novedad del lenguaje lo que hacía suponer la perfidia de sus intenciones.

Swann ignoraba todavía la desgracia que lo amenazaba en casa de los Verdurin y seguía viendo sus ridiculeces con indulgencia, a través de su amor.

Con Odette, por regla general, no tenía citas sino por la noche; pero de día, por miedo a cansarla de él si iba a su casa, habría deseado al menos no cesar de ocupar su pensamiento y en todo instante trataba de encontrar una ocasión para intervenir en él, aunque de un modo agradable para ella. Si ante el escaparate de un florista o de un joyero le encantaba la vista de una planta o de alguna alhaja, acto seguido pensaba en enviárselas a Odette, imaginando que el placer que le habían procurado, sentido por ella, acrecentaría su cariño hacia él, y las mandaba llevar inmediatamente a la calle La Pérouse, para no retrasar el instante en que, por recibir ella algo suyo, él se sentiría en cierta forma más cerca de Odette. Quería sobre todo que las recibiese antes de salir para que la gratitud que habría de sentir le valiese una acogida más cariñosa cuando lo viera en casa de los Verdurin, o incluso, ¿quién sabe?, si el proveedor actuaba con suficiente diligencia, tal vez una carta que ella le enviaría antes de la cena, o su llegada en persona a casa de Swann, en una visita suplementaria, para darle las gracias. Como antes, cuando experimentaba las reacciones del despecho en el temperamento de Odette, ahora buscaba conseguir, con las de la gratitud, parcelas íntimas de sentimiento que ella aún no le había revelado.

Con frecuencia tenía apuros de dinero y, urgida por una deuda, le rogaba que acudiese en su ayuda. Swann se alegraba entonces como de todo lo que pudiera dar a Odette una gran idea del amor que sentía por ella, o simplemente una gran idea de su influencia, de lo útil que podía serle. Indudablemente, si al principio le hubieran dicho: «Es tu posición lo que le gusta», y ahora: «Te quiere por tu fortuna», no lo habría creído, y además no le habría desagradado mucho que la supusieran ligada a él —que los imaginasen unidos el uno al otro— por algo tan fuerte como el esnobismo o el dinero. Pero, incluso de haber pensado que era cierto, quizá no hubiera sufrido al descubrir en el amor de Odette por él ese fundamento más duradero que el atractivo o las cualidades que ella pudiera reconocerle: el interés, el interés que siempre impediría que llegara el día en que pudiera sentirse tentada a dejar de verlo. Por el momento, mientras la colmaba de regalos y le prestaba favores, podía descansar en unas ventajas exteriores a su persona y a su inteligencia de la agotadora preocupación de agradarla por sí mismo. Y aquella voluptuosidad de estar enamorado, de vivir únicamente de amor, de cuya realidad muchas veces dudaba, el precio con que en suma él la pagaba, como diletante de sensaciones inmateriales, aumentaba su valor —igual que vemos a personas incapaces de decidir si el espectáculo del mar y el ruido de sus olas son deliciosos, convencerse de que así es, y al mismo tiempo de la rara y desinteresada calidad de sus gustos desde el momento en que pagan cien francos diarios por la habitación de hotel que les permite disfrutarlos.

Un día en que reflexiones de este género aún lo devolvían al recuerdo de la época en que le habían hablado de Odette como de una mujer mantenida, y en que una vez más se divertía contraponiendo aquella extraña personificación: la mujer mantenida —cambiante amalgama de elementos desconocidos y diabólicos, engastada, como una aparición de Gustave Moreau,[92] en flores

92. Gustave Moreau (1826-1898), pintor y dibujante francés, uno de los modelos de Elstir, recurrió a personajes literarios, como

venenosas entrelazadas a preciosas alhajas— y aquella Odette por cuyo rostro había visto pasar los mismos sentimientos de piedad por un desgraciado, de rebeldía contra una injusticia, de gratitud por una buena obra, que en otro tiempo había visto sentir a su propia madre, a sus amigos, aquella Odette cuyas palabras se referían con tanta frecuencia a las cosas que él mejor conocía, a sus colecciones, a su cuarto, a su viejo criado, al banquero que tenía en depósito sus títulos; y de pronto esta última imagen del banquero le recordó que habría tenido que sacar dinero. En efecto, si ese mes acudía en ayuda de las dificultades materiales de Odette con menor largueza que el mes anterior, en que le había dado cinco mil francos, y si no le regalaba un collar de brillantes que ella deseaba, no renovaría en Odette aquella admiración por su generosidad, aquella gratitud, que tan feliz le hacían, y corría incluso el riesgo de hacerle creer que su amor por ella había menguado, dado que ella vería disminuir sus manifestaciones. Entonces, de repente, se preguntó si aquello no era precisamente «mantenerla» (como si, de hecho, esa noción de mantener pudiera ser extraída de elementos no misteriosos ni perversos, sino pertenecientes al fondo cotidiano y privado de su vida, como aquel billete de mil francos, doméstico y familiar, roto y pegado con cola que su ayuda de cámara, después de haberle pagado las facturas del mes y el alquiler del trimestre, había guardado en el cajón del viejo escritorio de donde Swann lo había cogido para enviárselo con otros cuatro a Odette), y si no podía aplicarse a Odette, desde que la conocía

***

Salomé o Galatea, que formaban parte del friso de mitos del movimiento simbolista.

(pues no sospechó ni por un instante que antes de conocerlo hubiera podido recibir alguna vez dinero de nadie), aquella expresión que tan irreconciliable con ella le había parecido de «mujer mantenida». No pudo profundizar en esta idea porque un ataque de una pereza mental que era congénita en él, intermitente y providencial, vino en ese momento a apagar toda luz de su inteligencia, con la misma brusquedad con que, más tarde, cuando en todas partes se hubo instalado la iluminación eléctrica, se pudo cortar la electricidad en una casa. Su pensamiento tanteó un instante en la oscuridad, se quitó los lentes, limpió los cristales, se pasó una mano por los ojos y no volvió a ver la luz hasta que se encontró en presencia de una idea completamente distinta, a saber, que el mes siguiente se vería obligado a tratar de enviar seis o siete mil francos a Odette en lugar de cinco mil, debido a la sorpresa y a la alegría que eso habría de causarle.

Por la noche, cuando no se quedaba en casa esperando la hora de reunirse con Odette en casa de los Verdurin o más bien en alguno de sus restaurantes de verano predilectos en el Bois y sobre todo en Saint-Cloud,[93] iba a cenar a una de aquellas casas elegantes donde en el pasado era el invitado habitual. No quería perder contacto con personas que —¿quién sabe?— tal vez un día podrían ser útiles a Odette, y gracias a las cuales ahora conseguía a menudo resultarle agradable. Además, la costumbre que había tenido durante mucho

93. El antiguo palacio de Saint-Cloud, propiedad del duque d'Orléans, a las puertas de París y a orillas del Sena, se incendió en 1870; pero su parque, de cuatrocientas cincuenta hectáreas, atraía a numerosos visitantes y era famoso por sus fuentes y juegos de agua, que el pintor Hubert Robert trasladó a sus lienzos.

tiempo de frecuentar la alta sociedad, el lujo, le había infundido, al mismo tiempo que el desprecio, la necesidad de ellos, de suerte que, cuando había empezado a situar los tugurios más modestos en pie de igualdad con las mansiones más principescas, sus sentidos se habían acostumbrado de tal modo a las segundas que hubiera sentido cierto malestar por encontrarse en los primeros. La misma consideración le merecían —en un grado de identidad que no habrían podido creer— los pequeños burgueses que daban bailes en el quinto piso de una escalera D, descansillo de la izquierda, que la princesa de Parme, que daba en su palacio las fiestas más bellas de París; pero no tenía la sensación de estar en un baile si se hallaba con los señores en el dormitorio de la dueña de la casa y la vista de los lavabos tapados con toallas, de las camas transformadas en guardarropa, sobre cuyas colchas se amontonaban los abrigos y los sombreros, le causaba la misma sensación de ahogo que puede causar hoy a personas habituadas a veinte años de electricidad el olor de una lámpara que se consume sin llama o de una mariposa humeante. El día en que cenaba fuera, mandaba enganchar para las siete y media; mientras se vestía no dejaba de pensar en Odette y así no se encontraba solo, porque el constante pensamiento de Odette daba a los momentos en que estaba lejos de ella el mismo encanto particular de aquellos otros en que ella estaba allí. Montaba en el carruaje, pero sentía que esta idea había montado al mismo tiempo y se instalaba en sus rodillas como un animal amado que se lleva a todas partes y que conservaría a su lado en la mesa, sin que los comensales se dieran cuenta. Lo acariciaba, entraba en calor con él y, sintiendo una especie de languidez, se dejaba llevar a un ligero estremecimiento que le crispaba el cuello y la nariz, cosa nueva en él, mientras se ponía en el ojal el ramillete de ancolías. Sintiéndose dolorido y triste desde hacía algún tiempo, sobre todo desde que Odette había presentado a Forcheville a los Verdurin, Swann hubiera preferido ir a descansar un poco al campo. Pero no habría tenido el valor de abandonar París un solo día mientras Odette estuviera en la ciudad. El aire era caliente; eran los días más hermosos de la primavera. Y aunque atravesara una ciudad de piedra para dirigirse a algún palacete cerrado, lo que sin cesar tenía ante los ojos era un parque de su propiedad cerca de Combray, donde, desde las cuatro, antes de llegar al plantío de espárragos, gracias al viento que sopla de los campos de Méséglise, bajo un cenador podía disfrutarse de tanto frescor como a la orilla del estanque cercado de miosotis y de gladiolos, y donde, mientras cenaba, entrelazadas por su jardinero, corrían alrededor de la mesa las grosellas y las rosas.

Después de cenar, si la cita en el Bois o en Saint-Cloud era a hora temprana, salía tan deprisa al levantarse de la mesa —sobre todo si la lluvia amenazaba con caer y obligar a recogerse antes a los «fieles»— que en una ocasión la princesa des Laumes (en cuya casa se había cenado tarde y de quien Swann se había despedido antes de servir el café para reunirse con los Verdurin en la isla del Bois) dijo:

«Realmente, si Swann tuviera treinta años más y una enfermedad de la vejiga, podría perdonársele que se largara así. Pero de todos modos se burla de la gente».

Swann se decía que el encanto de la primavera que no podía ir a disfrutar en Combray lo encontraría al menos en la isla de los Cisnes[94] o en Saint-Cloud. Pero como no podía pensar más que en Odette, no sabía siquiera si había olido el aroma de las hojas ni si había habido claro de luna. Lo recibía la pequeña frase de la sonata tocada en el jardín sobre el piano del restaurante. Si en el jardín no lo había, los Verdurin hacían cuanto estaba en su mano para conseguir que bajaran uno de un cuarto o de un comedor: y no es que Swann hubiera recuperado su favor, al contrario. Pero la idea de organizar un placer ingenioso para alguien, incluso alguien al que no apreciaban, desarrollaba en ellos, durante los instantes necesarios para esos preparativos, sentimientos efímeros y ocasionales de cordialidad y simpatía. A veces se decía que aquella era una nueva noche más de primavera que pasaba, se obligaba a prestar atención a los árboles, al cielo. Pero la agitación en que le ponía la presencia de Odette, y también un ligero malestar febril que desde hacía un tiempo apenas lo dejaba, lo privaba de la calma y del bienestar que son el fondo indispensable para las impresiones que puede proporcionar la naturaleza.

Una noche en la que Swann había aceptado cenar con los Verdurin, nada más decir durante la cena que al día siguiente tenía un banquete de antiguos camaradas, Odette le replicó en plena mesa, delante de Forcheville, que ahora era uno de los fieles, delante del pintor, delante de Cottard:

«Sí, ya sé que tiene su banquete, así que no lo veré hasta que pase por mi casa; pero no venga muy tarde».

Aunque Swann nunca hubiera recelado muy en se-

<hr />

94. Situada en el lago grande del Bois, la isla de los Cisnes es la misma que la isla del Bois, citada líneas más arriba.

rio de la amistad de Odette por este o aquel fiel, sentía
una profunda dulzura al oírlo confesar así delante de
todos, con aquel tranquilo impudor, sus citas cotidianas de la noche, la privilegiada situación de que gozaba
en su casa y la preferencia que hacia él implicaba. Cierto es que Swann había pensado a menudo que Odette
no era en ningún sentido una mujer notable, y la supre-
macía que ejercía sobre un ser tan inferior a él no tenía
en sí misma nada que debiera parecerle halagüeño al
verla proclamada a la faz de los «fieles», pero desde que
se había dado cuenta de que Odette parecía a muchos
hombres una mujer fascinante y deseable, la atracción
que en ellos ejercía su cuerpo había despertado en él
una dolorosa necesidad de dominarla por entero hasta
en las menores partes de su corazón. Y había empezado
por atribuir un valor inestimable a esos momentos que
pasaba en su casa por la noche, cuando la sentaba en
sus rodillas, la obligaba a decir lo que pensaba de esto
o de aquello, en que hacía recuento de los únicos bie-
nes cuya posesión le interesaba ahora en la tierra. Por
eso, después de esa cena, llevándola aparte, no dejó de
darle efusivamente las gracias, tratando de enseñarle
según los distintos grados de gratitud que le testimo-
niaba, la escala de placeres que ella podía procurarle, el
supremo de los cuales era protegerlo de los ataques de
celos, durante el tiempo que su amor durase y lo hiciese
vulnerable a ellos.

Cuando al día siguiente salió del banquete, llovía a
cántaros, solo tenía a su disposición su victoria; un amigo le propuso llevarlo en cupé,[95] y como Odette, por el

95. Carruaje cerrado, más ligero que el victoria, descubierto y
con capota.

hecho de haberle pedido que fuese a su casa, le había dado la certeza de que no esperaba a nadie, con ánimo tranquilo y corazón contento hubiera preferido ir a acostarse a casa en lugar de partir así, bajo la lluvia. Pero si Odette no lo veía ansioso por pasar siempre a su lado, sin ninguna excepción, el fin de la velada, tal vez dejaría de reservársela la vez que particularmente la habría deseado.

Llegó a casa de Odette pasadas las once, y, mientras se disculpaba por no haber podido ir antes, ella se quejó de que era en efecto muy tarde, la tormenta la había indispuesto, le dolía la cabeza y le previno de que no estaría con él más de media hora, que a media noche lo despediría; y poco después se sintió cansada y quiso irse a dormir.

«Entonces ¿esta noche no hay catleyas?, dijo él; y yo que esperaba una buena catleya pequeñita.»

Y con expresión algo huraña y nerviosa, ella le respondió:

«No, amiguito, nada de catleyas esta noche, ¡ya ves que me encuentro mal!

»—Quizá te habría sentado bien, pero, en fin, no insisto».

Ella le rogó que apagase la luz antes de irse; echó él mismo las cortinas de la cama y se marchó. Pero una vez de vuelta en casa, bruscamente se le ocurrió la idea de que tal vez Odette esperaba a alguien esa noche, que se había limitado a simular la fatiga y que le había pedido que apagara las luces solo para hacerle creer que iba a dormirse, que, en cuanto él se había ido, había vuelto a encenderlas y hecho entrar al hombre que debía pasar la noche a su lado. Miró el reloj. Hacía poco más de hora y media que la había dejado, volvió a salir, tomó un coche de punto y lo hizo detenerse muy cerca de la casa de Odette, en una callecita perpendicular a la que daba la parte trasera del palacete y donde, a veces, él iba a llamar a la ventana de su dormitorio para que ella viniese a abrirle; se apeó del carruaje, todo estaba desierto y oscuro en aquel barrio, no tuvo más que dar unos pocos pasos para desembocar casi delante de la casa. Entre la oscuridad de todas las ventanas de la calle hacía tiempo apagadas, vio una sola de la que fluía —entre los postigos que comprimían su pulpa misteriosa y dorada— la luz que llenaba el cuarto y que, tantas otras noches, al percibirla desde lejos cuando llegaba a la calle, lo alegraba y le anunciaba: «Ahí está esperándote», y que ahora lo torturaba diciéndole: «Ahí está con aquel al que esperaba». Quería saber quién era; se deslizó a lo largo del muro hasta la ventana, pero entre las láminas oblicuas de los postigos no podía ver nada; solo oía en el silencio de la noche el murmullo de una conversación. Cierto, sufría al ver aquella luz en cuya atmósfera de oro se movía, detrás de las contraventanas, la invisible y detestada pareja, oyendo aquel murmullo que revelaba la presencia del que había llegado después de su marcha, la falsedad de Odette, la felicidad que estaba disfrutando con el otro.

Y sin embargo, estaba contento de haber ido: el tormento que lo había forzado a salir de casa había perdido intensidad al volverse menos vago, ahora que la otra vida de Odette, de la que había tenido en ese momento la brusca e impotente sospecha, la tenía allí, plenamente iluminada por la lámpara, prisionera sin saberlo en aquel cuarto donde, cuando él quisiera, entraría para sorprenderla y capturarla; o mejor, iba a llamar a los postigos como hacía muchas veces cuando iba muy tarde; así al menos Odette se enteraría de que él había sabido, que había visto la luz y oído la charla, y, mientras hacía un instante la imaginaba riéndose con el otro de sus ilusiones, ahora era a ellos a los que veía, confiados en su error, engañados en suma por él a quien creían muy lejos de allí cuando él ya sabía que iba a llamar a los postigos. Y quizá la sensación casi agradable que en ese momento sentía era algo más que el apaciguamiento de una duda y de un dolor: un placer de la inteligencia. Si, desde que estaba enamorado, las cosas habían recobrado para él un poco del delicioso interés que tiempo atrás les encontraba, pero solo cuando estaban iluminadas por el recuerdo de Odette, ahora era una facultad distinta de su juventud estudiosa lo que sus celos reavivaban, la pasión de la verdad, pero de una verdad que también se interponía entre él y su amante, que únicamente recibía su luz propia de ella misma, verdad puramente individual que tenía por único objeto, infinitamente preciado y casi de una belleza desinteresada, los actos de Odette, sus relaciones, sus proyectos, su pasado. En cualquier otra época de su vida, los hechos menudos y gestos cotidianos de una persona a Swann siempre le habían parecido sin valor; si alguien le contaba un chisme sobre ellos, le parecía insignificante y, mientras lo escuchaba, solo le prestaba su atención más vulgar; era, para él, uno de los momentos en que más mediocre se sentía. Pero, en ese extraño período del amor, lo individual asume una dimensión tan profunda que esa curiosidad que sentía despertarse en él por las menores ocupaciones de una mujer era la misma que tiempo atrás había sentido por la Historia. Y todo lo que hasta entonces le habría dado vergüenza, espiar delante de una ventana, mañana, quién sabe, tal vez sonsacar con habilidad a los indiferentes, sobornar a los criados, escuchar detrás de las puertas, ya no le parecían, lo mismo que el desciframiento de textos, el cotejo de los testimonios y la interpretación de los monumentos, más que unos métodos de investigación científica de un verdadero valor intelectual y apropiado para buscar la verdad.

Cuando estaba a punto de llamar a los postigos, tuvo un momento de vergüenza pensando que Odette iba a saber que había tenido sospechas, que había vuelto, que se había apostado en la calle. Muchas veces le había hablado ella del horror que le inspiraban los celosos, los amantes que espían. Era muy torpe lo que se disponía a hacer, y Odette iba a detestarlo, mientras que, en adelante, todavía en ese momento, cuando todavía no había llamado, quizá seguía amándolo aunque lo engañase. ¡Cuántas dichas posibles cuyo cumplimiento sacrificamos así a la impaciencia de un placer inmediato! Pero el deseo de conocer la verdad era más fuerte y le pareció más noble. Sabía que la realidad de circunstancias, por cuya reconstrucción exacta hubiera dado la vida, era legible detrás de aquella ventana estriada de luz, como bajo la cubierta miniada en oro de uno de esos manuscritos preciosos a cuya belleza artística misma no puede permanecer indiferente el erudito que los consulta. Sentía una sensación voluptuosa al conocer la verdad que lo apasionaba en aquel ejemplar único, efímero y precioso, de una materia translúcida tan cálida y tan bella. Y además la superioridad que sentía en sí mismo —que tanta necesidad tenía de sentir— sobre ellos, tal vez consistía, más que en saber, en poder demostrarles que lo sabía. Se puso de puntillas. Llamó. No habían oído, volvió a llamar más fuerte, la conversación se interrumpió. Una voz de hombre de la que trató de distinguir a cuál de los amigos de Odette que él conocía podía pertenecer, preguntó:

«¿Quién anda ahí?».

No estaba seguro de reconocerla. Llamó todavía una vez más. Se abrió la ventana, luego los postigos. Ahora ya no había modo de retroceder, y puesto que ella iba a saberlo todo, para no tener un aspecto demasiado infeliz, demasiado celoso y curioso, se limitó a gritar en tono despreocupado y alegre:

«No, no se moleste, pasaba por aquí, he visto luz y he querido saber si ya se encontraba mejor».

Miró. Delante de él, dos viejos señores estaban a la ventana, uno sosteniendo una lámpara, y entonces vio la habitación, una habitación desconocida. Como tenía la costumbre, cuando iba a casa de Odette muy tarde, de reconocer su ventana por ser la única iluminada en una hilera de ventanas todas parecidas, se había equivocado y había llamado a la ventana siguiente que pertenecía a la casa de al lado. Se alejó disculpándose y volvió a casa, feliz de que la satisfacción de su curiosidad hubiera dejado intacto su amor y de no haber dado a Odette con sus celos, después de haber fingido durante tanto tiempo una especie de indiferencia, aquella prueba de amarla demasiado que, entre dos amantes, dispensa, para siempre, de amar mucho a quien la recibe. No le habló de aquel contratiempo, incluso él mismo ya no pensaba en él. Pero, en ocasiones, un giro de su pensamiento iba a encontrarse con aquel recuerdo que no había percibido, lo golpeaba, lo hundía más adentro, y Swann había sentido un dolor brusco y hondo. Como si se hubiera tratado de un dolor físico, los pensamientos de Swann no lograban atenuarlo; pero al menos el dolor físico, como no depende del pensamiento, el pensamiento puede detenerse en él, comprobar que ha disminuido, que ha cesado de momento. Pero este otro dolor, el pensamiento lo recreaba por el hecho mismo de recordarlo. Querer no pensar en él era seguir pensando en él, seguir sufriendo. Y si, hablando con amigos, olvidaba su mal, de pronto una palabra que le decían le demudaba el rostro, como un herido a quien un torpe toca sin precaución el miembro dolorido. Cuando dejaba a Odette, estaba feliz, se sentía tranquilo, recordaba las sonrisas que ella había tenido, burlonas cuando hablaba de este o de aquel, y tiernas con él, el peso de la cabeza que ella había apartado de su eje para inclinarla, para dejarla caer, casi a pesar suyo, sobre los labios de Swann, como había hecho la primera vez en el coche, las miradas lánguidas que le había lanzado mientras estaba entre sus brazos, al tiempo que apretaba frioleramente contra el hombro de Swann su cabeza reclinada.

Pero enseguida sus celos, como si fueran la sombra de su amor, se completaban con el doble de aquella nueva sonrisa que le había dirigido esa misma noche —y que, ahora a la inversa, se burlaba de Swann y se cargaba de amor por otro—, con aquella inclinación de su cabeza, pero vuelta hacia otros labios, y con todas las muestras de cariño, dedicadas a otro, que antes había tenido para él. Y todos los recuerdos voluptuosos que se llevaba al salir de casa de Odette eran otros tantos esbozos, otros tantos «proyectos» semejantes a los que nos muestra un decorador, y que permitían a Swann hacerse una idea de las actitudes ardientes o extasiadas que ella podía tener con otros. De modo que llegaba a lamentar cada placer que gozaba a su lado, cada caricia inventada y cuya dulzura había cometido la imprudencia de señalarle, cada gracia que le descubría, pues sabía que, inmediatamente después, iban a enriquecer su suplicio con nuevos instrumentos.

Y ese suplicio resultaba más cruel todavía cuando a Swann le volvía el recuerdo de una breve mirada que había sorprendido, hacía unos días, y por primera vez, en los ojos de Odette. Era después de la cena, en casa de los Verdurin. Fuera que Forcheville, dándose cuenta de que Saniette, su cuñado, no gozaba de ningún favor en la casa, hubiese querido tomarlo por cabeza de turco y lucirse a sus expensas delante de todos, fuera que lo hubiese irritado una frase torpe que Saniette acababa de decirle y que, por lo demás, pasó inadvertida para los asistentes que ignoraban la alusión ofensiva que podía contener, por muy en contra de la voluntad de quien sin malicia alguna la pronunciaba, fuera por último que estuviese buscando hacía tiempo una ocasión de hacer salir de la casa a alguien que lo conocía demasiado bien y a quien sabía demasiado delicado para no sentirse en ciertos momentos molesto por su sola presencia, Forcheville replicó a aquella torpe frase de Saniette de un modo tan grosero, poniéndose a insultarlo, envalentonándose, a medida que vociferaba, con el espanto, el dolor y las súplicas del otro, que el desdichado, después de haber preguntado a Mme. Verdurin si debía quedarse y no haber recibido respuesta, se había retirado balbuciendo, con lágrimas en los ojos. Odette había asistido impasible a la escena, pero cuando la puerta se hubo cerrado tras Saniette, rebajando en cierto modo en varios grados la expresión habitual de su rostro, para poder encontrarse, en la bajeza, al mismo nivel de Forcheville, había hecho brillar sus pupilas con una sonrisa hipócrita de felicitaciones por la audacia que el otro había mostrado, de ironía por aquel que había sido su víctima; le había lanzado una mirada de complicidad en el mal, que significaba doctamente: «Eso sí que es una ejecución en toda regla, o yo no entiendo nada de eso. ¿Ha visto lo corrido que iba? Y lloraba», que, cuando sus ojos encontraron aquella mirada, pasada de pronto la borrachera de cólera o de simulación de cólera que aún lo encendía, sonrió y respondió:

«Le bastaba con ser amable, todavía seguiría aquí, una buena lección puede ser útil a cualquier edad».

Un día que había salido a media tarde para hacer una visita y no encontró a la persona que buscaba, Swann tuvo la idea de pasar a ver a Odette a aquella hora en la que nunca iba a su casa, pero en la que sabía que siempre estaba echándose la siesta o escribiendo cartas hasta la hora del té, y en la que tendría el placer de verla un rato sin molestarla. El portero le dijo que creía que estaba; llamó, le pareció oír ruido, rumor de pasos, pero no abrieron. Ansioso, irritado, fue a la calleja que daba a la otra fachada del palacete, se situó delante de la ventana del cuarto de Odette; los visillos no le dejaban ver nada, golpeó con fuerza en los cristales, llamó; no abrió nadie. Vio que unos vecinos lo miraban. Se marchó, pensando que, después de todo, acaso se hubiera equivocado al creer oír pasos; pero quedó tan preocupado que no podía pensar en otra cosa. Una hora después, volvió. La encontró; le dijo que también estaba hacía un rato, cuando había llamado, pero durmiendo; la había despertado la campanilla, había adivinado que era Swann, había corrido tras él, pero ya se había marchado. También había oído golpear en los cristales. En aquel relato, Swann reconoció inmediatamente uno de esos fragmentos de un hecho exacto que los embusteros pillados por sorpresa se consuelan insertando en la composición del hecho falso que inventan, creyendo así que pueden engarzarlo y valerse de su parecido con la Verdad. Cierto es que cuando Odette acababa de hacer algo que no quería revelar, lo ocultaba en el fondo de sí misma. Pero en cuanto se encontraba delante de la persona a la que quería mentir, era presa de la turbación, todas sus ideas se desmoronaban, sus facultades de invención y raciocinio quedaban paralizadas, en su cabeza solo encontraba el vacío, sin embargo, tenía que decir algo, y a su alcance solo estaba precisamente lo que hubiera querido disimular y que, por ser cierto, era lo único que no había desaparecido. Separaba un pequeño trozo, carente en sí mismo de importancia, diciéndose que en el fondo más valía así, puesto que se trataba de un detalle verdadero que no ofrecía los mismos peligros que un detalle falso. «Esto por lo menos es verdad, se decía, algo salimos ganando, puede informarse, tendrá que reconocer que es cierto, nunca será eso lo que me traicione.» Se engañaba, eso era precisamente lo que la traicionaba, no se daba cuenta de que ese detalle verdadero tenía ángulos que no podían encajarse en los detalles contiguos del hecho verdadero del que lo había separado arbitrariamente y que, fueran cuales fuesen los detalles inventados entre los que lo colocara, siempre revelarían por la materia sobrante y los vacíos no rellenados que no era de entre ellos de donde procedía. «Confiesa haberme oído llamar y luego dar golpes, y haber creído que era yo, que tenía ganas de verme, se decía Swann. Pero eso no cuadra con el hecho de no haber mandado abrir.»

Pero no le hizo notar esa contradicción, pensando que tal vez Odette inventase, entregada a sí misma, alguna mentira que sería un débil indicio de la verdad; ella seguía hablando; no la interrumpía, recogía con una piedad ávida y dolorosa aquellas palabras que le decía, y en las que él sentía (precisamente porque, mientras le hablaba, Odette la ocultaba tras ellas) que conservaban vagamente, como el velo sagrado, la impronta, y dibujaban el incierto modelado de aquella realidad infinitamente preciosa y por desgracia inencontrable —qué estaba haciendo un poco antes, a las tres de la tarde, cuando él se había presentado—, aquella realidad de la que Swann nunca llegaría a poseer otra cosa que aquellas mentiras, ilegibles y divinos vestigios, y que solo existía en el encubridor recuerdo de aquel ser que la contemplaba sin saber apreciarla, pero que nunca se la entregaría. Cierto que por momentos sospechaba que, en sí mismos, los actos cotidianos de Odette no eran apasionadamente interesantes, y que las relaciones que pudiera mantener con otros hombres no exhalaban de modo natural, de una forma universal y para toda criatura pensante, una tristeza mórbida, capaz de dar la fiebre del suicidio. Se daba cuenta entonces de que aquel interés, aquella tristeza existían solo en él como una enfermedad, y que, cuando esta se hubiese curado, los actos de Odette, los besos que habría podido dar volverían a ser inofensivos como los de tantas otras mujeres. Pero que la dolorosa curiosidad de Swann a este respecto tuviera únicamente su causa en él no bastaba para que le hiciera parecer absurda su inclinación a considerar como importante esta curiosidad y a hacer cuanto pudiera para satisfacerla. Y es que Swann llegaba a una edad cuya filosofía —favorecida por la de la época, y también por la del ambiente en que Swann había vivido tanto tiempo, la de aquel círculo de la princesa des Laumes donde se había convenido que se es inteligente en la medida en que se duda de todo, y donde la única realidad irrefutable que se reconocía eran los gustos de cada uno— ya no es la filosofía de la juventud, sino una filosofía positiva, casi médica, propia de hombres que, en lugar de exteriorizar los objetos de sus aspiraciones, tratan de extraer de los años ya transcurridos un residuo fijo de hábitos, de pasiones que en ellos puedan considerarse como algo característico y permanente, y que, deliberadamente, se esforzarían ante todo para que el tipo de vida que adoptan pueda satisfacer. A Swann le parecía sensato sobrellevar en su vida la parte de dolor que sentía por ignorar lo que Odette había hecho, lo mismo que el empeoramiento que un clima húmedo causaba en su eczema; prever en su presupuesto una disponibilidad importante para obtener sobre el modo en que Odette pasaba sus días informaciones sin las que se sentiría desdichado, igual que la reservaba para otros gustos de los que sabía que podía esperar placer, por lo menos antes de que estuviese enamorado, como el coleccionismo y la buena cocina.

Cuando quiso despedirse de Odette para volver a casa, ella le pidió que se quedara un rato todavía y hasta lo retuvo con vivacidad, cogiéndolo del brazo cuando él iba a abrir la puerta para salir. Pero Swann no se dio cuenta, porque, en la multitud de gestos, de palabras y de pequeños incidentes que rellenan una conversación, resulta inevitable que pasemos, sin notar nada que despierte nuestra atención, junto a personas que ocultan una verdad que nuestras sospechas buscan al azar, y que nos detengamos por el contrario en otras bajo las que no hay nada. Ella le repetía todo el tiempo: «Qué lástima que, para una vez que tú, que nunca lo haces, vienes por la tarde, no haya podido verte». Sabía de sobra que Odette no estaba lo bastante enamorada de él para lamentar tan vivamente haberse perdido aquella visita, pero como era buena, estaba deseosa de complacerlo y a menudo se entristecía cuando le había contrariado, le pareció muy natural que en esta ocasión lo estuviera por haberle privado del placer de pasar una hora juntos, placer que era muy grande, no para ella, sino para él. Era sin embargo una cosa tan poco importante que la expresión doliente que Odette seguía teniendo acabó por extrañarle. Así le recordaba más todavía que de costumbre las figuras de mujeres del pintor de la *Primavera*. En aquel momento tenía su rostro abatido y desolado que parece sucumbir bajo el peso de un dolor demasiado penoso para ellas, cuando simplemente dejan al niño Jesús jugar con una granada o contemplan a Moisés echando agua en un pilón.[96] En cierta ocasión ya le había visto aquella tristeza, pero no recordaba cuándo. Y de repente se acordó: fue cuando Odette había mentido con Mme. Verdurin al día siguiente de aquella cena a la que no había ido so pretexto de encontrarse indispuesta y en realidad para quedarse con Swann. Cierto, ni la mujer más escrupulosa hubiera podido sentir remordimientos por una mentira tan inocente. Pero no lo eran menos las que Odette solía decir y servían para evitar ciertos descubrimientos

96. Son dos los cuadros de Botticelli que representan al niño Jesús jugando con una granada en la Galería de los Uffizi —donde también se conserva su *Alegoría de la Primavera*— de Florencia: *La Virgen del Magnificat* y *La Virgen de la granada*. En la Capilla Sixtina, en una de las *Escenas de la vida de Moisés*, Botticelli ha pintado al profeta sacando agua del pozo para ofrecérsela a las hijas de Jetró.

que hubieran podido crearle terribles dificultades con unos o con otros. Por eso, cuando mentía, presa del miedo, sintiéndose poco armada para defenderse, insegura del éxito, tenía ganas de llorar, por fatiga, como ciertos niños que no han dormido. Sabía además que su mentira solía herir gravemente al hombre a quien iba destinada, y a cuya merced tal vez iba a quedar si mentía mal. Entonces se sentía a la vez humilde y culpable ante él. Y cuando tenía que decir una mentira insignificante y mundana, por asociación de sensaciones y de recuerdos, sentía el malestar de un cansancio excesivo y el remordimiento de una maldad.

¿Qué deprimente mentira estaba diciéndole a Swann para que tuviera aquella mirada dolorida, aquella voz quejumbrosa que parecían doblegarse bajo el esfuerzo que se imponía, e implorar perdón? Se le pasó por la cabeza que no era solo la verdad sobre el incidente de la tarde lo que Odette se esforzaba por ocultarle, sino algo más actual, algo que acaso aún no había ocurrido y era inminente, y que quizá podría arrojar luz sobre aquella verdad. En ese momento oyó la campanilla. Odette no dejó de hablar, pero sus palabras solo eran un gemido: su pesadumbre por no haber visto a Swann aquella tarde, por no haberle abierto, se había convertido en auténtica desesperación.

Se oyó volver a cerrarse la puerta de entrada y el ruido de un carruaje, como si se marchara alguien —probablemente la persona con la que Swann no debía encontrarse— al que se había dicho que Odette había salido. Pensando entonces que, con solo ir a una hora que no era habitual, había perturbado tantas cosas que ella no quería que supiese, tuvo una sensación de desaliento, casi de desconsuelo. Pero como amaba a Odette, como tenía la costumbre de dirigir hacia ella todos sus pensamientos, la lástima que hubiera podido inspirarse a sí mismo, fue por ella por quien la sintió, y murmuró: «¡Pobrecita mía!». Cuando llegó el momento de dejarla, Odette cogió varias cartas que tenía sobre la mesa y le preguntó si podía echárselas al correo. Se las llevó y, una vez en casa, se dio cuenta de que llevaba las cartas encima. Volvió hasta la estafeta, las sacó del bolsillo y antes de echarlas en el buzón miró las señas. Todas eran para proveedores, menos una para Forcheville. La tenía en la mano. Se decía: «Si viese lo que contiene, sabría cómo lo llama, cómo le habla, si hay algo entre ellos. Puede incluso que, si renuncio a leerla, cometa una falta de delicadeza hacia Odette, porque es el único modo de librarme de una sospecha tal vez calumniosa para ella, destinada en cualquier caso a hacerla sufrir y que ya nada podría destruir, una vez echada la carta».

De correos, regresó a casa, pero se había quedado con esta última carta. Encendió una vela y le acercó el sobre que no se había atrevido a abrir. Al principio no consiguió leer nada, pero el sobre era fino y, haciéndolo adherirse a la tarjeta dura que contenía, pudo leer al trasluz las últimas palabras. Era una fórmula de despedida muy fría. Si, en lugar de ser él quien miraba una carta dirigida a Forcheville, hubiera sido Forcheville quien leyera una carta dirigida a Swann, ¡qué distintas habrían sido las cariñosas palabras que hubiese podido ver! Inmovilizó la tarjeta que bailaba dentro del sobre, más grande que ella, y luego, empujándola con el pulgar, fue pasando sucesivamente los diferentes renglones bajo la parte del sobre que no estaba doblada, la única que permitía leer.

Pese a esto, no acababa de distinguir bien. Aunque

carecía de importancia, porque había visto suficiente para darse cuenta de que se trataba de un pequeño hecho irrelevante y no se refería a relaciones amorosas; era algo relacionado con un tío de Odette. Cierto que Swann había leído al principio del renglón: «He hecho bien», pero no comprendía qué había hecho bien Odette cuando, de pronto, una palabra que al principio no había logrado descifrar apareció aclarando el sentido de la frase entera: «He hecho bien en abrir, era mi tío». ¡En abrir! O sea que Forcheville estaba allí cuando Swann había llamado y ella le había hecho marcharse, por eso había oído aquel ruido.

Entonces leyó toda la carta; al final se disculpaba por haber actuado tan mal con él y le decía que había olvidado los cigarrillos en su casa, la misma frase que le había escrito a Swann una de las primeras veces que había ido. Pero para Swann había añadido: «Ojalá se hubiera dejado usted el corazón, no le habría permitido recuperarlo». Con Forcheville, nada parecido: ninguna alusión que pudiera hacerle suponer una intriga amorosa entre ellos. Además, de hecho, en toda aquella historia el auténtico engañado era Forcheville, pues Odette le escribía para hacerle creer que el visitante era su tío. En suma era él, Swann, el hombre al que ella daba importancia y por el que había despedido al otro. Y sin embargo, si entre Odette y Forcheville no había nada, ¿por qué no haber abierto de inmediato, por qué haber dicho: «He hecho bien en abrir, era mi tío»?; si en ese momento no estaba haciendo nada malo, ¿cómo podría explicarse el propio Forcheville que pudiera no abrir? Y Swann permanecía allí, desolado, confuso y sin embargo feliz, ante aquel sobre que Odette le había entregado sin miedo, tan absoluta era la confianza que tenía en su delicadeza, pero que a través de su transparente cristal se le revelaba, junto con el secreto de un incidente que nunca hubiera creído posible conocer, un poco de la vida de Odette, como en una estrecha sección luminosa practicada directamente a lo desconocido. Después, sus celos se alegraban, como si esos celos hubieran tenido una vitalidad independiente, egoísta, voraz de todo cuanto los nutría, aunque fuera a expensas de él mismo. Ahora tenían algo con que alimentarse y Swann iba a poder empezar a preocuparse cada día por las visitas recibidas por Odette hacia las cinco, a tratar de saber dónde se encontraba Forcheville a esa hora. Porque el cariño de Swann seguía conservando el mismo carácter que le habían impreso desde el principio al mismo tiempo la ignorancia de lo que Odette hacía durante el día y la pereza mental que le impedía suplir esa ignorancia con la imaginación. Al principio no sintió celos de toda la vida de Odette, sino solo de los momentos en que una circunstancia, acaso mal interpretada, lo había llevado a suponer que Odette hubiera podido engañarlo. Como un pulpo que alarga un primer tentáculo, luego un segundo y después un tercero, sus celos se aferraron sólidamente a ese momento de las cinco de la tarde, después a otro, más tarde a otro más. Pero Swann no era capaz de inventar sus sufrimientos. Solo eran el recuerdo, la perpetuación de un sufrimiento que le había venido de fuera.

Pero allí todo se lo aportaba. Decidió alejar a Odette de Forcheville, llevársela unos días al Sur. Pero estaba convencido de que todos los hombres que había en el hotel la deseaban y que también los deseaba ella. Por eso, cuando antes iba de viaje, siempre buscaba gente nueva, reuniones numerosas; ahora se le veía huraño, rehuyendo la compañía de los hombres como si ella lo hubiera herido cruelmente. ¿Y cómo no había de ser misántropo si en todo hombre veía un posible amante para Odette? Y de ese modo sus celos, más todavía que la atracción voluptuosa y risueña que al principio sintió por Odette, alteraban el carácter de Swann y mudaban de arriba abajo, a ojos de los demás, el aspecto mismo de los signos externos por los que ese carácter se manifestaba.

Un mes después del día en que había leído la carta dirigida por Odette a Forcheville, Swann fue a una cena que los Verdurin daban en el Bois. En el momento en que se disponía a irse, observó conciliábulos entre Mme. Verdurin y algunos invitados y creyó comprender que estaban recordando al pianista que, al día siguiente, debía ir a una partida en Chatou;[97] pero él, Swann, no estaba invitado.

Los Verdurin solo habían hablado a media voz y en términos vagos, pero el pintor, sin duda distraído, exclamó:

«No necesitará ninguna luz, y que toque la sonata *Claro de luna*[98] en la oscuridad para ver iluminarse mejor las cosas».

Al ver que Swann estaba a dos pasos, Mme. Verdurin adoptó esa expresión donde el deseo de hacer callar a quien habla y de conservar un aspecto inocente a ojos de quien oye queda neutralizado en una intensa nulidad de la mirada, donde el inmóvil signo de inteligencia del

97. Población a dieciséis kilómetros de París, cerca de Versalles, a orillas del Sena, muy frecuentada por los pintores impresionistas y los aficionados a los paseos en barca.
98. Decimocuarta sonata de Beethoven (opus 27, n.º 2), compuesta en 1802.

cómplice se disimula bajo las sonrisas del ingenuo y que, por último, común a todos los que advierten una metedura de pata, la revela de inmediato si no a quienes la cometen, al menos a quien resulta su víctima. Odette puso de pronto la expresión de una desesperada que renuncia a luchar contra las abrumadoras dificultades de la vida, y Swann contaba ansiosamente los minutos que lo separaban del momento en que, después de salir de aquel restaurante, durante el viaje de vuelta, iba a poder pedirle explicaciones, conseguir que no fuese al día siguiente a Chatou o que hiciera que lo invitaran, y aplacar entre sus brazos la angustia que sentía. Por fin pidieron los coches. Mme. Verdurin dijo a Swann: «Bueno, adiós, hasta pronto, ¿verdad?», tratando de impedirle pensar con la amabilidad de la mirada y la tensión de la sonrisa que ella no le decía, como siempre hubiera hecho hasta entonces: «Mañana en Chatou, pasado mañana en casa».

El señor y la señora Verdurin hicieron montar con ellos a Forcheville, el coche de Swann estaba detrás esperando a que se fueran para que Odette montase en el suyo.

«Odette, nosotros la llevamos, dijo Mme. Verdurin, tenemos un huequecito para usted al lado del señor de Forcheville.

»—Sí, señora, respondió Odette.

»—Pero cómo, si creía que la acompañaría yo», exclamó Swann, diciendo sin disimulo las palabras necesarias, porque la portezuela estaba abierta, los segundos estaban contados, y no podía regresar sin ella en el estado en que se encontraba.

«Es que Mme. Verdurin me ha pedido…

»—Venga, usted bien puede volver solo, ya se la hemos dejado muchas veces, dijo Mme. Verdurin.

»—Es que tenía algo importante que decir a la señora.

»—Bueno, ya se lo escribirá…

»—Adiós», le dijo Odette tendiéndole la mano.

Él trató de sonreír, pero su expresión estaba aterrada.

«¿Has visto qué modales se permite ahora Swann con nosotros?, dijo Mme. Verdurin a su marido cuando llegaron a casa. He creído que iba a comerme porque nos llevábamos a Odette. ¡Qué inconveniencia, de verdad! ¡Solo le falta decirnos que tenemos una casa de citas! No comprendo cómo aguanta Odette semejantes modales. Es como si directamente dijera: usted me pertenece. Ya le diré yo a Odette lo que pienso, espero que comprenda.»

Y un momento después todavía añadió, con rabia: «Vamos, ¡habrase visto, qué cerdo!», empleando sin darse cuenta, y obedeciendo acaso a la misma oscura necesidad de justificarse —como Françoise en Combray cuando el pollo se negaba a morir— las palabras que arrancan las últimas convulsiones de un animal inofensivo que agoniza al aldeano que lo está degollando.

Y cuando el carruaje de Mme. Verdurin hubo partido y el de Swann avanzó, su cochero, mirándolo, le preguntó si se encontraba mal o si le había ocurrido algo.

Swann lo despidió, quería caminar y fue a pie, por el Bois, como volvió a casa. Iba hablando solo, en voz alta, y en el mismo tono un poco falso que había adoptado hasta entonces cuando detallaba los encantos del cogollito y exaltaba la magnanimidad de los Verdurin. Pero así como las palabras, las sonrisas y los besos de Odette se le hacían tan odiosos si iban dirigidos a otros como dulces le habían parecido al recibirlos él, así el salón de los Verdurin, que un momento antes todavía le parecía divertido, con un gusto auténtico por el arte e incluso con una especie de nobleza moral, ahora que Odette iba a encontrarse allí con otro, a amar libremente en ese salón, le exhibía sus ridiculeces, su necedad, su ignominia.

Se imaginaba con repugnancia la velada del día siguiente en Chatou. «En primer lugar, ¡vaya una idea ir a Chatou! ¡Como merceros que acaban de cerrar la tienda! ¡Realmente estas gentes son sublimes de cursilería burguesa, no deben existir en la realidad, deben salir del teatro de Labiche!»[99]

Allí estarían los Cottard, tal vez Brichot. «¡Qué vida tan grotesca la de estas pobres gentes que viven unos sobre otros, que se creerían perdidos, palabra, si mañana no se reuniesen todos *en Chatou*!» Pero, ¡ay!, también estaría el pintor, aquel pintor amigo de «hacer matrimonios», que invitaría a Forcheville a ir con Odette a su taller. Ya estaba viendo a Odette con un vestido demasiado elegante para aquella excursión campestre, «porque es tan vulgar y, sobre todo, es tan tonta la pobre pequeña».

Ya estaba oyendo las bromas que Mme. Verdurin haría después de la cena, las bromas que, fuera quien fuese el pelma que tuvieran por blanco, siempre le habían divertido porque veía reírse a Odette, reírse con él, casi en él. Ahora intuía que quizá iban a hacer a Odette reírse de él. «¡Qué fétida alegría!», decía, im-

---

99. Eugène-Marin Labiche (1815-1888) empezó publicando novelas para seguir la carrera de los escenarios con más de un centenar de comedias y vodeviles, solo o en colaboración; sin pretensiones, lograban arrancar la risa de los espectadores gracias a la habilidad de las situaciones protagonizadas por una burguesía de gusto vulgar.

primiendo a su boca una expresión de asco tan marcada que él mismo tenía la sensación muscular de su mueca hasta en el cuello contraído y pegado al cuello de la camisa. «¿Y cómo puede encontrar materia de risa en esas bromas nauseabundas una criatura cuyo rostro está hecho a imagen de Dios? Cualquier nariz algo delicada se apartaría horrorizada para no dejarse ofuscar por semejantes miasmas. Es realmente increíble pensar que un ser humano puede no comprender que, permitiéndose una sonrisa respecto un semejante que le ha tendido lealmente la mano, se degrada hasta un fango de donde a la mejor voluntad del mundo ya nunca le será posible sacarlo. Vivo a demasiados miles de metros de altura por encima de los bajos fondos donde chapotean y alborotan esos sucios chismosos, para que puedan salpicarme las bromas de una Verdurin», exclamó, alzando la cabeza, y echando con orgullo el cuerpo hacia atrás. «Dios me es testigo de que sinceramente he querido sacar a Odette de ahí, y educarla en una atmósfera más noble y más pura. Pero la paciencia humana tiene unos límites, y la mía ha llegado al final», se dijo, como si esta misión de arrancar a Odette de una atmósfera de sarcasmos datase de mucho más tiempo que de hacía unos minutos, y como si no se le hubiera ocurrido solo después de haber pensado que aquellos sarcasmos tal vez le tenían a él por blanco y trataban de separarlo de Odette.

Veía al pianista preparado para tocar la sonata *Claro de luna* y los melindres de Mme. Verdurin asustada por el daño que la música de Beethoven iba a causar en sus nervios: «¡Idiota, embustera!, exclamó, ¡y cree amar *el Arte*!». A Odette, después de haberle insinuado hábilmente algunas palabras elogiosas para Forcheville, como a menudo había hecho con él, le diría: «Hágale un huequecito a su lado al señor de Forcheville». «¡En la oscuridad! ¡Alcahueta, celestina!» *Alcahueta* era el calificativo que también daba a la música que los invitaría a callarse, a soñar juntos, a mirarse, a cogerse de la mano. Y le parecía bien la severidad contra las artes de Platón, de Bossuet,[100] y de la vieja educación francesa.

En suma, la vida que se hacía en casa de los Verdurin y que con tanta frecuencia había denominado «la verdadera vida» le parecía la peor de todas, y su cogollito el peor de todos los ambientes. «En realidad es lo más bajo que hay en la escala social, decía, el último círculo de Dante.[101] ¡No hay duda de que el augusto texto se refiere a los Verdurin! ¡En el fondo, qué sabiduría tan profunda demuestran las gentes de mundo —de las que podrá hablarse mal, pero que de cualquier modo no tienen nada en común con estas cuadrillas de canallas— por negarse a conocerlos, a ensuciarse siquiera la punta de los dedos! ¡Qué adivinación en ese *Noli me tangere*[102] del *faubourg* Saint-Germain!» Hacía mucho rato que había dejado atrás las alamedas del Bois, y casi había llegado a su casa cuando, todavía borracho de su dolor y de la vehemencia de insinceridad cuyas entonaciones engañosas y la artificial sonoridad de su propia voz lo empujaban de instante en instante

100. En sus *Maximes et Réflexions sur la poésie* (1694), Bossuet, para justificar sus diatribas contra el teatro, cita el libro X de *La República* de Platón, en el que el filósofo griego expulsaba a los poetas de su República ideal.

101. El noveno, en el último libro de *La Divina comedia*, donde Dante sitúa a los mayores pecadores.

102. «No me toques», son las primeras palabras de Cristo resucitado a María Magdalena, según Juan (20, 17).

más abundantemente hacia la ebriedad, aún seguía perorando en voz alta en medio del silencio de la noche. «La gente de mundo tiene sus defectos que nadie reconoce mejor que yo, pero en fin es gente con la que son imposibles ciertas cosas. Cierta mujer elegante que he conocido estaba lejos de ser perfecta, pero en última instancia siempre había en ella un fondo de delicadeza, una lealtad en su forma de proceder que, pasara lo que pasase, la habrían vuelto incapaz de una felonía y que bastan para abrir un abismo entre ella y una arpía como la Verdurin. ¡Verdurin! ¡Vaya nombre! ¡Ah, bien puede decirse que están completos, que son bellos en su género! ¡A Dios gracias, ya iba siendo hora de negarse a condescender en la promiscuidad con esta infamia, con esas inmundicias!»

Pero, así como las virtudes que poco antes aún atribuía a los Verdurin no habrían bastado, incluso si realmente las hubieran poseído pero no hubiesen favorecido y protegido su amor, para provocar en Swann aquella ebriedad que lo enternecía sobre su magnanimidad y que, incluso propagada a través de otras personas, solo podía venirle de Odette — así la inmoralidad, aunque hubiera sido real, que hoy encontraba en los Verdurin, se habría revelado impotente, si no hubieran invitado a Odette con Forcheville y sin él, para desencadenar su indignación y hacerle reprobar «su infamia». Y sin duda la voz de Swann era más clarividente que él mismo cuando se negaba a pronunciar aquellas palabras llenas de asco por el círculo Verdurin, y de alegría por haber terminado con él, en un tono nada artificioso, y como si hubieran sido escogidas más para satisfacer su rabia que para expresar su pensamiento. De hecho, este último, mientras él se entregaba a esas invectivas, estaba probablemente ocupado, sin que se diese cuenta, por un objeto completamente distinto, pues una vez llegado a casa, nada más cerrar la puerta cochera, se dio bruscamente una palmada en la frente y, mandando abrirla de nuevo, volvió a salir exclamando esta vez con voz natural: «¡Creo haber encontrado el medio de que mañana me inviten a la cena de Chatou!». Pero el medio debía de ser malo, porque Swann no fue invitado: el doctor Cottard, que, llamado a un pueblo de la provincia por un caso grave, no había visto a los Verdurin desde hacía varios días ni había podido ir a Chatou, al día siguiente de esa cena, al sentarse con ellos a la mesa, dijo:

«Pero ¿no veremos esta noche al señor Swann? Es lo que se dice un amigo personal del...

»—¡Pues espero que no!, exclamó Mme. Verdurin. Dios nos libre; es cargante, estúpido y maleducado».

Ante estas palabras Cottard manifestó al mismo tiempo su sorpresa y su sumisión, como ante una verdad contraria a cuanto había creído hasta entonces, pero de una evidencia irresistible; y metiendo con aire alterado y temeroso la nariz en el plato, se limitó a responder: «¡Ah, ah, ah, ah, ah!», recorriendo hacia atrás, en su repliegue en buen orden hasta el fondo de sí mismo, a lo largo de una gama descendente, todo el registro de su voz. Y no volvió a hablarse más de Swann en casa de los Verdurin.

Entonces aquel salón que había reunido a Swann y Odette se volvió un obstáculo para sus citas. Ella ya no le decía como en los primeros tiempos de su amor: «Nos veremos en cualquier caso mañana por la noche, hay una cena en casa de los Verdurin», sino: «No podremos vernos mañana por la noche, hay una cena en casa de los Verdurin». O bien los Verdurin debían llevarla a la Ópera Cómica a ver *Une nuit de Cléopâtre*,[103] y Swann leía en los ojos de Odette aquel espanto a que le pidiese que no fuera, que antes no habría podido dejar de besar al verlo cruzar por el rostro de su amante, y que ahora lo irritaba. «Y sin embargo no es rabia, se decía a sí mismo, lo que siento al ver las ganas que tiene de ir a escarbar en esa música de estercolero. Qué pena, no por mí desde luego, sino por ella; ¡pena de ver que después de haber vivido más de seis meses en contacto cotidiano conmigo, no haya sabido cambiar lo suficiente para eliminar espontáneamente a Victor Massé! Sobre todo, por no haber llegado a comprender que hay noches en que un ser de una esencia algo delicada debe saber renunciar a un placer cuando se le pide. Debería saber decir "no iré", aunque solo fuera por inteligencia, porque esa respuesta servirá para clasificar de una vez por todas la calidad de su alma.» Y, convencido a sí mismo de que, en efecto, si deseaba que aquella noche se quedara con él en vez de ir a la Ópera Cómica, solo era para poder hacer un juicio más favorable sobre el valor espiritual de Odette, le exponía el mismo razonamiento con igual grado de insinceridad que a sí mismo, e incluso con un grado más, porque entonces obedecía también al deseo de alcanzarla por el amor propio.

103. Ópera de Victor Massé, ya citado como autor de *La reine Topaze*; *Una noche de Cleopatra*, sobre libreto de Jean Barbier, partía de un relato de Théophile Gautier y se estrenó al año siguiente de la muerte del compositor, en 1885.

«Te juro», le decía un momento antes de que saliera para el teatro, «que al pedirte que no vayas, todos mis deseos, si yo fuera un egoísta, serían que me lo negaras, porque tengo mil cosas que hacer esta noche y yo mismo caería en mi propia trampa y me vería en un gran apuro si, contra toda esperanza, me respondieses que no ibas. Mis ocupaciones, mis placeres, no lo son todo, debo pensar en ti. Puede llegar un día en que, al ver que me alejo de ti para siempre, tengas derecho a reprocharme que no te haya avisado en los instantes decisivos en que sentía que iba a formular sobre ti uno de esos juicios severos a los que ningún amor resiste mucho tiempo. Mira, *Une nuit de Cléopâtre* (¡vaya título!) no significa nada en esta circunstancia. Lo que hay que saber es si realmente eres o no eres ese ser situado en el nivel último de la inteligencia, e incluso del encanto, el ser despreciable incapaz de renunciar a un placer. Entonces, si fueras eso, ¿cómo se te podría amar si ni siquiera eres una persona, una criatura definida, imperfecta sí, pero al menos perfectible? Eres un agua informe que corre según la pendiente que le ofrecen, un pez sin memoria y sin reflexión que, mientras viva en su acuario, chocará cien veces al día contra el cristal que seguirá tomando por agua. ¿Comprendes que tu respuesta no digo que tenga por resultado que dejase de amarte ahora mismo, por supuesto, sino que te volverá menos seductora a mis ojos cuando comprenda que no eres una persona, que estás por debajo de todas las cosas y no sabes elevarte por encima de ninguna? Evidentemente habría preferido pedirte que renunciases a *Une nuit de Cléopâtre* (ya que me obligas a ensuciarme los labios con ese abyecto nombre) como algo sin importancia, con la esperanza sin embargo de que irías.

Pero, decidido a hacerme esa cuenta, a sacar esas consecuencias de tu respuesta, me ha parecido más leal avisártelo».

Desde hacía un momento Odette daba señales de emoción y de incertidumbre. Aunque ignorase el significado de estas palabras, comprendía que podía encuadrarlas en el género común de los «*laïus*»[104] y escenas de reproches o de súplicas, y la experiencia que tenía de los hombres le permitía deducir, sin fijarse en los detalles de las palabras, que no las pronunciarían de no estar enamorados, que desde el momento en que estaban enamorados era inútil obedecerles, que después lo estarían todavía más. Habría escuchado a Swann con la mayor calma de no haber visto que se le pasaba la hora y que, a poco que él siguiese hablando un rato, iba, como le dijo con una sonrisa tierna, obstinada y confusa, «¡a terminar perdiéndose la Obertura!».

Otras veces le decía que, más que cualquier otra cosa, le haría dejar de amarla que ella no quisiese renunciar a mentir. «Incluso desde el simple punto de vista de la coquetería, le decía, ¿no ves cuánta seducción pierdes rebajándote a mentir? ¡Cuántas faltas podrías redimir con una confesión! ¡Realmente eres mucho menos inteligente de lo que creía!» Pero era inútil que Swann le expusiese así todas las razones que tenía para no mentir; habrían podido arruinar en Odette un sistema general de la mentira; pero Odette no tenía ninguno; se limitaba, cada vez que quería que Swann ignorase algo que había hecho, a no decírselo. Así la mentira para ella era un ex-

104. Discurso excesivamente largo, pomposo y vacío; el término deriva del nombre de Laïos (Layo), rey de Tebas, esposo de Yocasta y padre de Edipo.

pediente de orden particular; y lo único que podía decidir si debía utilizarlo o confesar la verdad también era una razón de orden particular, la mayor o menor probabilidad que había de que Swann pudiera descubrir que no había dicho la verdad.

Físicamente, Odette atravesaba una mala fase; estaba engordando; y el encanto expresivo y doliente, las miradas asombradas y soñadoras que tenía en el pasado parecían haber desaparecido con su primera juventud. De modo que se había vuelto tan querida para Swann en el momento por así decir en que precisamente la encontraba mucho menos bonita. La miraba largo rato para intentar captar de nuevo el encanto que había conocido en ella, y no lo encontraba. Pero saber que bajo aquella nueva crisálida seguía siendo Odette la que vivía, la misma voluntad fugaz, inaprensible y solapada de siempre, le bastaba a Swann para seguir poniendo la misma pasión en su intento de captarla. Luego miraba fotografías de hacía dos años, recordaba lo deliciosa que había sido. Y esto lo consolaba un poco de lo que sufría por ella.

Cuando los Verdurin se la llevaban a Saint-Germain, a Chatou, a Meulan, a menudo, si hacía buen tiempo, proponían sobre la marcha quedarse a dormir y no volver hasta el día siguiente. Madame Verdurin procuraba calmar los escrúpulos del pianista, cuya tía se había quedado en París.

«Estará encantada de haberse librado de usted por un día. ¿Y por qué iba a preocuparse? Sabe que está con nosotros; además, yo asumo toda la responsabilidad.»

Pero si no lo conseguía, el señor Verdurin se ponía en movimiento, encontraba una oficina de telégrafos o un mensajero y preguntaba a los fieles si alguno debía mandar algún aviso a alguien. Pero Odette le daba las gracias y decía que no tenía que enviar ningún mensaje a nadie, porque le había dicho a Swann de una vez por todas que, si se lo enviaba a la vista de todos, se comprometería. A veces su ausencia se prolongaba varios días, los Verdurin la llevaban a ver las tumbas de Dreux, o a Compiègne para admirar, por consejo del pintor, las puestas de sol en el bosque, y llegaban hasta el castillo de Pierrefonds.[105]

«¡Pensar que podría visitar verdaderos monumentos conmigo, que me he pasado diez años estudiando arquitectura y que no hago más que recibir súplicas para acompañar a Beauvais o a Saint-Loup-de-Naud a personas de primer orden y solo lo haría por ella, y ella en cambio se va con esa partida de animales a extasiarse sucesivamente ante las deyecciones de Luis Felipe y las de Viollet-le-Duc! No creo que para eso se necesite ser artista, ni que, incluso sin un olfato particularmente fino, se opte por irse de vacaciones a unas letrinas para poder respirar mejor los excrementos».[106]

105. La capilla Saint-Louis, de Dreux, de estilo neogótico, construida a principios del siglo XIX, en 1816, guarda las tumbas de los príncipes de Orléans. Fue terminada durante el reinado de Luis Felipe.

En Compiègne se encuentra el viejo castillo de Carlos V, mandado reconstruir por Luis XV al arquitecto Gabriel en el siglo XVIII; Napoleón III lo agrandó para convertirlo en una de sus residencias preferidas.

El castillo de Pierrefonds, en la linde del bosque de Compiègne, es una fortaleza medieval restaurada durante el Segundo Imperio por Viollet-le-Duc (1814-1879) y, a la muerte de este, por Ouradou y Lisch en 1884.

106. La catedral Saint-Pierre de Beauvais, construida entre los siglos XIII y XIV, posee la nave más alta de todo el gótico francés y un coro espléndido.

Pero, cuando ella se había ido a Dreux o a Pierrefonds —sin permitirle, ay, que él fuera por su cuenta, como por casualidad, porque «haría un efecto deplorable», decía ella—, Swann se zambullía en la más embriagadora de las novelas de amor, la guía de ferrocarriles, que le informaba sobre los medios de reunirse con ella, ¡por la tarde, por la noche, esa misma mañana incluso! ¿El medio? Casi más importante: la autorización. Porque, en última instancia, ni la guía ni los trenes mismos se habían hecho para los perros. Si se ponía en conocimiento del público, por medio de impresos, que a las ocho de la mañana salía un tren que llegaba a Pierrefonds a las diez, ir a Pierrefonds era por tanto un acto lícito para el que resultaba superfluo el permiso de Odette; y también era un acto que podía tener una motivación completamente distinta del deseo de reunirse con Odette, puesto que lo hacían a diario personas que no la conocían, y en cantidad lo bastante numerosa para que valiese la pena encender las calderas de las locomotoras.

En resumen, a pesar de todo, ¡ella no podía impedirle ir a Pierrefonds si él tenía ganas! Y precisamente sentía que tenía ganas, y que, si no hubiera conocido a Odette, seguro que habría ido. Hacía mucho que deseaba hacerse una idea más precisa de los trabajos de

---

La iglesia de Saint-Loup-de-Naud, en el departamento del Seine-et-Marne, cerca de un pueblo llamado Guermantes, es una de las iglesias románicas más antiguas de Francia (siglo XII); su pórtico, con una columnata de estatuas, se asemeja al de la catedral de Chartres. Sirvió a Proust de modelo para la iglesia de Saint-André-des-Champs, cerca de Combray; y también para la de Balbec.

Con «deyecciones de Luis Felipe» el personaje apunta a las tumbas de la casa de Orléans en la capilla de Dreux.

restauración de Viollet-le-Duc. Y con el tiempo que hacía, sentía el imperioso deseo de pasear por el bosque de Compiègne.

Desde luego era mala suerte que Odette le prohibiera el único lugar que hoy lo tentaba. ¡Hoy! Si, a pesar de su prohibición, iba, ¡podría verla *hoy* mismo! Pero, mientras que si ella hubiera encontrado en Pierrefonds a un indiferente le habría dicho encantada: «¡Vaya, usted por aquí!», y lo habría invitado a ir a verla al hotel donde se alojaba con los Verdurin, en cambio, de encontrarse con él, con Swann, se habría enfadado, pensaría que la había seguido, lo amaría menos, tal vez se apartaría llena de ira al verlo. «¡O sea, que ni siquiera tengo el derecho de viajar!», le habría dicho ella a la vuelta, ¡cuando a fin de cuentas era él quien ya no tenía el derecho de viajar!

Por un momento había tenido la idea, para poder ir a Compiègne y a Pierrefonds sin dar la impresión de que fuese para encontrarse con Odette, de hacerse llevar por un amigo suyo, el marqués de Forestelle,[107] dueño de un castillo en los alrededores. Este, a quien había informado de su proyecto sin decirle el motivo, no cabía en sí de gozo y se maravillaba de que Swann, por primera vez en quince años, consintiese por fin en ir a ver su propiedad, y, después de decirle que no quería quedarse mucho tiempo, le prometió al menos que juntos harían paseos y excursiones durante varios días. Swann ya se imaginaba allí con el señor de Forestelle. Antes incluso de ver a Odette, incluso si no conseguía verla, ¡qué felicidad tendría poniendo el pie sobre

107. El marqués de Forestelle reaparecerá en *El tiempo recobrado*.

aquella tierra donde, aunque no supiera el lugar exacto, en un momento dado, de su presencia, sentiría palpitar por todas partes la posibilidad de su brusca aparición: en el patio del castillo, embellecido ahora para él porque por ella había ido a verlo; en todas las calles del pueblo, que le parecía novelesco; en cada sendero del bosque, bañado en el rosa de un crepúsculo profundo y tierno; — asilos innumerables y alternativos, a los que iba simultáneamente a refugiarse, en la incierta ubicuidad de sus esperanzas, su corazón dichoso, multiplicado y vagabundo. «Sobre todo, le diría al señor de Forestelle, tengamos cuidado para no tropezar con Odette y los Verdurin; acabo de saber que precisamente hoy están en Pierrefonds. Tenemos tiempo de sobra para verlos en París, no merecería la pena haberlo dejado para no poder dar un paso los unos sin los otros.» Y el amigo no comprendería por qué, una vez allí, cambiaría veinte veces de proyectos, inspeccionaría los comedores de todos los hoteles de Compiègne sin decidirse a sentarse en ninguno de aquellos en los que sin embargo no se había visto rastro de los Verdurin, dando la impresión de buscar aquello de lo que decía querer huir y por lo demás huyendo en cuanto los hubiera encontrado, pues de haber encontrado al grupito, lo habría evitado con afectación, contento de haber visto a Odette y de que ella lo hubiera visto, sobre todo de que lo hubiera visto sin preocuparse de ella. Pero no, Odette adivinaría que si estaba allí era por ella. Y cuando el señor de Forestelle iba a buscarlo para partir, le decía: «¡Ay!, no, hoy no puedo ir a Pierrefonds. Precisamente Odette está allí». Y Swann era feliz pese a todo por sentir que, si de todos los mortales él era el único que no tenía derecho ese día a ir a Pierrefonds, era porque para Odette era en efecto alguien distinto de los demás, su amante, y que esa restricción aportada por él al derecho universal de libre circulación no era más que una de las formas de aquella esclavitud, de aquel amor que tanto apreciaba. Estaba claro que más le valía no correr el riesgo de enfadarse con ella, tener paciencia, esperar su regreso. Pasaba los días inclinado sobre un mapa del bosque de Compiègne como si hubiese sido el mapa del Tendre[108], se rodeaba de fotografías del castillo de Pierrefonds. En cuanto se acercaba el día en que ella volviese, abría de nuevo la guía de ferrocarriles, calculaba el tren que había debido de tomar, y, en caso de que se hubiera retrasado, los que todavía le quedaban. No salía de casa por miedo a perderse un telegrama suyo, no se acostaba por si, de vuelta en el último tren, Odette quisiera darle la sorpresa de ir a verlo a medianoche. Precisamente oía sonar la campanilla de la puerta cochera, le parecía que tardaban mucho en abrir, quería despertar al portero, se asomaba a la ventana para llamar a Odette si era ella, porque pese a las recomendaciones que había bajado a dar en persona más de diez veces, eran capaces de decirle que él no estaba en

108. Mapa de Ternura, o del Afecto: país imaginario del amor cortés que modelaba las relaciones galantes de los salones aristócratas y «preciosos» del siglo XVII francés. Fue descrito por Mlle. de Scudéry (1607-1701) en su novela *Clélie*, de 7.316 páginas (1654-1660). Madeleine de Scudéry abrió un salón literario frecuentado por las mejores inteligencias de su tiempo y gozó de un prestigio inmenso como novelista durante cincuenta años en toda Europa. El mapa de Ternura que, dibujado por su propia mano, aparece en la primera edición de la novela, traza los caminos que llevan desde Nueva Amistad a Ternura, o verdadero amor; en él se dibujan ríos, montañas, mares, etc., con toda la casuística amorosa de los sentimientos.

casa. Era un sirviente que volvía. Observaba el vuelo incesante de carruajes que pasaban, al que antes nunca había prestado atención. Los oía venir uno a uno a lo lejos, acercarse, pasar delante de su puerta sin detenerse y llevar más allá un mensaje que no era para él. Aguardaba toda la noche, inútilmente, porque como los Verdurin habían adelantado su regreso, Odette estaba en París desde mediodía; no se le había ocurrido avisarle; no sabiendo qué hacer, había ido a pasar la tarde sola al teatro y hacía rato que había vuelto a casa para acostarse y estaba durmiendo.

Lo cierto es que ni siquiera había pensado en él. Y esos momentos en que se olvidaba hasta de la existencia de Swann eran más útiles para Odette, le servían mejor que toda su coquetería para cautivar a Swann. Porque Swann vivía así en aquella dolorosa excitación que ya había demostrado su fuerza para hacer estallar su amor la noche en que no había encontrado a Odette en casa de los Verdurin y la había buscado durante toda la velada. Y no tenía, como tuve yo en Combray en mi infancia, días felices en los que se olvidan los sufrimientos que renacerán por la noche. Los días, Swann los pasaba sin Odette; y a ratos se decía que dejar a una mujer tan bella salir sola de aquel modo por París era tan imprudente como dejar un estuche lleno de alhajas en medio de la calle. Se indignaba entonces contra todos los viandantes como si fuesen otros tantos ladrones. Pero su rostro colectivo e informe escapaba a su imaginación y no alimentaba sus celos. Fatigaba el pensamiento de Swann, quien, pasándose la mano por los ojos, exclamaba: «¡Sea lo que Dios quiera!», como esos que después de haberse empeñado en abarcar el problema de la realidad del mundo exterior o de la inmortalidad del alma, conceden a su cansado cerebro el alivio de un acto de fe. Pero el recuerdo de la ausente siempre iba indisolublemente unido a los actos más simples de la vida de Swann —almorzar, recibir su correo, salir, acostarse— por la tristeza misma que sentía al hacerlos sin ella, como esas iniciales de Filiberto el Bello que, en la iglesia de Brou, Margarita de Austria entrelazó por todas partes a las suyas, a causa de lo mucho que lo añoraba.[109] Ciertos días, en lugar de quedarse en casa, almorzaba en un restaurante bastante cercano que en el pasado había apreciado por su buena cocina y al que ahora solo iba por una de esas razones, a un tiempo místicas y ridículas, que se llaman novelescas: porque ese restaurante (que todavía existe) llevaba el mismo nombre que la calle donde vivía Odette: Lapérouse.[110] A veces, cuando ella había hecho un breve desplazamiento, no se preocupaba de hacerle saber que había vuelto a París hasta unos días después. Y simplemente le decía, sin tomar como antes la precaución de ocultarse, por si acaso, tras un pequeño fragmento sustraído a la verdad, que acababa de llegar

109. La iglesia de Brou, en el Ain, fue construida en estilo gótico flamígero, junto con un monasterio, por orden de Margarita de Austria (1480-1530) en memoria de su marido Filiberto; este, duque de Saboya (1480-1504), llamado el Bello, había muerto a los tres años de matrimonio. Entre los adornos escultóricos de la piedra figuran profusamente las iniciales de Filiberto y Margarita unidos por un cordoncillo entrelazado en forma de ocho, y emblemas como la margarita.

110. El restaurante estaba en el número 51 de la calle La Pérouse, en el *quai* des Grands Augustins, cerca del *quai* d'Orléans, donde vive Swann, pero en la orilla izquierda del Sena; queda, por lo tanto, fuera del ámbito *chic* de Odette. Sigue existiendo en la actualidad.

en aquel mismo instante en el tren de la mañana. Estas palabras eran mendaces; al menos para Odette eran mendaces, inconsistentes, sin un punto de apoyo, como si hubieran sido verdaderas, en el recuerdo de su llegada a la estación; era incapaz incluso de imaginárselas mientras las pronunciaba, lo impedía la imagen contradictoria de aquello absolutamente distinto que había hecho en el momento en que pretendía haberse apeado del tren. Pero en cambio, aquellas palabras que no encontraban obstáculo alguno iban a incrustarse en la mente de Swann y a adoptar la inmovilidad de una verdad tan indubitable que, de haberle dicho un amigo que también él había llegado en ese tren y no había visto a Odette, estaría convencido de que era el amigo el que se equivocaba de día o de hora, dado que sus palabras no se conciliaban con las de Odette. Estas solo le habrían parecido mendaces si antes hubiera desconfiado de que lo fuesen. Para creer que Odette mentía, era condición necesaria una sospecha previa. También era, además, una condición suficiente. Entonces, cuanto Odette decía le parecía sospechoso. Si la oía citar un nombre, seguro que era de uno de sus amantes; una vez forjada esta suposición, pasaba semanas desolado; en cierta ocasión llegó a ponerse en contacto con una agencia de investigación para conocer la dirección y lo que hacía a diario el desconocido que no lo dejaría respirar hasta que saliese de viaje, y del que terminó por descubrir que era un tío de Odette muerto hacía veinte años.

Aunque, en general, no le permitiera reunirse con ella en lugares públicos alegando que eso daría que hablar, ocurría que, con motivo de una velada a la que ambos estaban invitados —en casa de Forcheville, en el taller del pintor, o en un baile benéfico de algún ministerio—, Swann se encontraba al mismo tiempo que ella. La veía, pero no se atrevía a quedarse por miedo a irritarla, a dar la impresión de espiar los placeres que ella disfrutaba con otros y que —mientras volvía a casa solo, y se acostaba lleno de ansiedad como yo mismo había de estarlo unos años más tarde las noches en que Swann venía a cenar a casa, en Combray— le parecían ilimitados porque no los había visto acabar. Y una o dos veces, en noches como aquellas, conoció esas alegrías que, si no sufriesen con tanta violencia el choque de la inquietud bruscamente interrumpida, sentiríamos la tentación de calificar de alegrías serenas, porque consisten en un sosiego: había ido a pasar un rato a una recepción en casa del pintor y se disponía a marcharse; dejaba allí a Odette transformada en una brillante desconocida, en medio de hombres a quienes sus miradas y su alegría, que no estaban destinadas a él, parecían hablar de alguna voluptuosidad que habrían de disfrutar allí o en otra parte (quizá en el «Baile de los Incoherentes»,[111] adonde temblando temía que ella fuera después), y que provocaba en Swann más celos que la misma unión carnal porque le costaba más imaginársela; estaba a punto de cruzar la puerta del taller cuando se oía llamar con estas palabras (que, eliminando de la fiesta aquel final que lo espantaba, se la volvían retrospectivamente inocente, hacían del regreso de Odette a casa una cosa no ya inconcebible y aterradora, sino dulce y conocida, capaz de poder permanecer a su lado,

111. El grupo de los Incoherentes, dirigido por Jules Lévy, combatió con el humor la pintura académica, de 1882 a 1888; el día de la inauguración de sus exposiciones daban un baile de disfraces; su primer baile público fue organizado en 1885.

como un poco de su vida de todos los días, en el coche, y despojaban a la misma Odette de su apariencia demasiado brillante y alegre, mostraban que solo se trataba de un disfraz que se había puesto un momento, para él, no con vistas a misteriosos placeres, y del que ya estaba cansada), con estas palabras que Odette le lanzaba cuando él ya estaba en el umbral: «¿No podría esperarme cinco minutos? Voy a marcharme, volveríamos juntos y me acompañaría usted a casa».

Es cierto que, un día, Forcheville había pedido que lo llevaran con ellos, pero cuando, una vez llegados ante la puerta de Odette, había solicitado permiso para entrar él también, Odette le había respondido señalando a Swann: «¡Ah!, eso depende de este señor, pregúnteselo a él. En fin, pase un momento si quiere, pero no mucho porque le advierto que le gusta hablar tranquilamente conmigo, y no le agrada demasiado tener visitas cuando él viene. ¡Ah!, ¡si conociese a este ser como lo conozco yo! ¿Verdad, *my love*, que nadie lo conoce tan bien como yo?».

Y Swann quizá se sentía más emocionado al ver que, delante de Forcheville, le dirigía no solo esas palabras de cariño y de predilección, sino también críticas como: «Estoy segura de que aún no ha contestado a sus amigos para su cena del domingo. No vaya si no quiere, pero sea por lo menos educado», o: «¿Dejó aquí su ensayo sobre Vermeer solo para poder adelantarlo un poco mañana? ¡Qué perezoso! ¡Yo le haré trabajar, ya verá!», demostrando que Odette estaba al corriente de sus invitaciones mundanas y de sus estudios de arte, que ambos tenían una vida en común. Y al decirle esto le dirigía una sonrisa en cuyo fondo Swann la sentía enteramente suya.

Entonces en esos momentos, mientras ella le preparaba una naranjada, de repente, como cuando un reflector mal regulado hace pasear primero alrededor de un objeto, sobre la pared, grandes sombras fantásticas que luego van a replegarse y a anularse en él, todas las ideas terribles y fluctuantes que se hacía de Odette se desvanecían para reunirse en el delicioso cuerpo que Swann tenía delante. Tenía la repentina sospecha de que aquella hora pasada en casa de Odette, bajo la lámpara, quizá no fuera una hora ficticia, para su uso propio (destinada a enmascarar aquella cosa terrorífica y deliciosa, en la que pensaba sin cesar aunque nunca lograra imaginársela bien, una hora de la verdadera vida de Odette, de la vida de Odette cuando él no estaba allí), con accesorios de teatro y frutas de cartón, sino que tal vez fuera realmente una hora de la vida de Odette, que, de no haber estado él allí, ella hubiera ofrecido el mismo sillón a Forcheville y le hubiera servido no un brebaje desconocido, sino precisamente aquella naranjada; que el mundo habitado por Odette no era ese otro mundo espantoso y sobrenatural donde él pasaba su tiempo situándola y que tal vez solo existía en su imaginación, sino el universo real, que no desprendía ninguna tristeza particular, que comprendía aquella mesa donde iba a poder escribir y aquella bebida que le sería prometido saborear, todos aquellos objetos que contemplaba con tanta curiosidad y admiración como gratitud, porque, al absorber sus sueños, lo habían liberado de ellos, estos en cambio se habían enriquecido, le mostraban su realización palpable, e interesaban a su mente, adquirían relieve ante sus miradas al mismo tiempo que tranquilizaban su corazón. ¡Ay!, si el destino le hubiera permitido no tener más que una sola morada con Odette y que en casa de ella estuviera en la suya propia, si, al preguntar al criado qué había para comer, hubiera recibido como respuesta el menú de Odette, si, cuando Odette quería ir de mañana a pasear por la avenida del Bois de Boulogne, su deber de buen marido lo hubiera obligado, aunque no tuviera ganas de salir, a acompañarla, llevándole el abrigo cuando tenía demasiado calor, y si, por la noche después de cenar ella sintiese ganas de quedarse en casa en *deshabillé*,[112] si se hubiera visto forzado a quedarse a su lado, a hacer lo que ella quisiese: entonces todas las nimiedades de la vida de Swann que le parecían tan tristes habrían asumido en cambio, porque habrían formado parte al mismo tiempo de la vida de Odette, incluso las más familiares —hasta aquella misma lámpara, aquella naranjada, aquel sillón que contenían tantos sueños, que materializaban tanto deseo—, una especie de superabundante dulzura y de misteriosa densidad.

Sospechaba mucho, sin embargo, de que lo que así echaba de menos fueran una calma y una paz que no habrían sido una atmósfera favorable para su amor. Cuando Odette dejara de ser para él una criatura siempre ausente, añorada, imaginaria, cuando el sentimiento que tendría por ella ya no fuese aquella misma turbación misteriosa que le provocaba la frase de la sonata, sino el afecto, la gratitud cuando entre ambos se establecieran relaciones normales que pondrían fin a su locura y a su tristeza, entonces sin duda los actos de la vida de Odette le parecerían poco interesantes en sí mismos — como ya había sospechado varias veces que eran, por ejemplo el día en que había leído al trasluz del

112. Salto de cama.

sobre la carta dirigida a Forcheville. Considerando su enfermedad con la misma sagacidad que si se la hubiera inoculado para estudiarla, se decía que cuando se hubiese curado lo que pudiera hacer Odette le resultaría indiferente. Pero, a decir verdad, desde el fondo de su mórbido estado temía tanto como la muerte una curación semejante, que de hecho habría sido la muerte de cuanto él era en este momento.

Después de aquellas tranquilas veladas, las sospechas de Swann se habían calmado; bendecía a Odette y al día siguiente por la mañana mandaba a su casa las alhajas más bellas, porque aquellas bondades de la víspera habían estimulado o su gratitud, o el deseo de verlas repetirse, o un paroxismo de amor que tenía necesidad de desfogarse.

Pero en otros momentos le volvía de nuevo su dolor, se figuraba que Odette era la amante de Forcheville y que, cuando los dos lo habían visto, desde el fondo del landó[113] de los Verdurin, en el Bois, la víspera de la fiesta de Chatou a la que no lo habían invitado, suplicarle inútilmente, con aquel aire de desesperación que hasta su cochero había advertido, que volviera a casa con él, y luego regresar a casa por su lado, solo y vencido, ella había debido de tener, para señalarlo a Forcheville y decirle: «¡Qué rabia tiene!», las mismas miradas brillantes, maliciosas, solapadas y de soslayo que el día en que este había echado a Saniette de casa de los Verdurin.

113. Los primeros landós se fabricaron en la ciudad alemana de Landau: eran carruajes de cuatro ruedas tirados por un tronco de dos caballos, con capota por delante y por detrás; en su interior había bancos corridos enfrentados.

Entonces Swann la detestaba: «Pero es que hay que ser imbécil, se decía, pago con mi dinero el placer de los otros. De todas formas, hará bien en tener cuidado y en no tirar demasiado de la cuerda, porque bien podría ser que volviera a darle nada de nada. En cualquier caso, ¡renunciemos provisionalmente a las amabilidades suplementarias! ¡Y pensar que ayer mismo, cuando decía que le gustaría asistir a la temporada de Bayreuth,[114] cometí la estupidez de proponerle alquilar en los alrededores, para nosotros dos, uno de los castillos más bonitos del rey de Baviera![115] Y encima no ha parecido entusiasmada, todavía no ha dicho ni que sí ni que no; ¡esperemos que se niegue, por Dios! ¡Pues sí que sería divertido oír con ella durante quince días a Wagner, que le importa lo mismo que a un pez una castaña!». Y como su odio, lo mismo que su amor, necesitaba manifestarse y actuar, se complacía en llevar cada vez más lejos sus malas fantasías, porque, gracias a las perfidias que atribuía a Odette, la detestaba todavía más y podría, de resultar ciertas —como le gustaba imaginarse—, tener ocasión de castigarla y saciar en ella su creciente rabia. Llegó así a suponer que recibiría una carta de Odette pidiéndole dinero para alquilar aquel castillo cerca de Bayreuth, pero advirtiéndole que él no podría

114. En 1876, el primer festival de Bayreuth estrenó la *Tetralogía* de Wagner en el teatro recién construido en el valle del Rin por Luis II de Baviera, el Festspielhaus. En la década 1880-1890, la fiebre wagneriana se adueñó de la alta burguesía parisina, que convirtió Bayreuth en cita obligada de esnobs y aristócratas de todos los países.

115. Luis II de Baviera (1845-1886) había asumido la corona en 1864. Construyó entre Múnich e Innsbruck castillos inspirados en Versalles o en las leyendas wagnerianas, como los de Linderhof, Neuschwanstein, Herrenchiemsee, junto a Salzburgo, etc.

ir porque había prometido a Forcheville y a los Verdurin invitarlos. ¡Ah, cómo le habría gustado que se atreviera a semejante audacia! ¡Qué alegría habría tenido al negarse, al escribir la respuesta vengativa cuyos términos se complacía en escoger, en enunciar en voz alta, como si en realidad hubiese recibido la carta!

Pero eso fue lo que ocurrió al día siguiente. Odette le escribió que los Verdurin y sus amigos habían manifestado el deseo de asistir a esas representaciones wagnerianas y que, si tenía a bien enviarle aquel dinero, al fin podría tener, después de haber sido recibida tantas veces en casa de ellos, el gusto de invitarlos a su vez. De él, no decía una palabra, se sobrentendía que la presencia de aquellos amigos excluía la suya.

Entonces iba a tener la satisfacción de hacerle llegar aquella terrible respuesta cada una de cuyas palabras había decidido la víspera sin atreverse a esperar que pudiera utilizarlas nunca. ¡Ay!, sabía de sobra que con el dinero que Odette tenía, o que encontraría fácilmente, podría alquilar de todos modos una casa en Bayreuth dado que lo deseaba, ella que no era capaz de distinguir entre Bach y Clapisson.[116] Pero, pese a todo, tendría que llevar una vida más mezquina. Si esta vez él no le hubiera mandado unos cuantos billetes de mil francos, no habría podido organizar todas las noches, en un castillo, aquellas cenas refinadas a cuyo término tal vez se le

116. Este mediocre compositor francés de origen napolitano, Antonin Louis Clapisson (1808-1866), gozó de prestigio por sus óperas —de fácil ligereza unas, de inspiración meyerberiana otras— y sus óperas cómicas; poco después de su muerte empezó a perder ese prestigio y su música a pasarse de moda; legó al Conservatorio de París, donde enseñó en los últimos años, su colección de más de 7.500 instrumentos antiguos.

había ocurrido el capricho —que posiblemente nunca hubiera tenido todavía— de caer en los brazos de Forcheville. ¡Y después, por lo menos no sería él, Swann, quien le pagase aquel detestado viaje! — ¡Ah, si hubiera podido impedirlo! ¡Si antes de partir ella se hubiera dislocado un pie, si el cochero del carruaje que la llevaría a la estación hubiera consentido, al precio que fuese, a conducirla a un lugar donde quedase secuestrada algún tiempo aquella mujer pérfida, de ojos esmaltados por una sonrisa de complicidad dirigida a Forcheville, que Odette era para Swann desde hacía cuarenta y ocho horas!

Pero nunca era así por mucho tiempo; al cabo de unos días la mirada brillante y pérfida perdía su esplendor y su doblez, aquella imagen de una Odette execrada diciéndole a Forcheville: «¡Qué rabia tiene!» empezaba a palidecer, a borrarse. Entonces, de forma progresiva reaparecía y cobraba altura brillando dulcemente el rostro de la otra Odette, de aquella que también dirigía una sonrisa a Forcheville, pero una sonrisa en la que no había para Swann más que ternura, cuando decía: «No se quede mucho rato, porque a este señor no le gusta mucho que yo tenga visitas cuando desea estar conmigo. ¡Ah, si conociera a este ser como lo conozco yo!», aquella misma sonrisa que tenía para dar las gracias a Swann por algún rasgo de su delicadeza que tanto apreciaba, o por algún consejo que le había pedido en una de aquellas circunstancias graves en las que solo confiaba en él.

Entonces se preguntaba cómo había podido escribir a esa Odette aquella carta injuriosa de la que sin duda hasta ese momento ella no le hubiera creído capaz, y que con toda seguridad le hubiera hecho descender del rango elevado, único, que con su bondad, su lealtad, había conquistado en su estima. Se le volvería menos querido, pues era precisamente por esas cualidades, que no encontraba ni en Forcheville ni en ningún otro, por las que lo amaba. Por ellas, Odette le daba muestras muy a menudo de una gentileza que para él carecía de valor en el momento en que estaba celoso, por no ser una señal de deseo y denotar incluso más afecto que amor, pero cuya importancia empezaba a sentir de nuevo a medida que el sosiego espontáneo de sus sospechas, acentuado a menudo por la distracción que le aportaba una lectura sobre arte o la conversación con un amigo, volvía su pasión menos ávida de reciprocidades.

Ahora que, al término de aquella oscilación, Odette había vuelto de forma natural al lugar de donde los celos de Swann la habían apartado un momento, en el ángulo en que la encontraba encantadora, se la imaginaba llena de ternura, con una mirada de consentimiento, tan bonita que no podía dejar de tender los labios hacia ella como si hubiera estado allí y hubiese podido besarla; y por aquella mirada encantadora y bondadosa le quedaba tan agradecido como si acabase de dirigírsela realmente y no hubiera sido solo su imaginación la que acababa de pintársela para dar satisfacción a su deseo.

¡Qué pena había debido causarle! Claro que encontraba razones válidas para su resentimiento contra ella, pero no habrían bastado para hacérselo sentir si no la hubiera amado tanto. ¿No había tenido quejas igual de graves contra otras mujeres, a las que hoy sin embargo de buena gana hubiera hecho un favor, dado que no sentía rencor contra ellas porque no las amaba? Si alguna vez un día tuviera que encontrarse respecto a Odette en el mismo estado de indiferencia, comprendería que solo sus celos le habían hecho ver algo atroz e imperdonable en aquel deseo, tan natural en el fondo, derivado de un poco de infantilismo y también de cierta delicadeza de alma, de poder devolver a su vez las atenciones de los Verdurin y a jugar a anfitrión, puesto que se presentaba la oportunidad.

Volvía a este punto de vista —opuesto al de su amor y de sus celos, y en el que se situaba a veces por una especie de equidad intelectual y para dar cabida a distintas probabilidades— desde el que intentaba juzgar a Odette como si no la hubiera amado, como si para él fuese una mujer como las demás, como si la vida de Odette no hubiera sido, en cuanto él no estaba delante, distinta, tramada a escondidas de él, urdida contra él.

¿Por qué creer que allí había de gozar, con Forcheville o con otros, unos placeres embriagadores que no había conocido a su lado y que solo sus celos forjaban en su totalidad? En Bayreuth lo mismo que en París, si a Forcheville se le ocurría pensar en él, solo habría podido ser como en alguien que contaba mucho en la vida de Odette, al que estaba obligado a ceder el puesto cuando se encontraban en casa de ella. Si Forcheville y ella triunfaban por estar allí a pesar suyo, sería él quien lo habría querido tratando inútilmente de impedirle aquel viaje, mientras que, de haber aprobado su proyecto, por otra parte defendible, ella daría la impresión de haber ido por consejo de Swann, se habría sentido enviada, alojada por él, y el placer que habría sentido recibiendo a personas que tantas veces la habían recibido tendría que agradecérselo a Swann.

Y si —en lugar de irse enfadada con él, sin haber

vuelto a verlo— le enviaba aquel dinero, si la animaba a ese viaje y procuraba hacérselo agradable, ella acudiría feliz, agradecida, y él disfrutaría de aquella alegría de verla que no había disfrutado desde hacía una semana y que nada podía reemplazar. Pues en cuanto Swann lograba imaginársela sin horror, volvía a ver la bondad en su sonrisa y los celos dejaban de añadir al amor el deseo de quitársela a cualquier otro, ese amor se volvía sobre todo un gusto por las sensaciones que le daba la persona de Odette, por el placer que sentía admirando como un espectáculo o interrogando como un fenómeno su manera de alzar una de sus miradas, la formación de una de sus sonrisas, la emisión de una entonación de su voz. Y ese placer distinto a todos los demás había terminado por crearle una necesidad de Odette que solo ella podía saciar con su presencia o sus cartas, casi tan desinteresada, casi tan artística, tan perversa como aquella otra necesidad que caracterizaba aquel nuevo período de la vida de Swann en el que a la aridez, a la depresión de los años precedentes había sucedido una especie de exuberancia espiritual, sin que supiera a qué debía aquel inesperado enriquecimiento de su vida interior más que una persona de salud delicada que a partir de cierto instante se fortalece, engorda, y durante algún tiempo parece encaminarse hacia una curación completa: aquella otra necesidad, que también se desarrollaba al margen del mundo real, era la de oír, la de conocer música.

Así, por el propio quimismo de su enfermedad, después de haber fabricado celos con su amor, empezaba de nuevo a fabricar cariño, compasión por Odette. Había vuelto a ser la Odette fascinante y buena. Sentía remordimientos por haber sido duro con ella. Deseaba que se acercase a él, pero antes querría haberle procurado algún placer, para ver la gratitud plasmarse en su rostro y modelar una sonrisa.

Por eso Odette, segura de verlo volver al cabo de unos días, tan cariñoso y sumiso como antes, para pedirle una reconciliación, se acostumbraba a no temer ya desagradarlo e incluso irritarlo, y cuando le resultaba cómodo le negaba los favores que él más deseaba.

Quizá no sabía lo sincero que había sido con ella durante la pelea, cuando le había dicho que no le enviaría dinero y procuraría hacerle daño. Quizá tampoco sabía lo sincero que era, si no con ella, al menos con él mismo, en otros casos en que en interés del futuro de su relación, para demostrar a Odette que podía pasar sin ella, que siempre seguía siendo posible una ruptura, decidía estar algún tiempo sin ir por su casa.

A veces lo hacía tras varios días en los que Odette no le había causado nuevos sinsabores; y sabiendo que de las próximas visitas no había de sacar ninguna gran alegría, sino más probablemente alguna desazón que pondría fin a la calma en que se encontraba, le escribía que por estar muy ocupado no podría verla ninguno de los días que le había dicho. Pero una carta de Odette que se cruzaba con la suya le rogaba precisamente posponer una cita. Se preguntaba entonces por qué; sus sospechas, su dolor volvían a dominarlo. Ya no podía mantener, en el nuevo estado de agitación en que se hallaba, el compromiso que había tomado en el anterior estado de calma relativa, corría a casa de Odette y exigía verla todos los días siguientes. E incluso si no era ella la primera en escribirle, si se limitaba a responder, asintiendo, a su ruego de una breve separación, eso bastaba para que no pudiera seguir resistiendo sin verla. Porque, contrariamente al cálculo de Swann, el consentimiento de Odette le provocaba un cambio total. Como todos los que poseen una cosa, para saber qué ocurriría si por un instante dejasen de poseerla había eliminado aquella cosa de su mente, dejando todo lo demás en el mismo estado que si esa cosa siguiese allí. Pero la ausencia de una cosa no es solo eso, no es una simple falta parcial, es un desconcierto de todo lo demás, es un estado nuevo que no se puede prever cuando uno se encuentra en el antiguo.

Pero otras veces, por el contrario —Odette estaba a punto de salir de viaje—, era tras alguna pequeña disputa cuyo pretexto Swann elegía cuando se decidía a no escribirle y a no verla hasta la vuelta, atribuyendo así las apariencias, y solicitando los beneficios de una gran disputa que acaso ella creyese definitiva, a una separación que en su mayor parte era inevitable debido al viaje y que Swann se limitaba a empezar un poco antes. Ya se figuraba a Odette inquieta, afligida por no haber recibido ni visita ni carta, y esa imagen, calmando sus celos, le hacía más fácil desacostumbrarse a verla. Por momentos, desde luego, en el fondo de su mente donde su resolución la confinaba gracias a toda la longitud interpuesta de las tres semanas de separación aceptada, consideraba con placer la idea de que volvería a verla a su vuelta; pero también con tan poca impaciencia que empezaba a preguntarse si no duplicaría de buena gana la duración de una abstinencia tan fácil. Esta había empezado hacía tres días solamente, tiempo mucho menor del que a veces había pasado sin ver a Odette, y sin haberlo premeditado como ahora. Y de pronto una leve contrariedad o un malestar físico —incitándolo a considerar el momento presente como un momento excepcional, al margen de la norma, en el que la sensatez misma admitiría acoger el sosiego que aporta un placer y despedir a la voluntad hasta el útil retorno del esfuerzo— suspendía la acción de esta última que cesaba de ejercer su presión; o, menos que eso, el recuerdo de una información que había olvidado pedir a Odette, si había decidido de qué color quería que le repintaran su coche, o, a propósito de ciertos títulos bursátiles, si eran acciones ordinarias o privilegiadas lo que deseaba adquirir (era muy bonito demostrarle que podía estar sin verla, pero si luego había que rehacer la pintura o las acciones no daban dividendos, no habría adelantado nada), entonces, como un elástico tenso que alguien suelta o como el aire en una máquina neumática que se entreabre, la idea de verla otra vez volvía de un brinco, desde las lejanías donde estaba confinada, al campo del presente y de las posibilidades inmediatas.

Volvía sin encontrar ya resistencia, y tan irresistible por otro lado que para Swann era mucho menos doloroso sentir acercarse uno tras otro los quince días que debía permanecer separado de Odette, que esperar los diez minutos necesarios para que su cochero enganchase el carruaje que iba a llevarlo a casa de Odette, y que pasaba entre arrebatos de impaciencia y de alegría, acariciando mil veces para prodigarle su cariño aquella idea de volver a verla que, mediante un retorno repentino, cuando la creía tan lejana, se había instalado de nuevo a su lado en su conciencia más cercana. Y es que, para esa idea, había desaparecido un obstáculo, el deseo de intentar resistirse sin tardanza, que desde que se había demostrado a sí mismo —así al menos lo creía— que era capaz de hacerlo fácilmente, y tampoco veía inconveniente alguno en aplazar un ensayo de separación que ahora estaba seguro de poner en práctica cuando quisiera. Además, esa idea de verla de nuevo volvía a su mente adornada con una novedad, con una seducción y dotada de una virulencia que la costumbre había embotado, pero que habían cobrado nuevo vigor en aquella privación no de tres sino de quince días (pues la duración de una renuncia debe calcularse, por anticipado, según el plazo fijado), y que de lo que hasta entonces hubiera sido un placer previsto que se sacrifica fácilmente, había hecho una felicidad inesperada contra la que no hay defensas. Regresaba, por último, embellecida por la ignorancia en que Swann estaba de lo que Odette hubiera podido pensar, tal vez hacer, al ver que él no le había dado señales de vida, de modo que lo que iba a encontrar era la apasionante revelación de una Odette casi desconocida.

Pero ella, igual que había creído que su negativa a darle dinero solo era una finta, no veía sino un pretexto en la información que Swann acababa de pedirle sobre el carruaje a repintar, o las acciones a comprar. Pues, de hecho, no reconstruía las diversas fases de aquellas crisis que Swann atravesaba y, en la idea que de ellas se hacía, no omitía comprender su mecanismo, limitándose a creer en lo que sabía de antemano, en la necesaria, en la infalible y siempre idéntica conclusión. Idea incompleta —acaso tanto más profunda— si se la juzgaba desde el punto de vista de Swann, quien sin duda se hubiera sentido incomprendido por Odette, lo mismo que un morfinómano o un tuberculoso, convencidos de haber sido bloqueados, el primero por un suceso externo en el momento en que iba a liberarse de su inveterado hábito, el otro por una indisposición accidental en el momento en que por fin estaba a punto de restablecerse, se sienten incomprendidos por el médico que no atribuye la misma importancia que ellos a esas presuntas contingencias, simples disfraces según él, revestidos, para volver sensibles a sus enfermos, por el vicio y el estado mórbido que en realidad no han cesado de pesar incurablemente sobre ellos mientras acunaban sueños de cordura o de curación. Y de hecho, el amor de Swann había llegado ya a ese punto en que el médico y, en ciertas afecciones, el más audaz cirujano se preguntan si todavía es razonable o incluso posible privar a un enfermo de su vicio o eliminar su enfermedad.

Cierto que, de la extensión de aquel amor, Swann no tenía una conciencia inmediata. Cuando trataba de medirlo, a veces le ocurría que le parecía menguado, casi reducido a nada; por ejemplo, ciertos días afloraba el escaso agrado, casi el desagrado que le habían inspirado, antes de enamorarse de Odette, sus rasgos expresivos, aquella tez sin frescura. «Lo cierto es que hay un progreso sensible, se decía al día siguiente; mirando las cosas con objetividad, ayer apenas sí saqué placer alguno de estar en su cama, es curioso, hasta me parecía fea.» Y, por supuesto, era sincero, pero su amor iba mucho más allá de las regiones del deseo físico. La persona misma de Odette no ocupaba ya un gran espacio. Cuando su mirada encontraba sobre la mesa la fotografía de Odette, o cuando esta iba a visitarlo, le costaba identificar la figura de carne o de cartulina con la turbación dolorosa y constante que habitaba en él. Se decía casi con asombro: «Es ella», como si de repente nos mostrasen exteriorizada delante de nosotros una de nuestras enfermedades y no le encontrásemos parecido con lo que sufrimos. «Ella»,

Swann trataba de preguntarse qué era; porque un parecido entre el amor y la muerte, y no esos tan vagos de los que siempre se habla, nos hace interrogar más a fondo el misterio de la personalidad, por miedo a que su realidad se oculte. Y aquella enfermedad que era el amor de Swann había proliferado tanto, se había entreverado de forma tan estrecha a todos los hábitos de Swann, a todos sus actos, a su pensamiento, a su salud, a su sueño, a su vida, incluso a lo que deseaba para después de su muerte, formaba hasta tal punto un todo con él que ya no habría sido posible arrancársela sin destruirlo casi por entero: como se dice en cirugía, su amor ya no era operable.

Tanto se había desligado Swann por aquel amor de todos los intereses que, cuando por casualidad volvía a la vida social diciéndose que sus relaciones, como una elegante montura que por otra parte ella no habría sabido estimar debidamente, podían devolverle un poco de valor a ojos de Odette (y, en efecto, tal vez habría sido verdad si no hubieran sido envilecidas por aquel amor mismo porque Odette depreciaba todas las cosas que él tocaba por el hecho de parecer proclamarlas menos valiosas), sentía, al lado de la desazón de encontrarse en lugares y entre gente que ella no conocía, el placer desinteresado que habría sacado de una novela o de un cuadro en los que están pintadas las diversiones de una clase ociosa, lo mismo que, en casa, se complacía contemplando el funcionamiento de su propia vida doméstica, la elegancia del guardarropa y de su librea, la excelente colocación de sus acciones de bolsa, igual que leyendo en Saint-Simon, uno de sus autores favoritos, la mecánica de los días, el menú de las comidas de Mme. de Maintenon, o la cauta avaricia y el gran tren de vida de

Lulli.[117] Y en la escasa medida en que ese desapego no era absoluto, la razón de este nuevo placer que Swann disfrutaba era poder emigrar un momento a las pocas partes de sí mismo que habían permanecido casi ajenas a su amor, a su pena. En este aspecto, aquella personalidad, que le atribuía mi tía abuela, de «Swann hijo», distinta de su personalidad más individual de Charles Swann, era la que mejor lo complacía ahora. Un día en que, con motivo del cumpleaños de la princesa de Parme (y porque esta, indirectamente, podía hacer a menudo favores a Odette consiguiéndole invitaciones para galas y jubileos), había querido enviarle unas frutas, no sabiendo muy bien cómo comprarlas, se lo había pedido a una prima de su madre que, encantada de hacer un recado para él, le había escrito, al darle cuenta del encargo, que no había comprado toda la fruta en el mismo sitio, sino las uvas en Crapotte, donde son la especialidad, las fresas en Jauret, las peras en Chevet,[118]

117. En sus *Mémoires*, Saint-Simon dedica un capítulo a «La mecánica, vida particular y conducta de Mme. de Maintenon». Esta, nacida en 1635 y muerta en 1719, después de criar a los hijos habidos por Luis XIV con Mme. de Montespan, se casó en secreto con el monarca en 1684. Pero Saint-Simon solo cita a Giovanni Battista Lulli (1632-1687) —compositor florentino que reinó musicalmente en la corte de Luis XIV— una vez, sin relación alguna con Mme. de Maintenon.

118. Nombres de proveedores del barrio de la Ópera: Louis Crapotte abrió en 1886 una tienda de frutas en el número 23 de la calle Le Peletier, entre el bulevar des Italiens y la calle Rossini. También era frutero Jauret, en el número 14-16 de la plaza del Marché-Saint-Honoré (en la actualidad, plaza Robespierre); en cuanto al comercio de Chevet, en la galería de Chartres, en el Palais-Royal, fue la tienda de ultramarinos y comestibles más prestigiosa de París hasta finales de siglo, época en la que fue puesta en venta.

donde eran más hermosas, etc., «cada fruta inspeccionada y examinada una a una por mí». Y, en efecto, por el agradecimiento de la princesa Swann había podido evaluar el olor de las fresas y la blandura de las peras. Pero sobre todo el «cada fruta inspeccionada y examinada una a una por mí» había supuesto un alivio a su tormento, llevando su conciencia a una región adonde rara vez se dirigía, aunque le perteneciera como heredero de una familia de adinerada y buena burguesía en la que se habían conservado por vía hereditaria, dispuestos a ponerse a su servicio en cuanto lo desease, el conocimiento de las «buenas tiendas» y el arte de saber hacer un encargo.

Hacía mucho, desde luego, que había olvidado que era «Swann hijo» para no sentir, cuando por un instante volvía a serlo, un placer más vivo que los que hubiera podido experimentar el resto del tiempo y de los que estaba hastiado; y si la amabilidad de los burgueses, para quienes seguía siendo eso sobre todo, era menos viva que la de la aristocracia (pero más halagüeña por otra parte, porque en ellos, al menos, nunca va separada de la estima), una carta de una alteza, por más diversiones principescas que le propusiera, no podía resultarle tan agradable como otra que le pidiera ser testigo, o simplemente asistir a una boda de algún familiar de viejos amigos de sus padres, con algunos de los cuales había seguido viéndose —como mi abuelo, que el año anterior lo había invitado a la boda de mi madre—, mientras otros apenas lo conocían personalmente pero se creían obligados por deberes de cortesía hacia el hijo, hacia el digno sucesor del difunto señor Swann.

Pero, gracias a las intimidades ya antiguas que había entre ellos, las gentes del gran mundo también for-

maban parte, en cierta medida, de su casa, de su ambiente doméstico y de su familia. Considerando sus brillantes amistades, sentía el mismo apoyo externo, el mismo bienestar que cuando miraba las bellas tierras, la bella cubertería de plata, la rica mantelería que había heredado de los suyos. Y la idea de que si se desplomaba en casa víctima de un ataque, su ayuda de cámara correría con toda naturalidad en busca del duque de Chartres,[119] del príncipe de Reuss,[120] del duque de Luxembourg[121] y del barón de Charlus, le aportaba el mismo consuelo que a nuestra vieja Françoise saber que sería enterrada entre finas sábanas de su propiedad, marcadas, sin zurcidos (o zurcidas con tanta delicadeza que no servían sino para inspirar una idea más alta del esmero de la costurera), mortaja cuya frecuente imagen evocaba con cierta satisfacción, si no de bienestar, al menos de amor

119. Robert, duque de Chartres (1840-1910), nieto del rey Luis Felipe, hijo de Fernando Felipe, duque de Orléans, y hermano menor del conde de París, se casó en 1863 con Françoise Marie-Amélie, hija del príncipe de Joinville.

120. A finales del siglo XIX, en Turingia existían dos pequeños principados hereditarios de Reuss, que databan del siglo XII; durante el Segundo Imperio, todavía se utilizaban esos títulos; en 1886 habían pasado a depender de la confederación del Norte de Alemania.

121. En la época en que transcurre la acción, Adolphe de Nassau (nacido en 1817) llevó el título de duque de Luxembourg de 1890 a 1905; su hijo Guillaume, príncipe heredero, había nacido en 1852. En esta mezcla de títulos auténticos y apellidos inventados —el de Charlus también figura en Saint-Simon—, la alusión proustiana atiende más a lo genérico que a individuos concretos; el barón de Charlus, hermano menor del duque de Guermantes, «es un viejo homosexual que llenará casi todo el tercer volumen y Swann, del que estuvo enamorado en el colegio, sabe que no arriesga nada confiándole a Odette», escribe Proust en 1914 en una carta a Henri Ghéon.

propio. Pero sobre todo, como en todas aquellas acciones suyas y pensamientos que se referían a Odette, Swann estaba constantemente dominado y dirigido por el inconfesado sentimiento de que para ella tal vez era no menos querido, sino menos agradable de ver que cualquier otro, que el fiel más pelma de los Verdurin, — cuando se trasladaba a un ambiente donde era el hombre exquisito por excelencia, que procuraban atraerse a cualquier precio, que sufrían por no ver, volvía a creer en la existencia de una vida más feliz y casi a sentir apetito de ella, como le ocurre a un enfermo que, en cama hace meses y a dieta, encuentra en un periódico el menú de un almuerzo oficial o el anuncio de un crucero por Sicilia.

Si se veía obligado a presentar excusas a las gentes de mundo por no ir a visitarlas, con Odette trataba de excusarse por hacerlo. Y eso que pagaba esas visitas (preguntándose a fin de mes, a poco que hubiera abusado de su paciencia e ido a verla a menudo, si bastaba con enviarle cuatro mil francos), y para cada una buscaba un pretexto, un regalo que llevarle, una información que ella necesitaba, el señor de Charlus a quien había encontrado camino de casa de Odette y que había exigido que lo acompañase. Y a falta de pretexto, suplicaba al señor de Charlus que corriese a casa de ella y le dijera como espontáneamente, en el curso de la conversación, que acababa de recordar que debía hablar con Swann, para terminar rogando a Odette que fuera tan amable de pedirle que se pasara enseguida por su casa; pero la mayoría de las veces Swann esperaba en vano y el señor de Charlus le decía por la noche que la estratagema no había dado resultado. De modo que, además de ausentarse ahora con frecuencia, incluso en París, cuando se quedaba, Odette lo veía poco, y ella que, cuando lo amaba, le decía: «Siempre estoy libre» y «¿Qué puede importarme a mí la opinión de los demás?», ahora invocaba, cada vez que deseaba verla, las conveniencias, o pretextaba alguna ocupación. Cuando Swann hablaba de ir a una fiesta benéfica, a la inauguración de una exposición o a un estreno en el que ella había de estar, lo acusaba de querer pregonar su relación, de tratarla como a una puta. Hasta el punto de que, para intentar no verse completamente privado de la posibilidad de encontrarse con ella, Swann, sabedor de que Odette conocía y apreciaba mucho a mi tío abuelo Adolphe, de quien también había sido amigo, fue a verlo un día a su pequeño piso de la calle de Bellechasse para suplicarle que utilizara su influencia sobre Odette. Como esta siempre que hablaba a Swann de mi tío, adoptaba aires líricos diciendo: «¡Ah, él sí que no es como tú! ¡Qué cosa tan bella, tan grande y tan bonita su amistad por mí! ¡No sería él quien me tendría tan poca consideración como para querer exhibirse conmigo en todos los lugares públicos!», Swann se sintió incómodo y no sabía a qué tono debía elevarse para hablar de Odette a mi tío. Empezó afirmando la excelencia *a priori* de Odette, el axioma de su sobrehumanidad seráfica, la revelación de sus virtudes indemostrables y cuya noción no podía derivar de la experiencia: «Quiero hablar con usted. Como sabe, Odette es una mujer por encima de todas las mujeres, un ser adorable, un ángel. Pero ya sabe cómo es la vida de París. No todo el mundo ve a Odette a la misma luz con que la conocemos usted y yo. Por eso, a mucha gente le parece que estoy haciendo un papel algo ridículo; ella no puede admitir siquiera que nos veamos fuera de casa, en el teatro. Como tiene tanta confianza en usted, ¿no podría decirle unas palabras en mi favor, asegurarle que exagera cuando piensa que un saludo mío pueda perjudicarla?».

Mi tío aconsejó a Swann que estuviera sin ver a Odette un tiempo, que de este modo no lo querría sino más, y a Odette permitir a Swann encontrarse con ella donde a él le agradase. Unos días después, Odette le decía a Swann que acababa de sufrir una decepción al ver que mi tío era igual que todos los hombres: acababa de intentar tomarla por la fuerza. Calmó también a Swann, que en el primer momento quería ir a desafiar a mi tío, pero se negó a estrecharle la mano cuando volvió a encontrárselo. Lamentó mucho esa ruptura con mi tío Adolphe, sobre todo porque había esperado, si hubiera vuelto a verlo alguna vez y hubiera podido hablarle con toda confianza, tratar de poner en claro ciertos rumores sobre la vida que Odette había llevado en el pasado en Niza. Porque mi tío Adolphe pasaba allí los inviernos. Y Swann imaginaba que incluso era allí donde tal vez había conocido a Odette. Lo poco que a alguien se le había escapado cierto día en su presencia, sobre un hombre que habría sido el amante de Odette, había trastornado a Swann. Pero las cosas que, antes de saberlas, le habrían parecido lo más terrible de oír y lo más imposible de creer, una vez que las sabía eran incorporadas para siempre a su tristeza, las admitía, ya no habría podido comprender que no hubieran sucedido. Solo que cada una aportaba un retoque indeleble a la idea que Swann se hacía de su amante. En cierta ocasión creyó comprender incluso que aquella ligereza de costumbres de Odette, que ni siquiera había sospechado, era bastante conocida, y que en Baden y en Niza había gozado, cuando tiempo atrás pasaba allí varios meses, de una especie de notoriedad galante. Trató de acercarse, para interrogarlos, a ciertos vividores; pero estos sabían que él conocía a Odette; además temía hacerles pensar de nuevo en ella, ponerlos tras su pista. Pero si hasta entonces nada habría podido parecerle tan enojoso como todo lo referente a la vida cosmopolita de Baden o de Niza, ahora, al descubrir que en el pasado Odette quizá había llevado una vida disoluta en esas ciudades de placer, sin que nunca debiera llegar a saber si lo había hecho solo por satisfacer unas necesidades económicas que gracias a él ya no tenía, o por caprichos que podían renacer, ahora se inclinaba con angustia impotente, ciega y vertiginosa hacia el abismo sin fondo donde habían ido a engullirse aquellos años de los comienzos del Septenado,[122] cuando los inviernos solían pasarse en el paseo de los Ingleses y los veranos bajo los tilos de Baden, y encontraba en ellos una profundidad dolorosa aunque magnífica como la que les hubiera prestado un poeta; y si la reconstrucción de los pequeños sucesos de la crónica de la Costa Azul de entonces hubiera podido ayudarle a comprender algo de la sonrisa o de las miradas —tan honestas y sencillas sin embargo— de Odette, habría puesto más pasión que el experto en estética que interroga los documentos que aún subsisten de la Florencia del siglo XV para tratar de penetrar más a fondo en el alma de la Prima-

122. Aunque de forma equívoca, parece aludirse al Septenado de Mac Mahon, presidente de la República francesa. En mayo de 1873, Mac Mahon asumió la presidencia; seis meses después se votaba la ley del Septenado, que prolongaba sus poderes por siete años; pero hubo de dimitir en 1879, dejando paso al primer septenado de Grévy (1879-1885); reelegido en esa última fecha para un segundo septenado, Grévy terminó dimitiendo en 1887.

vera, de la bella Vanna,[123] o de la Venus de Botticelli.[124] A menudo se quedaba mirándola pensativo, sin decirle nada; ella le decía: «¡Qué expresión más triste tienes!». No hacía mucho tiempo todavía que, de la idea de que Odette era una criatura buena, comparable con las mejores que hubiese conocido, había pasado a la idea de que era una mujer mantenida; y luego, a la inversa, le había ocurrido volver de la Odette de Crécy, acaso demasiado conocida por juerguistas y mujeriegos, a aquel rostro de expresión tan dulce a veces, a aquella naturaleza tan humana. Se decía: «¿Qué significa eso de que en Niza todo el mundo sepa quién es Odette de Crécy? Reputaciones de ese tipo, incluso ciertas, están hechas con las ideas de otros»; pensaba que aquella leyenda —aunque fuese auténtica— era exterior a Odette, que no era una especie de personalidad irreductible y maléfica; que la criatura que había podido ser empujada a obrar mal era una mujer de ojos bondadosos, de corazón lleno de piedad por el dolor, de cuerpo dócil que él había poseído, que había estrechado entre sus brazos y manejado, una mujer que él podría llegar a poseer un día por completo si conseguía volverse indispensable para ella. Estaba a su lado, cansada a menudo, con el

123. Tras la alusión a *La primavera*, de Botticelli, el texto se refiere, con ese calificativo de «Bella Vanna», a un retrato femenino que el pintor dejó en uno de los tres frescos descubiertos en 1873 en la villa Lemmi, en las afueras de Florencia. Dos de ellos fueron adquiridos por el Museo del Louvre en 1882; el fresco en cuestión muestra a Venus y a las Gracias ofreciendo presentes a una joven que algunos identifican con Giovanna degli Albizzi, cuyas bodas con Lorenzo Tornabuoni, en 1486, celebraría el fresco; para otros, los dos retratos que de Giovanna hizo Ghirlandaio muestran una mujer muy distinta.

124. El *Nacimiento de Venus*, en el museo de los Uffizi.

rostro vaciado por un instante de la preocupación febril y gozosa por las cosas desconocidas que hacían sufrir a Swann; se apartaba el pelo con las manos; la frente y la cara parecían más anchas; y entonces, de repente, algún pensamiento simplemente humano, algún sentimiento bueno como los que existen en todas las criaturas, cuando en un momento de reposo o de resignación, se abandonan a sí mismas, brotaba de sus ojos una especie de rayo amarillo. Y al punto todo su rostro se iluminaba como un campo gris, cubierto de nubes que de pronto se apartan, para su transfiguración, en el momento del crepúsculo. La vida que en ese momento había en Odette, el futuro mismo que ella parecía mirar como en sueños, Swann habría podido compartirlos con ella; ninguna agitación malsana parecía haber dejado allí residuo alguno. Por raros que se volviesen, esos momentos no fueron inútiles. Por medio del recuerdo, Swann juntaba esas parcelas, abolía los intervalos, fundía como en oro una Odette bondadosa y serena para la que más tarde hizo (como se verá en la segunda parte de esta obra) sacrificios que la otra Odette nunca hubiera conseguido. ¡Pero qué raros eran esos momentos, y qué poco la veía ahora! Incluso para su cita nocturna, hasta el último minuto no le decía si podría concedérsela porque, contando con que siempre lo encontraría libre, primero quería estar segura de que nadie más le propondría visitarla. Alegaba que se veía obligada a esperar una respuesta de la mayor importancia para ella, e incluso si después de haber hecho venir a Swann unos amigos pedían a Odette, con la velada ya empezada, que se reuniera con ellos en el teatro o para cenar, daba un brinco de alegría y se vestía a toda prisa. Mientras se arreglaba, cada uno de sus movimientos acercaba a Swann al instante en que tendría que dejarla, en que ella huiría con un impulso irresistible; y cuando, preparada por fin, zambullendo por última vez en el espejo sus miradas tensas y encendidas por la atención, se ponía un poco de carmín en los labios, se fijaba un mechón en la frente y pedía su abrigo de noche azul cielo con borlas de oro, Swann parecía tan triste que ella no podía reprimir un gesto de impaciencia y decía: «Así es como me agradeces que te haya dejado estar conmigo hasta el último minuto! ¡Y yo que pensaba que había sido amable contigo! ¡Bueno es saberlo para otra vez!». En otras ocasiones, a riesgo de enfadarla, se prometía indagar adónde había ido, pensaba en una alianza con Forcheville que quizá habría podido informarle. Por otro lado, cuando sabía con quién pasaba Odette la velada, era muy raro que no lograse encontrar entre todas sus amistades alguien que conociese, aunque fuera de forma indirecta, al hombre con el que había salido y fácilmente podía obtener de él tal o cual información. Y mientras escribía a uno de sus amigos pidiéndole que tratase de aclarar este o aquel extremo, experimentaba el reposo de haber dejado de plantearse sus preguntas sin respuesta y de transferir a otro la fatiga de interrogar. Verdad es que Swann no adelantaba mucho cuando conseguía ciertas informaciones. Saber no siempre permite impedir, pero al menos las cosas que sabemos las tenemos, si no entre nuestras manos, al menos en nuestro pensamiento, donde las disponemos a nuestro gusto, y eso nos da la ilusión de una especie de poder sobre ellas. Era feliz siempre que el señor de Charlus estaba con Odette. Entre el señor de Charlus y ella, Swann sabía que no podía ocurrir nada, que cuando el señor de Charlus salía con ella era por amistad hacia él y que no pondría dificultad alguna en contarle lo que Odette había hecho. En ocasiones, Odette le había declarado a Swann de forma tan categórica que le resultaba imposible verlo determinada noche, parecía tener tanto interés en una salida que Swann prestaba auténtica importancia al hecho de que el señor de Charlus estuviera libre para acompañarla. Al día siguiente, sin atreverse a hacer demasiadas preguntas al señor de Charlus, lo obligaba, fingiendo no comprender bien sus primeras respuestas, a darle noticias, y tras cada una de ellas se sentía más aliviado, pues no tardaba en darse cuenta de que Odette había ocupado su velada en los placeres más inocentes. «¿Cómo, mi pequeño Memé? No lo comprendo… cuando salieron de su casa, ¿no fueron al Museo Grévin?[125] O sea que antes fueron a otra parte, ¿verdad? ¡Oh, qué gracioso! No puede hacerse idea de cuánto me divierte usted, mi pequeño Memé. Vaya una idea divertida que tuvo ella de ir luego al Chat Noir,[126] porque seguro que era una idea de ella. ¿No? De usted. Es curioso. Después de todo no es una mala idea, seguro que ella conocía allí a mucha gente. ¿No? ¿No habló con nadie? Es extraordinario. Entonces, ¿estuvieron allí los dos, completamente solos? Me parece estar viendo la escena. Qué

125. Alfred Grévin abrió su conocido museo de figuras de cera en 1882, en el número 10 del bulevar de Montmartre.

126. Chat Noir: famoso *cabaret* fundado en 1881, en el número 84 del bulevar Rochechouart, cerca de Montmartre, por el pintor Rodolphe Salis. Lo frecuentaba un público entreverado de artistas, hombres de mundo, aristócratas y *cocottes*. Los once últimos años de su existencia (hasta 1896) transcurrieron en el número 12 de la calle de Laval (la actual Victor Massé), con mayor lujo y una clientela más elegante.

amable es usted, mi querido Memé, lo aprecio mucho.»
Swann se sentía aliviado. Para él, a quien más de una
vez, hablando con personas indiferentes a las que apenas escuchaba, le había ocurrido oír a veces ciertas
frases (por ejemplo esta: «Ayer vi a Mme. de Crécy,
estaba con un señor que no conozco»), frases que en el
corazón de Swann pasaban inmediatamente al estado
sólido, se endurecían allí como una incrustación, lo
desgarraban, ya no se movían de allí, ¡qué dulces eran
en cambio estas palabras: «No conocía a nadie, no habló con nadie», ¡con qué facilidad circulaban dentro de
él, qué fluidas, fáciles y respirables eran! Y sin embargo, al cabo de un instante se decía que Odette debía de
encontrarlo muy aburrido para que estos fueran los
placeres que prefería a su compañía. Y su insignifican-
cia, si por un lado lo tranquilizaba, por otro lo apenaba
como una traición.

Incluso cuando no podía saber adónde había ido, le
habría bastado para calmar la angustia que entonces
sentía, y contra la que la presencia de Odette, la dulzura de estar a su lado constituía el único específico (un
específico que a la larga agravaba el mal con muchos
remedios, pero al menos calmaba momentáneamente el
sufrimiento), le habría bastado, con tal de que se lo
hubiera permitido, quedarse en casa de Odette mientras estaba fuera, esperarla hasta aquella hora de la
vuelta en cuyo sosiego habrían ido a confundirse las
horas que un prestigio, un maleficio le habían hecho
creer distintas de las otras. Pero ella no quería, y él volvía a su casa; de camino se esforzaba por forjar diversos
proyectos, dejaba de pensar en Odette, incluso le ocurría mientras se desvestía dar vueltas en su cabeza a
ideas bastante alegres; y con el corazón henchido por la

esperanza de ir al día siguiente a ver alguna obra maestra se metía en la cama y apagaba su luz; pero, al prepararse para dormir, dejaba de ejercer sobre sí mismo una coacción de la que, de tan habitual como se había vuelto, ni siquiera era consciente, y en ese mismo instante un escalofrío helado refluía en él y se ponía a sollozar. Tampoco quería saber por qué, se enjugaba los ojos y se decía riendo: «¡Qué maravilla, estoy volviéndome neurópata!». Luego no podía pensar sin una gran lasitud que al día siguiente tendría que volver a tratar de averiguar qué había hecho Odette, y poner en juego influencias para intentar verla. Aquella necesidad de una actividad sin tregua, sin variación ni resultados, le resultaba tan cruel que un día, al descubrirse un bulto en el vientre, sintió verdadera alegría ante la idea de que acaso fuera un tumor mortal, que ya no tendría que ocuparse de nada, que sería la enfermedad la que iba a gobernarlo, a convertirlo en su juguete, hasta el próximo fin. Y en efecto, si en esa época se le ocurrió a menudo, sin confesárselo, desear la muerte, fue por escapar no tanto a la intensidad de sus sufrimientos como a la monotonía del esfuerzo.

Y sin embargo habría querido vivir hasta la época en que ya no la amaría, en que ella ya no tendría razón alguna para mentirle, y en que al fin podría saber de sus labios si el día en que había ido a verla por la tarde estaba o no acostada con Forcheville. Con frecuencia, durante unos días la sospecha de que Odette amaba a otro le impedía plantearse esa cuestión relativa a Forcheville, se la volvía casi indiferente, como esas formas nuevas de un mismo estado enfermizo que momentáneamente parecen habernos liberado de las anteriores. Había días incluso en que no era atormentado por ninguna sospecha. Se creía curado. Pero a la mañana siguiente, al despertar, notaba en el mismo punto el mismo dolor cuya sensación, la víspera, durante la jornada, él mismo había diluido como en el torrente de las impresiones diversas. De hecho, aquel dolor no se había movido de allí. E incluso era su misma intensidad lo que había despertado a Swann.

Como Odette no le daba ninguna información sobre aquellas cosas tan importantes que tanto la ocupaban cada día (aunque Swann había vivido lo suficiente para saber que nunca hay más ocupaciones que los placeres), no podía tratar de seguir mucho tiempo imaginándolas, su cerebro funcionaba en el vacío; entonces se pasaba un dedo por los cansados párpados como si limpiase el cristal de su monóculo, y dejaba de pensar por completo. No obstante, en esa extensión desconocida sobrenadaban ciertas ocupaciones que reaparecían de vez en cuando, vagamente vinculadas por ella a alguna obligación hacia parientes lejanos o amigos de otro tiempo, que, por ser las únicas que a menudo le citaba como impedimento para verlo, parecían formar a ojos de Swann el marco fijo, necesario de la vida de Odette. Por el tono con que de vez en cuando le decía: «El día que voy al Hipódromo con mi amiga», si, encontrándose algo indispuesto y habiendo pensado: «Tal vez Odette quiera pasar por mi casa», recordaba de golpe que aquel era precisamente ese día, pensaba: «¡Ah!, no, no vale la pena pedirle que venga, habría debido ocurrírseme antes, es el día que va con su amiga al Hipódromo. Reservémonos para lo posible; es inútil desgastarse proponiendo cosas inaceptables y rechazadas de antemano». Y ese deber que incumbía a Odette de ir al Hipódromo, y ante el que Swann se inclinaba de esa manera, no solo le parecía ineluctable, sino que ese carácter de necesidad que lo impregnaba parecía volver plausible y legítimo todo lo que de cerca o de lejos se refería a él. Si, por la calle, Odette recibía de algún transeúnte un saludo que había despertado los celos de Swann, bastaba que respondiese a las preguntas de este relacionando la existencia del desconocido con uno de los dos o tres grandes deberes de los que le hablaba, si por ejemplo decía: «Es un señor que estaba en el palco de la amiga con la que voy al Hipódromo», para que tal explicación calmase las sospechas de Swann, quien de hecho encontraba inevitable que la amiga tuviese otros invitados además de Odette en su palco del Hipódromo, pero nunca había intentado o conseguido imaginárselos. ¡Ah, cómo le hubiera gustado conocer a la amiga que iba al Hipódromo, y que lo llevase también a él con Odette! ¡De qué buena gana habría cambiado todas sus amistades por cualquier persona que tuviera la costumbre de ver a Odette, aunque fuese una manicura o una dependienta! Por ellas habría hecho más gastos que por reinas. ¿No le habrían proporcionado, con todo lo que contenían de la vida de Odette, el único calmante eficaz para sus sufrimientos? ¡Con qué alegría habría corrido a pasar días enteros en casa de tal o cual de aquellas gentes humildes con las que Odette mantenía relaciones, bien por interés, bien por sencillez auténtica! ¡Con cuánto placer hubiera elegido domicilio para siempre en el quinto piso de tal casa sórdida y codiciada a la que Odette no lo llevaba y donde, de haber habitado con la modistilla retirada de la que de buena gana hubiera fingido ser amante, habría recibido casi todos los días la visita de Odette! En aquellos barrios casi populares, ¡qué existencia modesta, abyecta, pero dulce y nutrida de calma y de dicha, ¡hubiera aceptado vivir indefinidamente!

También sucedía a veces, cuando, después de reunirse con Swann, veía acercarse a una persona para él desconocida, que en el rostro de Odette podía observar aquella tristeza del día en que había ido a verla mientras Forcheville estaba allí. Pero ocurría raras veces; porque los días en que, a pesar de todo lo que ella tenía que hacer y del temor a lo que pensaría la gente, llegaba a ver a Swann, y lo que prevalecía entonces en su actitud era la seguridad: gran contraste, revancha inconsciente acaso o reacción natural de la emoción temerosa que sentía a su lado, e incluso lejos de él, en los primeros tiempos en que lo había conocido, cuando empezaba una carta con estas palabras: «Amigo mío, me tiembla tanto la mano que apenas puedo escribir» (eso pretendía al menos y un poco de esa emoción debía de ser sincera para que deseara fingir exagerarla). Swann le gustaba entonces. Nunca se tiembla más que por nosotros mismos, por los seres que amamos. Cuando nuestra dicha ya no está en sus manos, ¡qué calma, qué desenvoltura, qué audacia gozamos junto a ellos! Al hablarle, al escribirle, ya no usaba aquellas palabras con que antes intentaba hacerse la ilusión de que él le pertenecía, provocando las ocasiones de decir «mi», «mío», cuando se refería a él: «Es usted mi bien, es el perfume de nuestra amistad, lo conservo conmigo», de hablarle del futuro, de la muerte incluso, como de una sola y misma cosa para ambos. En esos tiempos, a cuanto él decía, Odette contestaba llena de admiración: «Usted no será nunca como todo el mundo»; contemplaba su alargada cabeza algo calva, de la que las personas que conocían los éxitos de Swann pensaban: «No es lo que se dice guapo, si usted quiere; pero ¡es *chic*!: qué tupé, qué monóculo, qué sonrisa», y, más curiosa tal vez por saber lo que era que deseosa de ser su amante, decía: «¡Si pudiera saber lo que hay en esa cabeza!».

Ahora replicaba a todas las palabras de Swann en un tono unas veces irritado, otras indulgente: «¡Ah, nunca serás como todo el mundo!». Miraba aquella cabeza que solo estaba un poco más avejentada por las preocupaciones (pero de la que ahora todos pensaban, en virtud de esa misma aptitud que permite descubrir las intenciones de un fragmento sinfónico cuyo programa se ha leído, y el parecido de un niño cuando se conoce a sus padres: «No es propiamente feo, si usted quiere, pero es ridículo: ¡qué monóculo, qué tupé, qué sonrisa!», concretando en su imaginación sugestionada la demarcación inmaterial que separa, a unos meses de distancia, la cabeza de un amante correspondido y la cabeza de un cornudo), decía: «¡Ah, si yo pudiera cambiar, volver razonable lo que hay en esa cabeza!» Siempre dispuesto a creer lo que deseaba con solo que el comportamiento de Odette hacia él dejase paso a la duda, se lanzaba con avidez sobre esa frase. «Si quieres, puedes hacerlo», le decía.

E intentaba convencerla de que tranquilizarlo, dirigirlo, hacerlo trabajar sería una noble tarea a la que no pedían sino consagrarse otras mujeres, entre cuyas manos, debe añadirse en honor de la verdad, la noble tarea no le hubiera parecido otra cosa que una indiscreta e insoportable usurpación de su libertad. «Si no me amase un poco, se decía, no desearía transformarme. Para transformarme, tendrá que verme más.» Y así, en ese reproche que Odette le hacía, encontraba una especie de prueba de interés, de amor quizá; y de hecho, eran tan pocas las que ahora le daba que se veía obligado a considerar como tales las prohibiciones que le imponía de una cosa o de otra. Un día Odette le declaró que no le gustaba su cochero, que tal vez le calentaba la cabeza contra ella, que de cualquier modo no tenía con él la puntualidad y la deferencia que ella deseaba. Ella intuía que él deseaba oírle decir: «No vuelvas a traerlo para venir a mi casa», lo mismo que habría deseado un beso. Como estaba de buen humor, se lo dijo: él se enterneció. Por la noche, charlando con el señor de Charlus con quien se entregaba al placer de poder hablar de ella abiertamente (porque sus menores palabras, incluso las dirigidas a personas que no la conocían, se referían en cierto modo a ella), le dijo: «A pesar de todo, creo que me quiere; es muy amable conmigo, y lo que hago no le resulta desde luego indiferente». Y si, en el momento de ir a casa de Odette, al subir al carruaje con un amigo que debía dejar por el camino, el otro le decía: «Vaya, si no es Lorédan el que está en el pescante», con qué alegría melancólica Swann le contestaba: «¡No, diablos, no! Verás, no le gusta que lleve a Lorédan cuando voy a la calle La Pérouse. A Odette no le gusta que lo lleve, no le parece bien para mí; en fin, ya conoces a las mujeres; sé que eso la disgustaría mucho. Ah, sí, solo me habría faltado llevar a Rémi, ¡bonita escena me habría armado!».

Estos nuevos modales indiferentes, distraídos, irritables, que eran ahora los de Odette con él, hacían sufrir a Swann, desde luego; pero no era consciente de su sufrimiento; como Odette se había enfriado con él de forma progresiva, día a día, solo comparando lo que era hoy con lo que había sido al principio hubiera podido sondar la profundidad del cambio que se había producido. Y ese cambio era su profunda, su secreta herida que le dolía día y noche, y en cuanto notaba que sus pensamientos se acercaban demasiado a ella, vivamente los dirigía hacia otro lado por miedo a sufrir en exceso. Se decía de una forma abstracta: «Hubo un tiempo en que Odette me amaba más», pero nunca volvía a analizar ese tiempo. Y así como en su despacho había una cómoda que se las arreglaba para no mirar, que evitaba al entrar y al salir dando un rodeo, porque en un cajón estaban guardados el crisantemo que ella le había dado la primera noche que la había acompañado a casa, las cartas donde ella decía: «Si se hubiese olvidado también su corazón, no le habría dejado recuperarlo» y «A cualquier hora del día y de la noche que tenga necesidad de mí, hágame una señal y disponga de mi vida», así dentro de él había un lugar al que nunca permitía a su mente acercarse, obligándola en caso necesario a dar el rodeo de un largo razonamiento para que no tuviese que pasar por delante: era en él donde vivía el recuerdo de los días felices.

Pero su cautelosísima prudencia resultó desbaratada una noche en que había ido a una reunión mundana.

Era en casa de la marquesa de Saint-Euverte, en la última, por aquel año, de las veladas en que invitaba a escuchar a los artistas que luego le servían para sus conciertos de beneficencia. Swann, que había querido ir sucesivamente a todas las precedentes y no había podido decidirse a hacerlo, había recibido, mientras se vestía para dirigirse a esta, la visita del barón de Charlus, que iba a ofrecerle acudir juntos a casa de la marquesa si su compañía podía ayudarle a aburrirse un poco menos, a sentirse menos triste. Pero Swann le había contestado:

«No dude del placer que sentiría estando con usted. Pero el mayor placer que podría hacerme es ir más bien a visitar a Odette. Ya sabe la excelente influencia que usted ejerce sobre ella. Creo que esta noche no sale antes de ir a casa de su antigua costurera adonde por lo demás seguro que se alegrará mucho de que usted la acompañe. En cualquier caso, la encontraría en su casa antes. Trate de distraerla y también de hacerla razonar. Si usted pudiera preparar para mañana alguna cosa que le guste y que pudiéramos hacer los tres juntos... Procure también abonar el terreno para este verano, por si ella tuviera ganas de hacer algo, un crucero que haríamos los tres, ¡qué sé yo! En cuanto a esta noche, no cuento con verla; pero si ella lo deseara o usted encontrase la ocasión, bastaría con enviarme unas letras a casa de Mme. de Saint-Euverte hasta medianoche, y después a mi casa. Gracias por todo lo que hace usted por mí, ya sabe cuánto lo aprecio.»

El barón le prometió ir a hacer la visita que deseaba después de haberlo acompañado hasta la puerta del palacete Saint-Euverte, adonde Swann llegó tranquilizado por la idea de que el señor de Charlus pasaría la velada en la calle de La Pérouse, pero en un estado de melancólica indiferencia por todo cuanto no afectase a Odette, y en particular por las cosas mundanas, que ya no le proporcionaban la fascinación de lo que, al dejar de ser un objetivo para nuestra voluntad, se nos presenta en sí mismo. Nada más apearse del carruaje, en el primer plano de aquel resumen ficticio de su vida doméstica que las amas de casa pretenden ofrecer a sus invitados los días de ceremonia y en los que tratan de respetar la verdad de la etiqueta y la del decorado, Swann se divirtió viendo a los descendientes de los «tigres» de Balzac, los *grooms*,[127] habituales acompañantes del paseo, que, con sombrero y botas de montar, permanecían fuera, delante del palacete, en el suelo de la avenida, o delante de las cuadras, como jardineros que habrían sido alineados a la entrada de sus parterres. La particular inclinación que siempre había tenido a buscar analogías entre los seres vivos y los retratos de los museos seguía ejercitándose pero de un modo más constante y más general; era la vida mundana en su integridad, ahora que se había apartado de ella, la que se presentaba a sus ojos como una serie de cuadros. En el vestíbulo donde en otro tiempo, cuando era hombre de mundo, entraba envuelto en su gabán para salir de frac, pero sin saber lo que había ocurrido, porque con el pensamiento, durante los pocos instantes que allí permanecía, o bien seguía estando en la fiesta que acababa de dejar, o bien estaba ya en la fiesta en la que iba a ser presentado, se fijó por primera vez, despertada por la inopinada llegada de un invitado tan tardío, en la jauría dispersa, magnífica e ineficaz de los imponentes criados que dormían acá y allá en banquetas y en arcones y que, alzando sus nobles perfiles agudos de lebreles, se pusieron de pie y, reunidos, formaron el círculo a su alrededor.

Uno de ellos, de aspecto particularmente feroz y bastante parecido al verdugo en ciertos cuadros del Renacimiento que representan suplicios, avanzó hacia él con un aire impecable para recoger sus cosas. Pero la

127. «Tigres» es el nombre que Balzac da en su novela *Les secrets de la princesse de Cadignan* a los *grooms* —término inglés que significa lacayo, palafrenero; se trataba de muchachos que iban en la parte trasera de los carruajes y se apresuraban a abrir las portezuelas a sus amos.

dureza de su mirada de acero quedaba compensada por la suavidad de los guantes de hilo, hasta el punto de que al acercarse a Swann parecía manifestar desprecio por su persona y deferencia por su sombrero. Lo cogió con un cuidado al que la exactitud de la medida de sus guantes prestaba algo de meticuloso y una delicadeza que casi volvía conmovedor el aparato de su fuerza. Luego se lo pasó a uno de sus ayudantes, nuevo y tímido, que expresaba el terror que sentía lanzando en todas direcciones unas miradas furiosas y mostraba la agitación de una fiera apresada durante las primeras horas de su cautividad.

Unos pocos pasos más allá, un mocetón de librea soñaba, inmóvil, escultural, inútil, como ese guerrero puramente decorativo que vemos meditar en los cuadros más tumultuosos de Mantegna,[128] apoyado en su escudo mientras a su lado se mata y se degüella; separa-

---

128. De hecho, el «pintor de Mantua», Andrea Mantegna (1431-1506), había nacido en territorio de la actual Padua, que en ese momento pertenecía a Vicenza; pero hizo la mayor parte de su carrera en aquella ciudad, como pintor de corte de Ludovico Gonzaga, duque de Mantua, dejando en el Palacio Ducal lo que se considera su obra maestra: la decoración de la «Camara degli Sposi». En Padua, Proust pudo contemplar, durante su visita de 1900, el fresco de *El martirio de Santiago* (en la iglesia de los Eremitani), donde un guerrero apoyado en su escudo parece meditar; parte de los frescos en que pintó la *Historia de san Cristóbal y del Apóstol Santiago* resultaron destruidos en los bombardeos de la ciudad durante la Segunda Guerra Mundial, en 1944. En 1456-1460, Mantegna pintó el *Retablo de San Zenón* para la basílica de Verona dedicada a ese santo, que aún muestra la parte superior del tríptico; las tres escenas de la predela, botín de guerra de Napoleón, se encuentran en el Museo del Louvre (una crucifixión) y en el Museo de Tours (el Monte de los Olivos y la Resurrección); en ninguna de las escenas figura una matanza de Inocentes.

do del grupo de sus compañeros que se agolpaban alrededor de Swann, parecía tan resuelto a desinteresarse de aquella escena, que seguía vagamente con sus ojos glaucos y crueles, como si hubiera sido la matanza de los Inocentes o el martirio del apóstol Santiago. Parecía pertenecer precisamente a esa raza desaparecida —o que acaso nunca existió más que en el retablo de San Zenón o en los frescos de los Eremitani donde Swann la había conocido y donde sigue soñando todavía—, salida de la fecundación de una estatua antigua por algún modelo paduano del Maestro o algún sajón de Alberto Durero.[129] Y los mechones de sus cabellos rojizos encrespados por la naturaleza, pero pegados por la brillantina, estaban ampliamente tratados como lo están en la escultura griega que el pintor de Mantua estudiaba sin cesar, y que, si en la creación solo representa al hombre, cuando menos sabe sacar de sus sencillas formas unas riquezas tan variadas y como tomadas de toda la naturaleza viviente que una cabellera, con la voluta lisa y los picos agudos de sus rizos, o en la superposición de la triple y floreciente diadema de sus trenzas, parece al mismo tiempo un amasijo de algas, una nidada de palomas, una guirnalda de jacintos y un trenzado de serpientes.

También había otros, igual de colosales, en los peldaños de una monumental escalera que por su decorativa presencia y su inmovilidad marmórea habrían podido recibir el nombre, como la del Palacio Ducal, de

---

129. La obra de Mantegna, y en especial las estampas, influyeron en Alberto Durero (1471-1528), pintor y grabador alemán que trabajó en su ciudad natal, Núremberg, sobre todo, pero que viajó a Italia en distintas ocasiones.

«Escalinata de los Gigantes»,[130] y por la que Swann se internó con la tristeza de pensar que Odette nunca la había subido. ¡Ay!, con qué alegría en cambio hubiera trepado él por los peldaños negros, malolientes y peligrosos de la modistilla jubilada, hasta el «quinto», donde se habría sentido feliz pagando más caro que un abono semanal de proscenio en la Ópera el derecho a pasar la velada cuando Odette iba allí, e incluso los otros días, para poder hablar de ella, vivir con la gente que ella solía ver cuando él no estaba y que precisamente por eso le parecían esconder, de la vida de su amante, algo más real, más inaccesible y más misterioso. Mientras que en aquella escalera pestilencial y deseada de la antigua modista, por no haber otra para el servicio, podía verse por la noche delante de cada puerta un recipiente para la leche vacío y sucio preparado sobre el felpudo, en la escalera suntuosa y desdeñada que Swann subía en ese momento, a uno y otro lado, a distintas alturas, delante de cada anfractuosidad formada en el muro por la ventana de la portería o por la puerta de un piso, en representación del servicio interior que dirigían y como homenaje a los invitados, un portero, un mayordomo, un administrador (buenas gentes que el resto de la semana vivían con cierta independencia en su respectiva esfera, cenaban en sus casas como pequeños tenderos y que tal vez mañana se pondrían al servicio burgués de un médico o de un industrial), atentos a no contravenir las recomendaciones que les habían he-

130. Construida por Antonio Rizzo en el palacio de los Dogos de Venecia, recibía ese nombre por las dos estatuas colosales de Marte y Neptuno que la rematan y que fueron esculpidas por Sansovino en 1554.

cho antes de dejarlos endosarse la brillante librea que solo se ponían en raras ocasiones y en la que no se sentían muy cómodos, se mantenían erguidos bajo la arquería de su pórtico con un esplendor pomposo atemperado de bonhomía popular, como santos en su nicho; y un enorme pertiguero, vestido como en la iglesia, golpeaba con su bastón las losas al paso de cada recién llegado. Una vez en lo alto de la escalera, hasta donde lo había seguido un criado de cara pálida, con una breve coleta recogida en un *Cadogan*,[131] detrás de la cabeza, como un sacristán de Goya[132] o un escribano de comedia, Swann pasó delante de un escritorio donde unos criados, sentados como notarios ante grandes registros, se levantaron e inscribieron su nombre. Cruzó entonces un pequeño vestíbulo que —como ciertas salas dispuestas por su propietario para servir de marco a una sola obra de arte, por cuyo nombre se las conoce, y de una desnudez buscada, no contienen nada más— exhibía en su entrada, como alguna preciosa efigie de Benvenuto Cellini[133] que representase a un hombre al

131. Pequeño moño que recogía el pelo, mediante una cinta, en la zona de la nuca. Lo puso en boga el general inglés William Cadogan, o Cadoghan (1675-1726), que peleó en la guerra de Sucesión de España y estuvo al servicio de la reina Ana.

132. No se ha logrado identificar en Goya (1746-1828) ningún sacristán con ese tipo de peinado; figura sin embargo en el retrato del torero José Romero (Museo de Arte de Filadelfia). A través de María de Madrazo, hermana de Reynaldo Hahn, Proust conocía dibujos y grabados goyescos, además de *La comunión de san José de Calasanz*, donde aparecen eclesiásticos que han podido inspirar la alusión.

133. Benvenuto Cellini (1500-1571), orfebre, escultor y medallista italiano que trabajó en la corte de Francisco I de Francia. Ese «hombre al acecho» que aquí se cita no ha sido identificado entre las esculturas del florentino; podría referirse al *Perseo* de la Loggia dei

acecho, a un joven criado de pie con el cuerpo ligeramente flexionado hacia adelante, y alzando sobre su gola roja un rostro más rojo todavía del que escapaban torrentes de fuego, de timidez y de celo, y que, traspasando los tapices de Aubusson[134] que colgaban delante del salón donde se escuchaba la música, con su impetuosa, vigilante y extraviada mirada parecía, con una impasibilidad militar o una fe sobrenatural —alegoría de la alarma, encarnación de la espera, conmemoración del zafarrancho—, espiar, ángel o vigía, desde una torre de fortaleza o de catedral, la aparición del enemigo o la hora del Juicio. Ahora ya no le quedaba a Swann más que penetrar en la sala del concierto cuyas puertas le abrió un ujier cargado de cadenas inclinándose, como si le hubiese entregado las llaves de una ciudad. Pero él pensaba en la casa donde habría podido encontrarse en ese mismo instante, si Odette lo hubiera permitido, y el recuerdo entrevisto de un recipiente para la leche vacío sobre un felpudo le encogió el corazón.

Swann recuperó rápidamente el sentido de la fealdad masculina cuando, más allá de la cortina de tapicería, al espectáculo de los criados sucedió el de los invitados. Pero aquella misma fealdad de rostros, que sin embargo conocía de sobra, le parecía nueva desde que sus rasgos —en lugar de ser para él signos prácticamente utilizables para la identificación de cierta persona que hasta entonces había representado para él un haz

Lanzi de Florencia, o al bajorrelieve de *Perseo liberando a Andrómeda*, también en Florencia, en cuyo fondo se ven varios soldados.

134. La manufactura de tapices de Aubusson —pequeña población del Creuse—, protegida por Enrique IV (1553-1610) y por Colbert, alcanzó su máximo prestigio a partir de 1665, fecha en que fue reconocida como Manufactura Real.

de placeres que perseguir, de fastidio que evitar o de cortesías que rendir— descansaban, coordinados únicamente por relaciones estéticas, en la autonomía de sus líneas. Y en aquellos hombres, entre los que Swann se encontró encerrado, no había nada, ni siquiera los monóculos que muchos llevaban (y que, en el pasado, habrían permitido a lo sumo a Swann decir que llevaban un monóculo), que no se le presentase, dispensado ahora de significar un hábito, el mismo para todos, con una especie de individualidad en cada uno. Quizá porque miró al general de Froberville y al marqués de Bréauté que charlaban en la entrada únicamente como a dos personajes en un cuadro, cuando durante mucho tiempo habían sido para él los amigos útiles que lo habían presentado en el Jockey y servido de testigos en los duelos, el monóculo del general, incrustado entre sus párpados como una esquirla de obús en su vulgar cara, llena de cicatrices y triunfal, en medio de la frente que dejaba tuerta como el ojo único del cíclope, le pareció a Swann una herida monstruosa que podía gloriarse de haber recibido, pero cuya exhibición resultaba indecente; mientras que el que el señor de Bréauté añadía, en señal de festividad, a los guantes gris perla, al *gibus*[135] y a la corbata blanca, y sustituía al familiar binóculo (como el propio Swann hacía) para acudir a los actos sociales, llevaba, pegada en su reverso, como un preparado de historia natural bajo un microscopio, una mirada infinitesimal y rebosante de amabilidad, que sonreía de modo incesante a la altura de los techos, a la belleza

135. Sombrero de copa, así llamado por el apellido de su inventor; podía plegarse gracias a unos muelles situados en la parte interna.

de las fiestas, al interés de los programas y a la calidad de los refrescos.[136]

«Vaya, está usted aquí, hace una eternidad que no lo vemos», le dijo a Swann el general, quien, al observar sus facciones cansadas y deducir que acaso fuera una enfermedad grave la que lo alejaba de los salones, añadió: «¿Sabe que tiene usted muy buena cara?», mientras el señor de Bréauté preguntaba: «Pero ¿cómo, amigo mío, qué puede estar haciendo usted por aquí?» a un novelista mundano que acababa de instalar en la comisura del ojo un monóculo, su único órgano de investigación psicológica y de implacable análisis, y replicó con aire importante y misterioso, arrastrando la *erre*:

«Observo».

El monóculo del marqués de Forestelle era minúsculo, carecía de montura y, obligando a una crispación incesante y dolorosa al ojo en que se incrustaba como un cartílago superfluo cuya presencia es inexplicable y su materia rebuscada, daba al rostro del marqués una delicadeza melancólica y hacía que las mujeres lo juzgasen capaz de grandes penas de amor. Pero el del señor de Saint-Candé, circundado por un anillo gigantesco, como Saturno, era el centro de gravedad de un rostro que se ordenaba en todo momento en relación a él, cuya nariz temblona y roja y cuya boca bezuda y sarcástica trataban de estar con sus muecas a la altura del fuego graneado de ingenio que centelleaba el disco de cristal, y se veía preferido a las más bellas miradas

136. En su carta-dedicatoria a Jacques de Lacretelle de un ejemplar de *Swann*, Proust citaba, además de los modelos de la Sonata de Vinteuil, los personajes reales en quienes se había fijado para esta escena de los monóculos (*Corr.*, t. V, pág. 324).

del mundo por unas jóvenes esnobs y depravadas a las que inspiraba sueños de encantos artificiales y un refinamiento de voluptuosidad; y entretanto, a su espalda, el señor de Palancy, que con su gruesa cabeza de carpa de ojos redondos se desplazaba lentamente en medio de las fiestas, aflojando de vez en cuando sus mandíbulas como para buscar su orientación, parecía transportar consigo únicamente un fragmento accidental, y quizá puramente simbólico, de las paredes de cristal de su acuario, parte destinada a representar el todo, que recordó a Swann, gran admirador de los *Vicios* y las *Virtudes* de Giotto en Padua, ese Injusto[137] a cuyo lado una frondosa rama de hojas evoca los bosques donde se oculta su guarida.

Swann había avanzado, ante la insistencia de Mme. de Saint-Euverte, y para oír un aria de *Orfeo*[138] que ejecutaba un flautista, se había colocado en un rincón donde, por desgracia, tenía como única perspectiva a dos damas ya maduras sentadas una al lado de la otra, la marquesa de Cambremer y la vizcondesa de Franquetot, quienes, por ser primas, durante las veladas, con sus bolsos en la mano y seguidas de sus hijas, pasaban el tiempo buscándose como en una estación y no se quedaban tranquilas hasta después de haber ocupado, con su abanico o su pañuelo, dos sillas contiguas: Mme. de Cambremer, que tenía muy pocas amistades, se sentía

137. En la *Apología de los Vicios y las Virtudes* que Giotto dejó en Padua, la Injusticia está representada por un anciano sentado a la entrada de una fortaleza en medio de un bosque.
138. El texto parece aludir al solo de flauta de la escena del segundo acto («J'ai perdu mon Eurydice») de *Orfeo y Eurídice* de Gluck, estrenada en 1762, y repuesta a menudo en París, a partir de 1859, en una revisión de Berlioz.

feliz por tener de compañera a Mme. de Franquetot, a quien, en cambio, por estar muy bien relacionada le parecía algo elegante, original, demostrar a todas sus prestigiosas relaciones que prefería a su compañía la de una dama oscura con quien tenía en común recuerdos de juventud. Lleno de irónica melancolía, Swann las miraba mientras escuchaban el intermedio de piano (*San Francisco hablando a los pájaros*, de Liszt)[139] que había sucedido al aria para flauta, y seguir la vertiginosa exhibición del virtuoso, Mme. de Franquetot, ansiosamente, con los ojos extraviados como si las teclas sobre las que el pianista corría con agilidad hubieran sido una serie de trapecios de donde podía caerse desde una altura de ochenta metros, y no sin lanzar a su vecina miradas de asombro, de negación que significaban: «Es increíble, nunca había pensado que un ser humano pudiera llegar a tanto», Mme. de Cambremer, como mujer que ha recibido una sólida educación musical, llevando el compás con la cabeza transformada en balancín de metrónomo cuya amplitud y rapidez de oscilación de un hombro a otro se habían vuelto tales (con esa especie de extravío y de abandono de la mirada propia de esos dolores que ya no se conocen ni tratan de dominarse y decir: «¡Qué le vamos a hacer!») que en todo momento enganchaba con sus solitarios los tirantes del corpiño y la obligaban a enderezarse las uvas negras que llevaba en el pelo, sin dejar de acelerar por ello el movimiento. Al otro lado de Mme. de Franquetot, pero algo más adelantada, estaba la marquesa de Gallardon, absorta en su pensamiento favorito, su pa-

139. *Leyendas: 1. San Francisco de Asís hablando a los pájaros*, obra para piano de Franz Liszt (1863).

rentesco con los Guermantes y del que sacaba a ojos del mundo y a los suyos propios mucha gloria junto con alguna vergüenza, pues las figuras más celebradas de la familia le daban un poco de lado, tal vez porque era aburrida, o porque era malvada, o porque pertenecía a una rama inferior, o quizá sin ninguna razón. Cuando se encontraba junto a alguien a quien no conocía, como en ese momento junto a Mme. de Franquetot, sufría porque la conciencia que tenía de su parentesco con los Guermantes no pudiera manifestarse exteriormente en caracteres visibles como esos que, en los mosaicos de las iglesias bizantinas, puestos unos debajo de otros, inscriben en una columna vertical, al lado de un santo personaje, las palabras que se le atribuyen. Pensaba en ese momento que nunca había recibido una invitación ni una visita de su joven prima la princesa des Laumes en los seis años que esta llevaba casada. Este pensamiento la llenaba de rabia, pero también de orgullo; porque, a fuerza de decir, a quienes se extrañaban de no verla en casa de Mme. des Laumes, que era porque se habría expuesto a encontrarse con la princesa Mathilde[140] —cosa que su familia ultralegitimista nunca le habría perdonado—, había terminado por creer que esa era en efecto la razón por la que no iba a casa de su

140. Mathilde-Lætitia-Wilhelmine Bonaparte (1820-1904), hija de Jérôme Bonaparte y de Catherine de Württemberg, era nieta de Napoleón I y prima por tanto de Napoleón III. Frecuentaron su salón las personalidades más brillantes de la literatura y del arte francés, además de la nobleza del Imperio: Flaubert, los Goncourt y los Dumas, Taine, Renan, Sainte-Beuve, etc. Con el seudónimo de «Dominique», Proust, que también acudía a sus reuniones, le dedicó un artículo en Le Figaro del 25 de febrero de 1903: «Un salon historique, le salon de S.A.I. la princesse Mathilde».

joven prima. Recordaba sin embargo haber preguntado varias veces a Mme. des Laumes cómo podría hacer para verla, pero solo lo recordaba de manera confusa y además neutralizaba de sobra ese recuerdo algo humillante murmurando: «De todos modos, no soy yo la que debe dar el primer paso, tengo veinte años más que ella». Gracias a la virtud de estas palabras interiores, echaba altivamente hacia atrás sus hombros separados del busto y sobre los cuales su cabeza, colocada casi en horizontal, hacía pensar en la cabeza «superpuesta» de un orgulloso faisán que se sirve en la mesa con todo su plumaje. No es que no fuese por naturaleza rechoncha, hombruna y regordeta; pero los desaires la habían enderezado como esos árboles que, nacidos en una mala posición al borde de un precipicio, se ven forzados a crecer hacia atrás para mantener el equilibrio. Obligada a repetirse constantemente, para consolarse de no estar del todo a la altura de los otros Guermantes, que si los veía poco era por intransigencia de principios y orgullo, esta idea había terminado por modelar su cuerpo y engendrar en ella a una especie de prestancia que a ojos de las burguesas pasaba por un signo de raza y turbaba a veces con un deseo fugaz la mirada fatigada de los hombres de su círculo. Si se hubiera hecho sufrir a la conversación de Mme. de Gallardon esos análisis que revelando la mayor o menor frecuencia de cada término permiten descubrir la clave de un lenguaje cifrado, se habría comprobado que ninguna expresión, ni siquiera la más usual, aparecía con tanta frecuencia en ella como «en casa de mis primos Guermantes», «en casa de mi tía Guermantes», «la salud de Elzéar de Guermantes», «el palco de mi prima Guermantes». Cuando le hablaban de algún personaje ilustre, respondía que, sin conocerlo personalmente, lo había visto mil veces en casa de su tía Guermantes, pero lo decía en un tono tan glacial y con una voz tan sorda que resultaba evidente que, si no lo conocía en persona, era en virtud de todos los principios inextirpables y tenaces que arqueaban los hombros hacia atrás, como esas espalderas en las que nos hacen tendernos los profesores de gimnasia para favorecer el desarrollo del tórax.

Pero la princesa des Laumes, a quien nadie habría esperado ver en casa de Mme. de Saint-Euverte, acababa precisamente de llegar. Para demostrar que no pretendía imponer en un salón, al que solo iba por condescendencia, la superioridad de su rango, había entrado encogiendo los hombros aunque allí no hubiera ninguna aglomeración que atravesar ni nadie a quien dejar pasar, quedándose a propósito en el fondo, con aire de estar en su sitio, como un rey que hace cola a la puerta de un teatro cuando las autoridades aún no han sido avisadas de su presencia; y, limitando simplemente la mirada —para no dar la impresión de señalar su presencia y reclamar el tratamiento adecuado— a la consideración de un dibujo de la alfombra o de su propia falda, permanecía de pie en el lugar que le había parecido más modesto (y del que sabía de sobra que iría a sacarla una exclamación arrobada de Mme. de Saint-Euverte en cuanto la hubiera visto), al lado de Mme. de Cambremer, a quien no conocía. Observaba la mímica de su vecina melómana, pero no la imitaba. No es que, para una vez que iba a pasar cinco minutos en casa de Mme. de Saint-Euverte, no hubiera deseado la princesa des Laumes mostrarse lo más amable posible, para que la cortesía que le hacía valiera el doble. Pero por naturaleza sentía horror a lo que llamaba «las exageraciones» y quería mostrar que «no tenía que» entregarse a manifestaciones incompatibles con el «género» del círculo en que vivía, aunque por otro lado no dejaran de impresionarla, gracias a ese espíritu de imitación cercano a la timidez que desarrolla en las personas más seguras de sí mismas el ambiente de un medio nuevo, aunque sea inferior. Empezaba a preguntarse si aquella gesticulación no era algo exigido por el fragmento que tocaban y que tal vez no encajaba en el marco de la música oída por ella hasta aquel día, si abstenerse no suponía dar muestras de incomprensión respecto de la obra y de falta de delicadeza hacia la dueña de la casa: de suerte que, para expresar con un «compromiso» sus sentimientos contradictorios, unas veces se contentaba con subirse los tirantes de las hombreras o con ajustar en sus rubios cabellos las bolitas de coral o de esmalte rosa, escarchadas de diamante, que formaban su sencillo y encantador tocado, examinando con fría curiosidad a su fogosa vecina, otras marcaba durante un instante el compás con su abanico, pero a contratiempo, para no abdicar de su independencia. Cuando el pianista, acabada la pieza de Liszt, empezó con un preludio de Chopin, Mme. de Cambremer lanzó a Mme. de Franquetot una enternecida sonrisa de experta satisfacción y de alusión al pasado. En su juventud había aprendido a acariciar las frases, de largo cuello sinuoso y desmesurado, de Chopin, tan libres, tan flexibles, tan táctiles, que empiezan buscando a tientas su lugar fuera y muy lejos de la dirección de su partida, muy lejos del punto en que hubiera podido esperarse que alcanzarían su contacto, y que si se entregan a este extravío de fantasía solo es para volver más deliberadamente —con un retorno más premeditado, con mayor precisión, como sobre un cristal que resonase hasta el punto de provocar un grito— a heriros en el corazón.

Como había vivido en una familia provinciana con muy pocas relaciones, como apenas iba a bailes, se había embriagado en la soledad de su casa solitaria frenando, precipitando la danza de todas aquellas parejas imaginarias, desgranándolas como flores, dejando por un momento el baile para oír soplar el viento en los abetos, a orillas del lago, y viendo de repente avanzar, completamente distinto de cuanto ha podido imaginar jamás que son los amantes de esta tierra, a un joven delgado de voz algo cantarina, extraña y falsa, con guantes blancos. Pero hoy la belleza pasada de moda de aquella música parecía marchita. Privada desde hacía unos años de la estima de los entendidos, había perdido su honor y su encanto, y hasta las personas de mal gusto solo encontraban en ella un placer inconfesado y mediocre. Mme. de Cambremer lanzó una mirada furtiva a sus espaldas. Sabía que su joven nuera (llena de respeto hacia su nueva familia, salvo en lo referente a las cosas intelectuales, ya que, por saber incluso armonía y hasta griego, tenía luces especiales) despreciaba a Chopin[141] y sufría cuando lo oía interpretar. Pero lejos de la vigilancia de aquella wagneriana que estaba algo más lejos con un grupo de personas de su edad, Mme. de Cambremer se dejaba llevar por unas impresiones deliciosas. También la princesa des Laumes las sentía.

141. A finales del XIX, la música de Chopin estaba totalmente desprestigiada; el nuevo siglo y la celebración del centenario del nacimiento del compositor en 1910 lo sacarían del olvido, como en *Sodoma y Gomorra* pone de manifiesto el narrador de *A la busca del tiempo perdido*, comunicándole esa novedad a Mme. de Cambremer.

Aunque la naturaleza no la había dotado para la música, quince años atrás había recibido clases que una profesora de piano del *faubourg* Saint-Germain, mujer de talento que se había visto reducida a la miseria al final de sus días, había vuelto a dar, a la edad de setenta años, a las hijas y a las nietas de sus antiguas alumnas. Ya había muerto. Pero su método, su bello sonido renacían a veces bajo los dedos de sus alumnas, incluso de aquellas que para todo lo demás se habían vuelto personas mediocres, habían abandonado la música y casi nunca abrían ya un piano. Por eso Mme. des Laumes pudo mover la cabeza, con pleno conocimiento de causa, con una apreciación justa de la forma en que el pianista tocaba aquel preludio que ella sabía de memoria. El final de la frase iniciada cantó de forma espontánea en sus labios. Y murmuró: «Siempre es fa*sc*inante», pronunciando el grupo *sc* de la palabra, lo cual era una señal de delicadeza que le hacía sentir sus labios rozados tan románticamente como una bella flor, que por instinto armonizó con ellos su mirada infundiéndole en ese instante una especie de sentimentalidad y vaguedad. Pero Mme. de Gallardon estaba diciéndose lo molesto que era tener tan pocas ocasiones de ver a la princesa des Laumes, porque anhelaba darle una lección no respondiendo a su saludo. Ignoraba que su prima estuviese allí. Un movimiento de cabeza de Mme. de Franquetot le permitió descubrirla. Al punto se precipitó hacia ella empujando a todo el mundo; pero, deseosa de mantener una actitud altiva y glacial que recordase a todos los presentes que no deseaba tener relaciones con una persona en cuya casa podía una darse de narices con la princesa Mathilde, y ante la cual no iba a ser ella la que diera el primer paso porque no era «su contemporánea», quiso sin embargo compensar aquel aire de altanería y de reserva con algunas palabras que justificasen su iniciativa y obligasen a la princesa a entablar la conversación; por eso, una vez llegada al lado de su prima, Mme. de Gallardon, con una expresión dura en el rostro y tendiéndole una mano como una carta que no se puede rechazar, le dijo: «¿Cómo sigue tu marido?» con la misma voz preocupada como si el príncipe hubiera estado gravemente enfermo. La princesa, echándose a reír de una forma muy suya y que estaba destinada a mostrar a los demás que estaba burlándose de alguien y al mismo tiempo a parecer más hermosa concentrando los rasgos de su cara en torno a su boca animada y a su mirada brillante, le respondió:

«¡Pues estupendamente!».

Y siguió riéndose. Pero Mme. de Gallardon, irguiendo el cuerpo y enfriando la expresión de su rostro, todavía inquieta sin embargo por la salud del príncipe, dijo a su prima:

«Oriane (en este punto Mme. des Laumes miró con aire asombrado y risueño a una tercera persona invisible a la que parecía poner por testigo de que nunca había autorizado a Mme. de Gallardon a llamarla por su nombre), tendría muchísimo interés en que mañana por la noche vinieses un momento a casa para oír un quinteto con clarinete de Mozart.[142] Me gustaría saber tu opinión».

Daba la impresión de que, más que invitarla, le pedía un favor, y que necesitaba el parecer de la princesa

142. El quinteto para clarinete y cuerdas K. 581, compuesto por Mozart en 1789, poco antes de su muerte.

sobre el quinteto de Mozart, como si se tratase de un plato original de una cocinera nueva sobre cuyos talentos le fuese imprescindible recabar la opinión de un *gourmet*.

«Pero si ya conozco ese quinteto, ahora mismo puedo decirte que... ¡lo adoro!

»—¿Sabes?, mi marido no se encuentra bien, el hígado... le gustaría tanto verte», continuó Mme. de Gallardon, convirtiendo así la presencia de la princesa en su velada en un obligado deber de caridad.

A la princesa no le gustaba decir a la gente que no quería ir a sus casas. Todos los días expresaba por escrito su pesar por haberse visto privada —por una inopinada visita de su suegra, por una invitación de su cuñado, por la Ópera, por una excursión campestre— de una velada a la que jamás habría pensado ir. De este modo daba a mucha gente la alegría de creer que era una de sus amistades, de suponer que hubiera ido con mucho gusto a su casa, que solo se lo habían impedido aquellos contratiempos principescos que tanto les halagaba ver entrar en competencia con su velada. Además, como formaba parte de aquel círculo intelectual de los Guermantes donde sobrevivía algo del ingenio despierto, despojado de lugares comunes y de sentimientos convencionales, que deriva de Mérimée y ha encontrado su última expresión en el teatro de Meilhac y Halévy,[143] lo adaptaba incluso a las relaciones sociales, y

143. Prosper Mérimée (1803-1870), Henri Meilhac (1831-1897) y Ludovic Halévy (1834-1908) son para Proust, según otros escritos, representantes de un tipo de literatura superficial aunque brillante, totalmente opuesta a la visión proustiana del mundo: el romanticismo pintoresco y colorista del autor de *Carmen* (cuya adaptación musical hizo Meilhac), y los libretos que Meilhac y Halévy

hasta lo trasladaba a sus formas de cortesía, que se esforzaba por ser positiva, precisa, por acercarse a la humilde verdad. No se extendía mucho para expresar a un ama de casa el deseo que tenía de asistir a su velada; le parecía más amable exponerle algunos menudos hechos de los que dependería su posibilidad o imposibilidad de acudir.

«Mira, oye lo que te digo, le dijo a Mme. de Gallardon, mañana por la noche debo ir a casa de una amiga que hace mucho tiempo me tiene pedido mi día. Si nos lleva al teatro, no será posible, ni con la mejor voluntad, que vaya a tu casa; pero si nos quedamos en la suya, como sé que estaremos solos, podré marcharme.

»—Oye, ¿has visto a tu amigo Swann?

»—No, no sabía que estuviera aquí ese encanto de Charles; me las arreglaré para que me vea.

»—¡Qué raro que venga incluso a casa de la vieja Saint-Euverte!, dijo Mme. de Gallardon. Oh, ya sé que es inteligente, añadió queriendo decir con eso que era intrigante, pero eso no cambia nada, ¡un judío en casa de la hermana y de la cuñada de dos arzobispos!

»—Confieso, para vergüenza mía, que a mí no me escandaliza, dijo la princesa des Laumes.

»—Sé que se ha convertido, y que hasta sus padres y sus abuelos lo estaban. Pero dicen que los conversos siguen más apegados a su religión que los otros, que es una estratagema; ¿será cierto?

»—En ese punto carezco de luces.»

El pianista que tenía que tocar dos fragmentos de

_____

prepararon para las operetas de Jacques Offenbach (*La Belle Hélène*, 1864; *La Vie parisienne*, 1866; etc.) fascinan sin embargo al mal gusto de la duquesa de Guermantes.

Chopin, una vez terminado el preludio había atacado de inmediato una polonesa. Pero desde que Mme. de Gallardon había señalado a su prima la presencia de Swann, Chopin resucitado habría podido tocar allí mismo en persona todas sus obras sin que Mme. des Laumes pudiera prestarle atención. Formaba parte de una de esas dos mitades de la humanidad en quienes la curiosidad que la otra mitad siente por los seres que no conoce es sustituida por el interés hacia los seres que conoce. Como muchas mujeres del *faubourg* Saint-Germain, la presencia en un mismo lugar en que se encontraba de alguien de su círculo, y al que por lo demás no tenía nada especial que decir, acaparaba exclusivamente su atención a expensas de todo el resto. A partir de ese instante, con la esperanza de que Swann repararía en ella, la princesa se limitó, como un ratón blanco domesticado al que se le ofrece y luego se le retira un terrón de azúcar, a volver la cara, llena de mil gestos de connivencia carentes de relaciones con el sentimiento de la polonesa de Chopin, en la dirección donde Swann estaba y si este cambiaba de sitio, ella desplazaba paralelamente su sonrisa imantada.

«No te enfades, Oriane», continuó Mme. de Gallardon, que nunca podía dejar de sacrificar sus mayores esperanzas sociales y de deslumbrar un día al mundo, al placer oscuro, inmediato y privado de decir algo desagradable; «hay gentes que pretenden que ese señor Swann es persona a la que no se puede recibir en casa, ¿es cierto?

»—Pero... tú debes saber de sobra que es cierto, respondió la princesa des Laumes, puesto que lo has invitado cincuenta veces y nunca ha ido.»

Y alejándose de su mortificada prima, estalló de

nuevo en una carcajada que escandalizó a las personas que estaban escuchando la música, pero atrajo la atención de Mme. de Saint-Euverte, quien por cortesía se había quedado junto al piano y que solo entonces advirtió la presencia de la princesa. Mme. de Saint-Euverte estaba tan encantada de ver a Mme. des Laumes, a la que suponía en Guermantes cuidando a su suegro enfermo.

«Pero ¿cómo, princesa? ¿Estaba usted aquí?

»—Sí, me había metido en un rinconcito, he oído cosas muy bellas.

»—¿Cómo? ¿Estaba aquí desde hace ya mucho?

»—Pues sí, hace un buen rato, que se me ha hecho muy corto, solo era largo porque no la veía a usted.»

Mme. de Saint-Euverte quiso ceder su sillón a la princesa, que respondió:

«No, no, nada de eso. ¿Por qué? Estoy a gusto en cualquier parte».

Y señalando intencionadamente, para manifestar mejor su sencillez de gran dama, un pequeño escabel sin respaldo:

«Mire, ese *puf* es todo lo que necesito. Me hará mantenerme derecha. ¡Oh!, Dios mío, sigo haciendo ruido, terminarán abucheándome».

Mientras tanto, como el pianista había redoblado la velocidad, la emoción musical estaba en su punto culminante, un criado pasaba con refrescos en una bandeja haciendo tintinear las cucharillas y, como cada semana, Mme. de Saint-Euverte le hacía señas, sin que él la viese, para que se retirase. Una recién casada, a quien habían enseñado que una señora joven no debe parecer aburrida, sonreía de placer, y buscaba con los ojos a la dueña de la casa para testimoniarle con la mirada su gratitud por haber «pensado en ella» para una delicia parecida. Sin embargo, aunque con más sosiego que Mme. de Franquetot, no dejaba de seguir la pieza con inquietud; pero la suya no tenía por objeto el pianista, sino el piano, sobre el que una vela temblando a cada *fortissimo* amenazaba, si no con prender fuego a la pantalla, al menos con manchar el palisandro. Al fin no pudo contenerse y escalando los dos peldaños del estrado, sobre el que se hallaba el piano, se precipitó a quitar la arandela. Pero cuando sus manos estaban a punto de tocarla, la pieza acabó con un último acorde y el pianista se puso de pie. Sin embargo, la osada iniciativa de aquella joven, la breve promiscuidad a que dio lugar entre ella y el instrumentista, produjeron una impresión generalmente favorable.

«¿Se ha fijado usted en lo que ha hecho esa persona, princesa?», dijo el general de Froberville a la princesa des Laumes, a quien había ido a saludar y a la que Mme. de Saint-Euverte abandonó por un instante. «Curioso, ¿verdad? ¿No será una artista?

»—No, es una hija de Mme. de Cambremer», respondió atolondrada la princesa, que añadió vivamente: «Le repito lo que he oído decir, no tengo ni la menor idea de quién es, detrás de mí han dicho que eran vecinos de campo de Mme. de Saint-Euverte, pero no creo que nadie los conozca. ¡Deben de ser "gentes del campo"! Además, no sé si está usted muy enterado de la brillante compañía que hay en esta sala, pero yo no tengo idea del nombre de ninguna de estas sorprendentes personas. ¿En qué cree que pasan su vida dejando aparte las veladas de Saint-Euverte? Seguro que las ha alquilado junto con los músicos, las sillas y los refrescos. Admita que son magníficos estos "invitados de casa Belloir".[144] ¿Tendrá realmente el valor de alquilar estos figurantes todas las semanas? ¡No es posible!

»—¡Ah! Pero Cambremer es un apellido auténtico y antiguo,[145] dijo el general.

»—No veo ningún inconveniente en que sea antiguo, replicó en tono seco la princesa, pero en cualquier caso no es *eufónico*», añadió subrayando la palabra *eufónico* como si estuviera entre comillas, pequeña afectación del habla particular del círculo Guermantes.

«¿Usted cree? Es bonita a rabiar, dijo el general que no perdía de vista a Mme. de Cambremer. ¿No es de mi opinión, princesa?

»—Se exhibe demasiado, y a mi entender en una mujer tan joven no resulta agradable, pues no creo que sea mi contemporánea», respondió Mme. de Laumes (expresión esta que era común a los Gallardon y a los Guermantes).

Pero viendo la princesa que el señor de Froberville seguía mirando a Mme. de Cambremer, añadió un poco por maldad hacia ella y otro poco por amabilidad con el general: «No resulta agradable… ¡para su marido! Dado que tanto le interesa a usted, lamento no conocerla, se la habría presentado», dijo la princesa, quien probablemente, de haber conocido a la joven, se habría guardado de hacerlo. «Me veo obligada a despedirme,

144. Belloir, situada en la calle de la Victoire, era una casa donde se alquilaban diversos artículos para fiestas, bailes y recepciones, en especial sillas doradas, destinadas a los invitados de segunda categoría; delante de ellas se colocaban los sillones ocupados por los invitados de primer orden.

145. En la región de Calvados (Normandía), Cambremer se conoce como apellido desde el siglo VII. Su etimología será discutida por Brichot en *Sodoma y Gomorra*.

porque es el santo de una amiga y debo ir a felicitarla»,
dijo en tono modesto y sincero, reduciendo la reunión
mundana adonde iba a la sencillez de una ceremonia
aburrida a la que sin embargo era obligatorio y conmovedor acudir. «Además, debo reunirme allí con Basin,
que, mientras yo estaba aquí, ha ido a ver a esos amigos
que usted conoce, según creo, y que tienen nombre de
puente, los Iéna.[146]

»—Primero fue un nombre de victoria, princesa,
dijo el general. ¡Qué quiere! Para un viejo soldado
como yo», añadió quitándose el monóculo para limpiarlo, como si se hubiera cambiado un apósito, mientras la princesa apartaba instintivamente la vista, «esta
nobleza del Imperio es otra cosa, desde luego, pero en
última instancia, sea lo que fuere, es muy bello en su
género, son gentes que después de todo se batieron
como héroes.

»—Pero si estoy llena de respeto por los héroes,
dijo la princesa en un tono ligeramente irónico: si no
voy con Basin a casa de esa princesa de Iéna, no es por
nada de eso, es simplemente porque no los conozco.
Basin los conoce, los adora. ¡Oh, no, no es lo que usted
puede pensar, no se trata de un *flirt*, no tengo nada que
objetar! Además, ¡para lo que sirven cuando me opongo!», añadió en tono melancólico, pues nadie ignoraba
que desde el día siguiente a la boda del príncipe des
Laumes con su encantadora prima, no había dejado de
engañarla. «Pero, en fin, no es ese el caso, son gentes

146. Nobleza del Imperio, cuyo título toma su nombre del
puente parisiense (en francés, Iéna) construido en 1809-1813 —sobre el Sena, frente a la Torre Eiffel— para conmemorar la victoria
de Napoleón sobre el ejército prusiano en 1806, en Jena.

que conoció en el pasado, que le resultan deliciosas, y a mí me parece muy bien. Aunque debo empezar diciéndole que nada de lo que Basin me ha contado de su casa... ¡Figúrese que todos sus muebles son "Imperio"!

»—Pues naturalmente, princesa, es porque son el mobiliario de sus abuelos.

»—No le digo que no, pero no por eso son menos feos. Comprendo perfectamente que no se puedan tener cosas bonitas, pero por lo menos que no tengan cosas ridículas. ¡Qué quiere! No conozco nada más *pompier*,[147] ni más burgués que ese horrible estilo, con esas cómodas que tienen cabezas de cisnes como las bañeras.

»—Pues yo creo incluso que tienen cosas bellas, deben de tener la famosa mesa de mosaico sobre la que se firmó el tratado de...

»—¡Ah!, si yo no digo que no tengan cosas interesantes desde el punto de vista histórico ¡Pero no pueden ser bellas... porque son horribles! También yo tengo cosas de esas que Basin heredó de los Montesquiou.[148] Pero están en los desvanes de Guermantes

147. Acepción peyorativa con la que se tachó a la corriente academicista en Francia en la segunda mitad del siglo XIX. Se la consideró pasada de moda, ridículamente enfática y convencional.

148. Los Montesquiou-Fezensac —la familia de Robert de Montesquiou— se convierten en la ficción en antepasados del duque de Guermantes; entre sus miembros figura François-Xavier de Montesquiou (1756-1832), diputado del clero en los Estados Generales; se enfrentó a la Constitución civil y fue ministro de Interior (1814-1815); Luis XVIII lo nombró duque en 1821; sus descendientes estuvieron vinculados al Imperio: por ejemplo, los abuelos de Robert de Montesquiou: Élisabeth-Pierre (1764-1834) fue gran chambelán del emperador en 1810, y su esposa, Louise Le Tellier de Montmirail, aya del rey en Roma, en 1812.

donde nadie las ve. Además, en última instancia, el problema no es ese, yo correría a su casa con Basin, iría incluso a verlos en medio de sus esfinges y su cobre si los conociese, pero… ¡no los conozco! Y siempre me han dicho desde que era pequeña que no estaba bien ir a casa de gentes a las que no se conoce, dijo afectando un tono pueril. Así que hago lo que me han enseñado. ¿Se imagina a esas buenas gentes viendo entrar a una persona que no conocen? ¡Quizá me recibirían muy mal!», dijo la princesa.

Y por coquetería embelleció la sonrisa que esa suposición le arrancaba, dando a su mirada azul clavada en el general una expresión soñadora y dulce.

«Ah, princesa, demasiado sabe usted que no cabrían en sí de gozo…

»—Pues no, ¿por qué?», le preguntó con extremada vivacidad, fuese para no dar la impresión de saber que era por ser una de las mayores damas de Francia, fuese por el placer de oírselo decir al general. «¿Por qué? ¿Qué sabe usted? Quizá para ellos sería de lo más desagradable. No sé, pero si juzgo por mí, me aburre ya tanto ver a las personas que conozco que creo que, si tuviese que ver a personas que no conozco, "por muy heroicas" que fueran, me volvería loca. Además, seamos sinceros, salvo en el caso de viejos amigos como usted a los que se conoce por otros motivos, no sé si el heroísmo sería de un formato muy portátil en sociedad. Ya me aburre a menudo dar cenas, y si encima tuviera que ofrecer mi brazo a Espartaco[149] para ir a la mesa…

149. Jefe de la revuelta de los esclavos en Roma; mantuvo en jaque al ejército romano durante dos años para terminar siendo ejecutado en el 71 a. C.

No, de veras, nunca recurriría a Vercingétorix[150] salvo como decimocuarto. Siento que lo reservaría para las grandes veladas. Y como no las doy...

»—¡Ah, princesa, no en balde es usted una Guermantes! ¡Vaya si tiene usted el espíritu de los Guermantes!

»—Siempre se habla del espíritu *de los* Guermantes, nunca he podido entender por qué. ¿Conoce *algunos otros* que lo tengan?», añadió soltando una carcajada espumeante y jovial, con los rasgos de su rostro concentrados, acoplados en la red de su animación, con los ojos centelleándole, encendidos por un sol radiante de alegría que solo las palabras en alabanza de su ingenio o su belleza, aunque las dijera la misma princesa, tenían el poder de hacer brillar. «Mire, ahí tiene a Swann, que parece saludar a esa Mme. Cambremer de usted; allí... junto a la vieja Saint-Euverte, ¿no ve? Pídale que lo presente. ¡Pero dese prisa, está intentando marcharse!

»—¿Se ha fijado qué mala cara tiene?, dijo el general.

»—¡Mi pequeño Charles! Bueno, por fin viene, empezaba a sospechar que no quería verme.»

Swann apreciaba mucho a la princesa des Laumes, y verla, además, le recordaba Guermantes, tierra vecina de Combray, toda aquella región que tanto amaba y adonde ya no volvía para no alejarse de Odette. Recurriendo a fórmulas mitad artísticas, mitad galantes, con las que sabía agradar a la princesa y que recuperaba con absoluta naturalidad cuando volvía a sumergirse por un instante en su antiguo ambiente — y deseoso,

150. Jefe galo (71-46 a. C.) que luchó contra César al frente de una coalición de tribus. Tras ser hecho prisionero y llevado a Roma, fue ejecutado.

por otro lado, de expresarse a sí mismo la nostalgia que tenía del campo:

«¡Ah!», dijo hablando al tendido, para ser oído a la vez por Mme. de Saint-Euverte a quien se dirigía y por Mme. des Laumes para quien hablaba, «¡si aquí tenemos a la encantadora princesa! Ya ve, ha venido expresamente de Guermantes para escuchar el *San Francisco de Asís* de Liszt, y solo ha tenido tiempo, como un lindo paro, de ir a picotear para ponérselas en la cabeza alguna de esas pequeñas bayas de madroño de los pájaros y de espino blanco; hasta tiene todavía unas gotitas de rocío, un poco de la escarcha blanca que debe hacer gemir a la duquesa. Es muy bonito, mi querida princesa.

»—¿Que la princesa ha venido expresamente de Guermantes? ¡Eso es demasiado! No lo sabía, estoy confusa», exclamó ingenuamente Mme. de Saint-Euverte, que estaba poco acostumbrada a las ocurrencias de Swann. Y, examinando el peinado de la princesa: «Pero si es verdad, imita… cómo diría, a las castañas no, desde luego, ¡qué idea tan deliciosa! Pero ¿cómo es posible que la princesa pudiese conocer mi programa? Los músicos ni siquiera me lo han comunicado a mí».

Swann, habituado cuando estaba junto a una mujer con la que había mantenido modales galantes de lenguaje a decir cosas delicadas que muchas gentes de mundo no comprendían, no se dignó explicar a Mme. de Saint-Euverte que solo había hablado metafóricamente. En cuanto a la princesa, se echó a reír a carcajadas, porque en su círculo se tenía en grandísimo aprecio el ingenio de Swann y también por no poder oír un cumplido dirigido a ella sin encontrarle las gracias más finas y una singularidad irresistible.

«¡Qué bien, Charles! Me encanta que mis pequeñas bayas de espino blanco le gusten. ¿Por qué saluda usted a esa Cambremer? ¿Acaso es también vecina suya en el campo?»

Viendo que la princesa parecía feliz hablando con Swann, Mme. de Saint-Euverte se había alejado.

«También lo es usted, princesa.

»—¿Yo? ¡Pero esa gente tiene campos en todas partes! ¡Cómo me gustaría estar en su lugar!

»—No son los Cambremer, eran los padres de ella; es una de las hijas de Legrandin, que iba a Combray. No sé si sabe que es usted condesa de Combray y que el cabildo tiene que pagarle un canon.

»—No sé lo que me debe el cabildo, lo que sí sé es que el cura me saca todos los años cien francos, de lo que prescindiría de buena gana. En fin, esos Cambremer tienen un apellido bastante chocante. ¡Termina justo a tiempo, pero termina mal!, dijo riendo.

»—No empieza mucho mejor, respondió Swann.

»—En efecto, ¡vaya una doble abreviación!…[151]

»—Debió de ser alguien muy enfadado y muy fino que no tuvo valor para llegar hasta el final de la primera palabra.

»—Pero ya que no podía dejar de empezar la segunda, mejor habría hecho rematando la primera y acabar de una vez. Estamos haciendo bromas de un gusto delicioso, mi pequeño Charles, pero qué fastidio no verlo más, añadió en tono zalamero, me gusta tanto

151. La alusión recuerda una frase lapidaria pronunciada por el general Pierre Jacques Cambronne (1770-1842), a quien proponían la rendición cuando la batalla de Waterloo estaba ya perdida; además, el apellido Cambremer termina «justo a tiempo»: -mer*de* = mierda.

hablar con usted. Piense que a ese idiota de Froberville ni siquiera habría podido hacerle comprender que el apellido de Cambremer era chocante. Confiese que la vida es algo espantoso. Solo cuando lo veo a usted dejo de aburrirme.»

Y sin duda no era cierto. Pero Swann y la princesa tenían una misma forma de juzgar las cosas insignificantes cuyo efecto —a menos que fuese su causa— era una gran analogía en el modo de expresarse e incluso en la pronunciación. Esa semejanza no llamaba la atención porque no había nada más distinto que sus dos voces. Pero si mentalmente se conseguía eliminar de las palabras de Swann la sonoridad que las envolvía, los bigotes entre los que brotaban, no tardaba uno en darse cuenta de que eran las mismas frases, las mismas inflexiones, el estilo del círculo Guermantes. Para las cosas importantes, Swann y la princesa no tenían las mismas ideas en nada. Pero desde que Swann estaba tan triste, sintiendo siempre esa especie de escalofrío que precede al momento en que vamos a llorar, tenía la misma necesidad de hablar de su pena que un asesino de hablar de su crimen. Al oír a la princesa decirle que la vida era algo espantoso, sintió la misma dulzura que si le hubiese hablado de Odette.

«¡Oh, sí, la vida es algo espantoso! Tenemos que vernos, mi querida amiga. Lo más gentil de usted es que no es alegre. Podríamos pasar una velada juntos.

»—Ya lo creo, ¿por qué no viene a Guermantes?, mi suegra se volvería loca de alegría. Esa región pasa por ser feísima, pero le diré que a mí no me desagrada, me horrorizan las comarcas "pintorescas".

»—Ya lo creo, es admirable, respondió Swann, casi demasiado hermosa, demasiado viva para mí, en este momento; es una tierra para ser feliz. Quizá porque he vivido en ella, pero allí las cosas me hablan tanto. Basta que se levante un soplo de aire para que los trigales empiecen a agitarse, me parece que alguien está a punto de llegar, que voy a recibir una noticia; y esas casitas a orillas del agua… ¡sería tan desdichado!

»—¡Oh, mi pequeño Charles!, tenga cuidado, ahí está la horrible Rampillon, que me ha visto, escóndame, recuérdeme qué le ha ocurrido, me hago un lío, no sé si acaba de casar a su hija o a su amante, no sé; quizá a los dos… ¡y al uno con la otra!… ¡Ah, no, ya me acuerdo! Ha sido repudiada por su príncipe… finja que está hablándome para que esa Berenice[152] no venga a invitarme a cenar. Lo mejor que puedo hacer es irme. Escuche, mi pequeño Charles, para una vez que lo veo, no quiere dejarse raptar y que lo lleve a casa de la princesa de Parme, que se alegraría mucho, y también Basin, con el que debo reunirme allí. Si no fuese porque Memé nos da noticias suyas… ¡Piense que ya no lo veo nunca!»

Swann no aceptó; había advertido al señor de Charlus que, cuando dejase el palacete de Mme. de Saint-Euverte, regresaría directamente a casa, y no quería arriesgarse, por ir al domicilio de la princesa de Parme, a perderse una nota que había estado esperando todo el tiempo que un criado le entregase durante la velada, y que quizá iba a encontrar en su portería. «Ese pobre Swann, dijo esa noche Mme. des Laumes a su marido, siempre tan encantador, pero parece muy triste. Ya lo

152. Alusión a la protagonista de la obra de ese título de Racine: Tito se llevó a Roma como botín de guerra a Berenice, princesa judía con la que no se atrevió a casarse para no desagradar al pueblo romano.

verá, porque ha prometido venir a cenar un día de estos. Me parece ridículo en el fondo que un hombre de su inteligencia sufra por una persona de esa clase y que ni siquiera tiene interés, dicen que es idiota», añadió con la sensatez de las gentes no enamoradas que piensan que un hombre inteligente solo debería ser desgraciado por una persona que mereciese la pena; es poco más o menos como extrañarse de que una persona se digne padecer el cólera por culpa de un ser tan minúsculo como el bacilo vírgula.[153]

Swann quería marcharse, pero en el momento en que por fin iba a escabullirse, el general de Froberville le pidió que lo presentara a Mme. de Cambremer y se vio obligado a regresar con él al salón para buscarla.

«Verá usted, Swann, preferiría ser el marido de esa mujer antes que ser asesinado por los salvajes, ¿qué le parece?»

Esas palabras, «ser asesinado por los salvajes», traspasaron dolorosamente el corazón de Swann; y acto seguido sintió la necesidad de proseguir la conversación con el general:

«¡Ah!, le dijo, ha habido muchas bellas vidas que acabaron de esa manera... Por ejemplo... aquel navegante cuyas cenizas trajo Dumont d'Urville,[154] La Pé-

153. Descubierto recientemente —según la acción narrativa— por Robert Koch en 1884. Se denominó «bacilo vírgula» debido a su ligera curvatura.

154. J.-S.-C. Dumont d'Urville (1790-1842), navegante francés que exploró las costas de Nueva Guinea y de Nueva Zelanda, dio la vuelta al mundo y encontró los restos de la expedición de La Pérouse en Vanikoro, en el archipiélago de Santa Cruz.

Jean-François de Galoup (1741-1788), conde de La Pérouse, fue el más conocido de los exploradores franceses de su siglo junto con Bougainville. Enviado por Luis XVI, al mando de dos fragatas

rouse...» (Y Swann era ya feliz como si le hubieran hablado de Odette). «Notable personaje que me interesa mucho ese La Pérouse, añadió con aire melancólico.

»—¡Ah, sí, La Pérouse!, dijo el general. Es un nombre famoso. Tiene calle.

»—¿Conoce a alguien en la calle La Pérouse?, preguntó Swann algo inquieto.

»—Solo conozco a Mme. de Chanlivault, hermana de aquel valiente Chaussepierre. El otro día nos dio una velada de teatro deliciosa. ¡Un día ese salón será muy elegante, ya lo verá!

»—¡Ah!, y vive en la calle La Pérouse. Es una simpática calle, bonita, tan triste.

»—¡Qué va!, se ve que hace mucho que no ha pasado por allí; aquello ya no es triste, han empezado a construir por todo ese barrio.»

Cuando por fin Swann presentó al señor de Froberville a la joven Mme. de Cambremer, como era la primera vez que esta oía el nombre del general, esbozó la misma sonrisa de alegría y de sorpresa que habría puesto si en su presencia nunca se hubiera pronunciado otro nombre, porque, como no conocía a los amigos de su nueva familia, siempre que le presentaban una persona creía que era uno de ellos, y pensando dar muestras de tacto simulando haber oído hablar mucho de ella desde que se había casado, tendía la mano con un gesto vacilante destinado a demostrar la aprendida reserva que debía vencer y la espontánea simpatía con que lograba triunfar. Por eso sus suegros, a quienes se-

---

(*La Boussole* y *L'Astrolabe*), a explorar las islas de Oceanía, llegó a la isla de Pascua, a las Hawai, pasó a Macao, Filipinas y Corea, y bajó luego hacia el Pacífico, donde naufragó.

guía creyendo las personas más brillantes de Francia, declaraban que era un ángel; sobre todo porque, al casarla con su hijo, preferían aparentar que habían cedido al atractivo de sus cualidades antes que al de su gran fortuna.

«Se ve que tiene usted alma de aficionada a la música, señora», le dijo el general aludiendo de manera inconsciente al incidente de la arandela.

Pero el concierto se reanudó y Swann comprendió que no podría irse antes del final de aquel nuevo número del programa. Sufría por permanecer encerrado en medio de aquella gente cuya necedad y ridiculeces lo herían tanto más dolorosamente cuanto que, ignorantes de su amor, incapaces, si lo hubieran conocido, de prestarle interés y de hacer otra cosa que sonreír como ante una chiquillada o deplorarlo como una locura, se lo mostraban bajo el aspecto de un estado subjetivo que solo existía para él, y cuya realidad no confirmaba ningún dato exterior; sufría sobre todo, y hasta el punto de que incluso el sonido de los instrumentos le provocaba deseos de gritar, por prolongar su exilio en aquel sitio adonde Odette no iría nunca, donde nada ni nadie la conocía, de donde estaba totalmente ausente.

Pero de pronto fue como si ella hubiera entrado, y esta aparición le infligió un sufrimiento tan desgarrador que hubo de llevarse la mano al corazón. Y es que el violín había ascendido a unas notas altas donde permanecía como para una espera, espera que se prolongaba sin que dejara de sostenerlas, en medio de la exaltación que lo invadía al ver acercarse ya el objeto de su espera, y haciendo un esfuerzo desesperado por tratar de durar hasta su llegada, de acogerlo antes de expirar, de mantener todavía un momento, con todas sus últimas fuerzas, el camino abierto para que pudiera pasar, igual que se sujeta una puerta que de otro modo volvería a cerrarse. Y antes de que Swann tuviera tiempo de comprender, y de decirse: «¡Es la pequeña frase de la sonata de Vinteuil, no escuchemos!», todos los recuerdos de la época en que Odette estaba enamorada de él, y que hasta ese día había logrado mantener invisibles en las profundidades de su ser, engañados por aquel brusco rayo del tiempo de amor, suponiendo que volvía, habían despertado y a vuelo de pájaro habían remontado para cantarle locamente, sin piedad para con su infortunio presente, los olvidados estribillos de la felicidad.

En lugar de expresiones abstractas como «tiempo en que era feliz», «tiempo en que era amado», que hasta entonces había pronunciado a menudo y sin sufrir demasiado, porque su inteligencia había metido allí supuestos extractos del pasado que no conservaban nada de él, volvió a encontrar de aquella felicidad perdida todo aquello que había fijado para siempre la específica y volátil esencia; volvió a ver todo, los pétalos nivosos y rizados del crisantemo que ella le lanzara al coche, y que él había conservado contra los labios — el membrete en relieve de la «Maison Dorée», sobre la carta en la que había leído: «Me tiembla tanto la mano al escribirle» —, el fruncimiento de sus cejas cuando ella, en tono suplicante, le había dicho: «¿Verdad que no tardará mucho en volver a llamarme?»; percibió el olor de las tenacillas del peluquero que le cardaba el peinado a «cepillo» mientras Lorédan iba en busca de la obrerita, los chaparrones de lluvia que cayeron con tanta frecuencia aquella primavera, la glacial vuelta a casa en su victoria a la luz de la luna: todas las mallas de hábitos mentales, de impresiones estacionales, de reacciones cutáneas, que habían extendido sobre una sucesión de semanas una red uniforme en la que su cuerpo se encontraba atrapado de nuevo. En ese instante satisfacía una curiosidad voluptuosa conociendo los placeres de quienes viven por el amor. Había creído que podría limitarse a eso, que no estaría obligado a conocer sus dolores; ahora, ¡qué poca cosa representaba para él el encanto de Odette comparado con aquel formidable terror que lo prolongaba como un halo turbio, con aquella inmensa angustia de no saber lo que ella había hecho en todo momento, de no poseerla en todas partes y siempre! Recordó, ¡ay!, el tono con que ella había exclamado: «¡Siempre podré verle, yo siempre estoy libre!», ella ¡que ya no lo estaba nunca!; el interés, la curiosidad que había tenido por la vida de Swann, el apasionado deseo de que Swann le hiciera el favor —que en esa época en cambio él temía como causa de enojosas molestias— de dejarla entrar en ella; cómo se había visto obligada a rogarle para que se dejara llevar a casa de los Verdurin; y, en la época en que él lo hacía venir a su casa una vez al mes, cuánto había tenido que repetirle, antes de que Swann se dejase doblegar, la delicia que sería el hábito de verse a diario con que ella soñaba entonces mientras que a él solo le parecía un engorro enojoso, que luego ella había detestado para acabar interrumpiéndolo definitivamente cuando para él ya se había convertido en una necesidad tan invencible y tan dolorosa. No sabía que dijese tan gran verdad cuando, la tercera vez que la había visto, al repetirle ella: «Pero ¿por qué no me deja venir más a menudo?», él le había contestado riendo, con galantería: «Por miedo a sufrir». Ahora, ¡ay!, a veces aún ocurría que le escribiera desde un restaurante o un hotel en un papel que llevaba impreso el membrete; pero eran como letras de fuego que lo quemaban. «¿Está escrita en el hotel Vouillemont?[155] ¿Qué puede haber ido a hacer allí? ¿Con quién? ¿Qué ha pasado?» Se acordó de los mecheros de gas que ya apagaban en el bulevar des Italiens cuando, contra toda esperanza, la había encontrado entre las sombras errantes aquella noche que le había parecido casi sobrenatural y que en efecto —noche de un tiempo en el que ni siquiera tenía que preguntarse si iba a contrariarla buscándola, encontrándola, tan seguro estaba de que su mayor alegría era verlo y volver a casa con él— pertenecía a un mundo misterioso al que nunca se puede regresar una vez que se han cerrado las puertas. Y Swann vislumbró, inmóvil frente a esa felicidad revivida, a un infeliz que le dio lástima porque no lo reconoció enseguida, hasta el punto de que hubo de bajar los ojos para que no se viese que estaban llenos de lágrimas. Era él mismo.

Cuando lo hubo comprendido, cesó su lástima, pero sintió celos de aquel otro él mismo al que ella había amado, sintió celos de aquellos de quienes muchas veces se había dicho sin sufrir demasiado «tal vez los ama», ahora que había cambiado la vaga idea de amar, en la que no hay amor, por los pétalos del crisantemo y el «membrete» de la Maison d'Or, que sí estaban llenos de amor. Como su dolor iba volviéndose demasiado agudo, se pasó la mano por la frente, dejó caer el monóculo, limpió el cristal. Y desde luego, de haberse

<hr>

155. Elegante hotel situado en la calle Boissy-d'Anglas, cerca de la Concorde, donde residió la reina de Nápoles, Marie-Sophie-Amélie (1841-1925), viuda del rey Francisco II de las Dos Sicilias, depuesto en 1861.

visto en ese momento, habría añadido a la colección de los que lo habían sorprendido su propio monóculo, que apartaba como un pensamiento inoportuno y sobre cuya superficie empañada trataba de borrar, con un pañuelo, sus penas.

Hay en el violín —cuando, por no ver el instrumento, no podemos relacionar lo que oímos con su imagen, la cual modifica su sonoridad— acentos que son tan afines con ciertas voces de contralto que se tiene la ilusión de que al concierto se le ha añadido una cantante. Alzamos la vista, solo vemos los estuches, preciosos como cajas chinas, pero, por momentos, todavía nos engaña el falso reclamo de la sirena; también a veces creemos oír a un genio cautivo debatiéndose en el fondo de la docta caja, embrujada y trémula, como un demonio en una pila de agua bendita; y otras veces, por último, parece que por el aire pasa una especie de ser sobrenatural y puro desplegando su invisible mensaje.

Como si los instrumentistas, mucho más que tocar la pequeña frase, ejecutasen los ritos exigidos por ella para que apareciese, y procedieran a los encantamientos necesarios para obtener y prolongar por unos instantes el prodigio de su evocación, Swann, que ya no podía verla como si la frase hubiera pertenecido a un mundo ultravioleta, y que casi paladeaba el frescor de una metamorfosis en la momentánea ceguera que lo aquejaba al acercarse a ella, Swann la sentía presente, como una diosa protectora y confidente de su amor, y que para poder llegar hasta él ante la muchedumbre y llevárselo aparte para hablarle, había asumido el disfraz de aquella apariencia sonora. Y mientras pasaba, ligera, tranquilizadora y murmurada como un perfume, diciéndole el mensaje que tenía que decirle y cuyas palabras él escrutaba una por una, lamentando verlas desvanecerse tan pronto, hacía involuntariamente con los labios el ademán de besar, a su paso, aquel cuerpo armonioso y huidizo. Ya no se sentía exiliado y solo, porque la frase, que se dirigía a él, le hablaba a media voz de Odette. De hecho, ya no tenía como en el pasado la impresión de que Odette y él fueran desconocidos para la pequeña frase. ¡Había sido testigo tan a menudo de sus alegrías! Cierto es que también a menudo lo había advertido de su fragilidad. E incluso, mientras que en aquella época adivinaba el sufrimiento en su sonrisa, en su entonación límpida y desencantada, hoy le encontraba más bien la gracia de una resignación casi alegre. De aquellas penas de las que en el pasado le hablaba y que le veía arrastrar, sin que a él le afectasen, sonriendo en su curso sinuoso y rápido, de aquellas penas que ahora se habían vuelto las suyas sin que tuviera la esperanza de librarse nunca de ellas, la frase parecía decirle como en otro tiempo de su felicidad: «¿Qué es eso? Todo eso no es nada». Y por primera vez el pensamiento de Swann en un arranque de piedad y ternura se dirigió hacia aquel Vinteuil, hacia aquel hermano desconocido y sublime que también había debido sufrir tanto; ¿qué vida había podido ser la suya? ¿Del fondo de qué dolores había sacado aquella fuerza de dios, aquella ilimitada potencia para crear? Cuando era la pequeña frase la que le hablaba de la vanidad de sus sufrimientos, Swann encontraba dulzura en aquella misma sensatez que un momento antes sin embargo le había parecido intolerable cuando creía leerla en los rostros de los indiferentes que consideraban su amor como una divagación sin importancia. Y es que la pequeña frase en cambio, cualquiera que fuese la opinión que pudiera tener sobre la breve duración de esos estados de ánimo, veía en ellos, no como hacía toda aquella gente, una cosa menos seria que la vida positiva, sino por el contrario algo tan superior a ella que era lo único que merecía la pena ser expresado. Estos atractivos de una tristeza íntima eran los que la pequeña frase trataba de imitar, de recrear, y hasta en su esencia que es sin embargo la de ser incomunicables y parecer frívolos a todo aquel que no los experimenta. Hasta el punto de que la frase hacía confesar su valor y saborear su divina dulzura a todos aquellos mismos asistentes —a poco que entendieran de música— que luego no sabrían reconocerlos en la vida, en cada amor particular que vieran nacer a su lado. Indudablemente, la forma en que la sonata los había codificado no podía traducirse en razonamientos. Pero desde hacía más de un año, cuando, revelándole a él mismo tantas riquezas de su alma, el amor por la música había nacido en él al menos por algún tiempo, Swann tenía los motivos musicales por verdaderas ideas, pertenecientes a otro mundo, a otro orden, ideas veladas por tinieblas, desconocidas, impenetrables para la inteligencia, pero que no son menos perfectamente distintas unas de otras, desiguales entre sí en valor y significado. Cuando, después de la velada Verdurin, al hacer que volvieran a tocar la pequeña frase, había intentado discernir cómo, a la manera de un perfume, de una caricia, ella lo rodeaba, lo envolvía, se había dado cuenta de que aquella impresión de dulzura retraída y friolenta se debía a la escasa distancia entre las cinco notas que la formaban y a la evocación constante de dos de ellas; pero en realidad sabía que razonaba así no sobre la frase misma sino sobre simples valores, sustituidos para comodidad de su inteligencia por la misteriosa entidad que había percibido, antes de conocer a los Verdurin, en aquella velada donde había escuchado la sonata por primera vez. Sabía que el recuerdo mismo del piano falseaba aún el plano en que veía las cosas de la música, que el campo abierto al músico no es un mezquino teclado de siete notas, sino un teclado inconmensurable, casi del todo desconocido todavía, donde aquí y allá, separadas por densas tinieblas inexploradas, solo algunos de los millones de teclas de ternura, de pasión, de coraje, de serenidad que lo componen, tan distintas de las otras como un universo de otro universo, han sido descubiertas por algunos grandes artistas que, despertando en nosotros la correspondencia del tema que encontraron, nos hacen el servicio de mostrarnos qué riqueza, qué variedad, sin nosotros saberlo, oculta esa gran noche impenetrada y descorazonadora de nuestra alma que nosotros tomamos por el vacío y por la nada. Vinteuil había sido uno de esos músicos. En su pequeña frase, aunque presentase a la razón una superficie oscura, se advertía un contenido tan consistente, tan explícito, al que daba una fuerza tan nueva, tan original, que quienes la habían oído la conservaban dentro de sí en pie de igualdad con las ideas de la inteligencia. Swann se remitía a ella como a una concepción del amor y de la felicidad cuya particularidad apreciaba con la misma inmediatez que en el caso de *La Princesa de Clèves* o la de *René*,[156] cuando su nombre se presentaba a su memoria. Incluso

156. *La princesa de Clèves*, publicada en 1678 por Mme. de Lafayette (1634-1693), expresa el ideal aristocrático y clásico del amor, mientras que *René* (1802), de Chateaubriand (1768-1848), defiende la concepción romántica y apasionada.

cuando no pensaba en ella, la pequeña frase existía latente en su espíritu lo mismo que algunas otras nociones sin equivalente, como las nociones de la luz, del sonido, del relieve, de la voluptuosidad física, que son las ricas posesiones con que se diversifica y se engalana nuestro reino interior. Quizá las perdamos, quizá se desvanezcan, si volvemos a la nada. Pero mientras vivamos, no podemos hacer como si no las hubiéramos conocido, igual que no podemos hacerlo con algún objeto real, igual que no podemos por ejemplo dudar de la luz de la lámpara que se enciende ante los objetos metamorfoseados de nuestro cuarto de donde hasta el recuerdo de la oscuridad se ha desvanecido. Por eso, la frase de Vinteuil, como por ejemplo tal tema de *Tristán*,[157] que también representa para nosotros una cierta adquisición sentimental, se había unido a nuestra condición mortal, asumido algo de humano que era bastante conmovedor. Su suerte estaba ligada al futuro, a la realidad de nuestra alma de la que era uno de los ornamentos más particulares, mejor diferenciados. Tal vez sea la nada lo verdadero y todo nuestro sueño sea inexistente, pero entonces sentimos que también esas frases musicales, esas nociones que existen por su relación con él, tendrán que dejar de existir. Pereceremos, pero tenemos por rehenes a esas divinas cautivas que correrán nuestra suerte. Y la muerte unida a ellas parece menos amarga, menos carente de gloria, quizá menos probable.

Swann no andaba por tanto muy descaminado al pensar que la frase de la sonata existía realmente. Claro

---

157. La ópera *Tristán e Isolda* fue concluida por Richard Wagner en 1859.

que, humana desde este punto de vista, pertenecía sin embargo a un orden de criaturas sobrenaturales y que nunca hemos visto, pero que pese a ello reconocemos extasiados cuando algún explorador de lo invisible consigue captar una, traerla, desde el mundo divino al que él tiene acceso, para que brille algunos instantes por encima del nuestro. Es lo que Vinteuil había hecho con la pequeña frase. Swann sentía que el compositor se había limitado, con sus instrumentos de música, a quitarle el velo, a volverla visible, siguiendo y respetando su dibujo con mano tan suave, tan prudente, tan delicada y tan segura que el sonido se alteraba en todo momento, difuminándose para indicar una sombra, revivificado cuando debía seguir la pista de un contorno más audaz. Y una prueba de que Swann no se engañaba al creer en la existencia real de aquella frase es que cualquier entendido algo sutil se hubiera dado cuenta inmediatamente de la impostura si Vinteuil, con menos poder para ver y reproducir sus formas, hubiera tratado de disimular, añadiendo aquí y allá algunos rasgos de su cosecha, las lagunas de su visión o las debilidades de su mano.

Ahora había desaparecido. Swann sabía que reaparecería al final del último movimiento, después de un largo fragmento que el pianista de Mme. Verdurin se saltaba siempre. Había en ella admirables ideas que Swann no había distinguido en la primera audición y que ahora percibía, como si, en el vestuario de su memoria, se hubieran despojado del disfraz uniforme de la novedad. Swann escuchaba todos los temas dispersos que entrarían en la composición de la frase, como las premisas en la conclusión necesaria, asistía a su génesis. «¡Oh, qué audacia!, acaso tan genial, se decía, como la

de un Lavoisier, de un Ampère,[158] la audacia de un Vinteuil experimentando, descubriendo las leyes secretas
de una fuerza desconocida, llevando a través de lo inex-
plorado, hacia la única meta posible, los invisibles cor-
celes en que confía y que nunca podrá ver.» ¡Qué bello
el diálogo que Swann oyó entre el piano y el violín al
principio del último fragmento! La supresión de las
palabras humanas, lejos de permitir que reinase la fantasía, como habría podido creerse, la había eliminado;
nunca el lenguaje hablado fue expresión de una necesidad tan inflexible, ni conoció hasta ese punto la perti-
nencia de las preguntas, la evidencia de las respuestas.
Al principio, el piano solitario se quejó, como un pájaro
abandonado por su pareja; el violín lo oyó, le respondió
como desde un árbol vecino. Era como en el principio
del mundo, como si aún solo ellos dos existieran sobre
la tierra, o más bien, en ese mundo cerrado a todo lo
demás, construido por la lógica de un creador y donde
nunca estarían más que ellos dos solos: aquella sonata.
¿Era un pájaro, era el alma todavía incompleta de la
pequeña frase, era un hada aquel ser invisible y quejum-
broso cuyo lamento repetía luego con ternura el piano?
Sus gritos eran tan repentinos que el violinista debía
precipitarse sobre su arco para recogerlos. ¡Maravilloso

158. Antoine-Laurent Lavoisier (1743-1794), considerado como
el fundador de la química moderna por su *Tratado elemental de la
química*, descubrió la composición del aire y del agua, el papel del
oxígeno en las combustiones, etc.

André-Marie Ampère (1775-1836), autor del *Ensayo sobre la
filosofía de las ciencias*, descubrió la creación de los campos magné-
ticos por las corrientes eléctricas e inventó el galvanómetro, el telé-
grafo eléctrico y el electroimán (este en colaboración con Arago).
Proust hace una equivalencia entre los descubrimientos de Vinteuil
y Wagner y los de los mayores experimentadores de su siglo.

pájaro! Parecía como si el violinista quisiera encantarlo, domesticarlo, captárselo. Ya había pasado a su alma, ya la pequeña frase evocada agitaba como el de un médium el cuerpo realmente poseído del violinista. Swann sabía que la frase hablaría una vez más. Y se había desdoblado tan bien que la espera del instante inminente en que de nuevo iba a encontrarse frente a ella lo sacudió con uno de esos sollozos que un bello verso o una triste noticia provocan en nosotros, no cuando estamos solos, sino cuando se los comunicamos a amigos en quienes nos vemos reflejados como un otro cuya probable emoción los enternece. Reapareció, pero esta vez para suspenderse en el aire y recrearse solo un momento, como inmóvil, y para luego expirar. Por eso Swann no perdía nada del tiempo tan breve en que se prorrogaba. Todavía seguía allí como una flotante burbuja irisada. Como un arco iris, cuyo esplendor se debilita, se atenúa, después se reaviva y, antes de apagarse, se exalta un momento como antes aún no había hecho: a los dos colores que hasta entonces había dejado aparecer, la pequeña frase añadió otras cuerdas iridiscentes, todas las del prisma, y las hizo cantar. No se atrevía Swann a moverse y habría querido obligar a los demás a permanecer tranquilos también, como si el menor movimiento hubiera podido comprometer el prestigio sobrenatural, delicioso y frágil que casi estaba a punto de desvanecerse. Nadie, a decir verdad, pensaba en hablar. La palabra inefable de un solo ausente, tal vez de un muerto (Swann no sabía si Vinteuil aún vivía), exhalándose por encima de los ritos de aquellos oficiantes, bastaba para mantener en jaque la atención de trescientas personas, y hacía de aquel estrado en el que así era evocada un alma uno de los más nobles altares consagrados en los que pudiera cumplirse una ceremonia sobrenatural. De suerte que, cuando la frase por fin se hubo disuelto, flotando en jirones en los motivos siguientes que ya habían ocupado su lugar, aunque Swann se irritó en el primer momento viendo a la condesa de Monteriender, célebre por sus ingenuidades, inclinarse hacia él para confiarle sus impresiones antes incluso de que la sonata hubiera concluido, no pudo dejar de sonreír, y quizá también de encontrar un sentido profundo que ella no veía en las palabras de que se sirvió. Maravillada por el virtuosismo de los ejecutantes, la condesa exclamó dirigiéndose a Swann: «Es prodigioso, nunca he visto nada tan fuerte…». Pero un escrúpulo de exactitud le hizo corregir esa primera aserción y añadió esta reserva: «nada tan fuerte… ¡desde las mesas giratorias!».

A partir de esa velada, Swann comprendió que nunca más renacería el sentimiento que Odette había tenido hacia él, que sus esperanzas de felicidad ya no se cumplirían. Y los días en que por casualidad aún se mostraba amable y cariñosa con él, si había tenido alguna atención, Swann anotaba aquellos signos aparentes y engañosos de un ligero retorno hacia él con esa solicitud enternecida y escéptica, con esa alegría desesperada de quienes, cuidando a un amigo que ha llegado a los últimos días de una enfermedad incurable, relatan como hechos preciosos: «Ayer, él solo hizo sus cuentas y fue quien descubrió en la suma un error que nosotros habíamos cometido; ha comido un huevo con mucho gusto, si lo digiere bien mañana probaremos con una chuleta», aun a sabiendas de que todos ellos carecen de significación en vísperas de una muerte inevitable. Indudablemente Swann estaba seguro de que, de vivir ahora lejos de ella, Odette habría terminado por resultarle indiferente, de modo que se habría alegrado mucho de que dejase París para siempre; él habría tenido el valor de quedarse; pero no tenía el de irse.

La idea se le había ocurrido a menudo. Ahora que se había centrado en su estudio sobre Vermeer, habría necesitado volver al menos unos días a La Haya, a Dresde, a Brunswick. Estaba convencido de que una *Diana en el baño* comprada por el Mauritshuis en la subasta Goldschmidt como un Nicolas Maes era en realidad de Vermeer.[159] Y habría querido poder estudiar de cerca el cuadro para confirmar su convicción. Pero dejar París mientras Odette estaba allí e incluso cuando estaba ausente —porque en lugares nuevos donde las sensaciones no están amortiguadas por la costumbre, el dolor cobra vigor, se reanima—, era para él un proyecto tan cruel que solo se sentía capaz de pensar continuamente en él porque se sabía decidido a no llevarlo a cabo nunca. Pero a veces, durmiendo, la intención del viaje renacía —sin acordarse de que tal viaje era imposible— y se realizaba en sueños. Un día soñó que se iba por un año; asomado a la portezuela del vagón hacia un joven que en el andén lo despedía llorando, Swann trataba de convencerlo para que se fuera con él. Al ponerse el tren en marcha, lo despertó la ansiedad, se acordó de que no se iba, de que vería a Odette esa misma noche, al día siguiente y casi cada día. Entonces, aún totalmente emocionado por el sueño, ben-

159. *El baño de Diana* fue comprado como atribuido a Nicolas Maes (1634-1693) por el museo Mauritshuis de La Haya el 4 de mayo de 1876, en París, durante la subasta de la colección de Neville D. Goldschmidt, coleccionista y marchante de cuadros. Desde 1907 se atribuye a Vermeer.

dijo las particulares circunstancias que lo volvían independiente, gracias a las cuales podía permanecer cerca de Odette, y también conseguir que le permitiera verla algunas veces; y, recapitulando todas esas ventajas: su posición social — su fortuna, que ella necesitaba con demasiada frecuencia para no retroceder ante una ruptura (decían incluso que abrigaba la idea de que Swann se casase con ella), — aquella amistad con el señor de Charlus que, a decir verdad, nunca le había permitido conseguir gran cosa de ella, pero le procuraba la dulzura de sentir que Odette oía hablar de él de un modo halagüeño por este amigo común por quien ella sentía tanta estima, — y por último, hasta su inteligencia, que dedicaba por entero a urdir cada día una intriga nueva que volviera su presencia si no agradable, al menos necesaria para Odette, — pensó en lo que habría sido de él si le hubiera faltado todo aquello, pensó que de haber sido, como tantos otros, pobre, humilde, sin recursos, obligado a aceptar cualquier trabajo, o atado a unos padres, a una esposa, habría podido verse forzado a dejar a Odette, que aquel sueño cuyo espanto estaba todavía tan próximo habría podido ser verdadero, y se dijo: «No conocemos nuestra propia felicidad. Nunca somos tan desdichados como creemos».[160] Pero calculó que aquel tipo de existencia duraba desde hacía varios años, que todo lo que podía esperar es que durase siempre, que sacrificaría sus trabajos, su placer, sus amigos, su vida entera en suma a la espera cotidiana de una cita que no podía aportarle ninguna felicidad, y se preguntó si no estaba engañándose, si lo que había favorecido su

160. La Rochefoucauld, *Máximas*, 39: «Nunca somos tan felices ni tan desgraciados como imaginamos».

relación y había impedido la ruptura no había perjudicado su destino, si el acontecimiento deseable no habría sido aquel del que tanto se alegraba que no hubiera ocurrido más que en sueños: su partida; y se dijo que nunca conocemos nuestra propia desdicha, que nunca somos tan felices como creemos.

A veces tenía la esperanza de que Odette muriese en un accidente sin sufrir, ella que siempre estaba fuera, en las calles, por la carretera, de la mañana a la noche. Y como volvía sana y salva, se admiraba de que el cuerpo humano fuera tan ágil y tan fuerte, que pudiera mantener a raya continuamente, desbaratar todos los peligros que lo rodean (y que Swann juzgaba innumerables desde que su secreto deseo los había tomado en consideración), y permite así a los seres humanos dedicarse cada día y casi impunemente a su tarea de mentira, a la búsqueda del placer. Y muy cerca de su corazón Swann sentía a aquel Mahomet II cuyo retrato, pintado por Bellini, tanto le gustaba, y quien, tras darse cuenta de que se había enamorado locamente de una de sus mujeres, la apuñaló para, según dice ingenuamente su biógrafo veneciano, recuperar su libertad de espíritu.[161] Luego se indignaba por no pensar así más que en sí mismo, y los sufrimientos que había experimentado le

161. Giovanni Maria Angiolello (1451-1525), cronista nacido en Vicenza, fue prisionero de los turcos entre 1470 y 1482. En su *Historia turchesca*, que no se editó hasta 1909, cuenta la pasión que Mehmed II sentía por una esclava griega llamada Irene, a la que degolló con su propio puñal delante de toda la corte para no verse arrastrado por su amor a dejar de lado los asuntos del imperio y preservar la grandeza de su casa. Pero quizá no fuese Angiolello la fuente de Proust, sino *Gentile Bellini et le Sultan Mohammed II*, de L. Thuasne, publicado en 1888.

parecían no merecer ninguna piedad puesto que él mismo tenía en tan poca cosa la vida de Odette.

Ya que no podía separarse definitivamente de ella, si al menos la hubiera visto sin separaciones, su dolor habría acabado por calmarse y su amor quizá por extinguirse. Y dado que ella no quería abandonar París para siempre, él hubiera deseado que no lo dejara nunca. Como sabía que la única ausencia larga de Odette todos los años era la de agosto y septiembre, tenía por lo menos la ventaja de ir disolviendo con varios meses de antelación la idea amarga en todo el Tiempo futuro, que llevaba dentro de sí por anticipación y que, compuesto por días homogéneos a los días actuales, circulaba transparente y frío en su mente alimentando su tristeza, pero sin causarle sufrimientos demasiado agudos. Pero ese futuro interior, ese río incoloro y libre, bastaba una sola palabra de Odette para alcanzarlo hasta en el mismo Swann, y como un trozo de hielo lo inmovilizaba, endurecía su fluidez, lo hacía helarse por entero; y Swann se había sentido de repente invadido por una masa enorme e infrangible que oprimía las paredes interiores de su ser hasta hacerlo estallar: es que Odette le había dicho, con una mirada risueña e irónica que lo observaba: «Forcheville hará un viaje muy bonito por Pentecostés. Se va a Egipto», y Swann había comprendido en el acto que eso significaba: «En Pentecostés me iré a Egipto con Forcheville». Y de hecho, si pocos días más tarde Swann le decía: «¿Qué hay de ese viaje que me dijiste que harías con Forcheville?», ella atolondradamente respondía: «Sí, tesoro, nos vamos el 19, ya te mandaremos una vista de las Pirámides». Entonces él quería saber si era la amante de Forcheville, preguntárselo a ella misma. Sabía que, supersticiosa como era, había ciertos perjurios que no cometería, y además el temor, que hasta entonces lo había paralizado, de irritar a Odette preguntándoselo, de hacerse detestar por ella, ahora ya no existía porque había perdido toda esperanza de llegar a ser amado nunca.

Un día recibió una carta anónima diciéndole que Odette había sido la querida de innumerables hombres (se citaban algunos, entre ellos Forcheville, el señor de Bréauté y el pintor), de mujeres, y que frecuentaba las casas de citas. Lo atormentó pensar que entre sus amigos había un ser capaz de haberle enviado aquella carta (porque ciertos detalles revelaban en quien la había escrito un conocimiento íntimo de la vida de Swann). Trató de saber quién podía haber sido. Pero nunca había tenido la menor sospecha de los actos desconocidos de las personas, de los que carecen de lazos visibles con sus palabras. Y cuando quiso saber dónde tenía que situar la desconocida región en la que debía de haberse gestado aquel acto innoble, si bajo el carácter aparente del señor de Charlus, o del señor des Laumes, o del señor d'Orsan, como ninguno de tales caballeros había aprobado nunca en su presencia las cartas anónimas y como todo lo que le habían dicho implicaba su reprobación, no vio razones para atribuir aquella infamia más al carácter de uno que de otro. El del señor de Charlus era algo desequilibrado, pero en el fondo bueno y cariñoso; el del señor des Laumes algo seco, pero sano y recto. En cuanto al señor d'Orsan, Swann nunca había conocido a nadie que incluso en las circunstancias más tristes se dirigiese a él con palabras más sentidas y gesto más discreto y más justo. Hasta el punto de que no lograba comprender el papel poco delicado que se atribuía al señor d'Orsan en los amores que mantenía con una mujer rica, y por eso, cada vez que Swann pensaba en él, se veía obligado a dejar de lado esa mala reputación inconciliable con tantos testimonios seguros de delicadeza. Durante un instante Swann sintió oscurecerse su mente y pensó en otra cosa para recuperar un poco de luz. Luego tuvo el valor de volver sobre esas reflexiones. Pero entonces, después de no haber podido sospechar de nadie, tuvo que sospechar de todo el mundo. Al fin y al cabo el señor de Charlus lo apreciaba, tenía buen corazón. Pero era un neurópata, quizá mañana llorase si lo sabía enfermo, y hoy por celos, por rabia, por cualquier idea súbita que se hubiera apoderado de él, había deseado hacerle daño. En el fondo, esa raza de hombres es la peor de todas. El príncipe des Laumes estaba lejos, desde luego, de apreciar a Swann tanto como el señor de Charlus. Pero precisamente por eso no tenía con él las mismas susceptibilidades; además era un temperamento frío sin duda, pero tan incapaz de vilezas como de grandes acciones; Swann se arrepentía de no haberse relacionado en la vida más que con personas así. Luego cavilaba que lo que impide a los hombres hacer daño a su prójimo es la bondad, que en el fondo solo podía responder de naturalezas análogas a la suya, como era, respecto a los sentimientos, la del señor de Charlus. La sola idea de causar aquel dolor a Swann lo hubiera sublevado. En cambio, con un hombre insensible, de una humanidad distinta, como era el príncipe des Laumes, ¿cómo prever a qué actos podían conducirle móviles de una esencia diferente? Tener corazón es lo importante, y el señor de Charlus lo tenía. Tampoco le faltaba a señor d'Orsan, y sus relaciones cordiales aunque poco íntimas con Swann, nacidas del agrado que, por tener la misma opinión en todo, sentían charlando juntos, ofrecían mayor tranquilidad que el exaltado afecto del señor de Charlus, capaz de entregarse a actos apasionados, buenos o malos. Si existía alguien por quien Swann siempre se había sentido comprendido y delicadamente amado, era el señor d'Orsan. De acuerdo, pero ¿aquella vida poco honorable que llevaba? Swann lamentaba no haberla tenido en cuenta, haber confesado a menudo en broma que nunca había experimentado sentimientos tan vivos de simpatía y de estima como en compañía de un canalla. Por algo, se decía ahora, desde que los hombres juzgan a su prójimo, lo hacen por sus actos. Eso es lo único que significa algo, y nada lo que decimos, lo que pensamos. Charlus y des Laumes podrán tener tales o cuales defectos, son personas honestas. Tal vez Orsan no los tiene, pero no es un hombre honrado. Es posible que haya obrado mal una vez más. Luego Swann sospechó de Rémi, quien, a decir verdad, solo habría podido inspirar la carta, pero durante un momento esa pista le pareció la buena. En primer lugar, Lorédan tenía razones para odiar a Odette. Además, ¿cómo no suponer que nuestros criados, viviendo en una situación inferior a la nuestra, añadiendo a nuestra fortuna y a nuestros defectos riquezas y vicios imaginarios por los que nos envidian y nos desprecian, puedan verse fatalmente inducidos a obrar de forma distinta que personas de nuestro mundo? También sospechó de mi abuelo. Cada vez que Swann le había pedido un favor, ¿no se lo había negado siempre? Además, con sus ideas burguesas podía haber pensado que obraba por el bien de Swann. Sospechó también de Bergotte, del pintor, de los Verdurin, admiró de pasada una vez más la prudencia de las gentes de mundo, que evitan codearse con esos medios artísticos donde pueden ocurrir esas cosas, donde tal vez hasta se admitan como bromas graciosas; pero recordaba los rasgos de rectitud de aquellos bohemios, y los comparó con la vida de argucias, casi de estafas, a la que la falta de dinero, la necesidad de lujo, la corrupción de los placeres conducen a menudo a la aristocracia. En resumen, aquella carta anónima demostraba que conocía a un ser capaz de maldad, pero no veía razón alguna para creer que esa maldad estuviese oculta en la toba —inexplorada por todos— del carácter del hombre sensible más que del hombre frío, del artista más que del burgués, del gran señor más que del criado. ¿Qué criterio adoptar para juzgar a los hombres? En el fondo, entre las personas que conocía no había una sola que no pudiera ser capaz de una infamia. ¿Tenía que dejar de verlas a todas? Se le nubló el entendimiento; se pasó dos o tres veces las manos por la frente, limpió los cristales de sus lentes con el pañuelo, y pensando que después de todo personas de su mismo nivel frecuentaban al señor de Charlus, al príncipe des Laumes y a los demás, se dijo que eso significaba, si no que fuesen incapaces de infamia, al menos que frecuentar a gente que tal vez no son incapaces de cometerlas es una necesidad de la vida a la que todos estamos sometidos. Y siguió estrechando la mano a todos aquellos amigos de los que había sospechado, con esa reserva puramente formal de que quizá habían intentado desesperarlo. En cuanto al fondo mismo de la carta, no se preocupó, porque ni una sola de las acusaciones formuladas contra Odette tenía sombra alguna de verosimilitud. Como muchos otros, Swann era mentalmente perezoso y carecía de inventiva. Sabía perfectamente como verdad general que la vida de los seres está llena de contrastes, pero para cada persona en particular imaginaba toda la parte de su vida que desconocía como idéntica a la parte que conocía. Imaginaba lo que le callaban con ayuda de lo que le decían. En los momentos en que Odette estaba a su lado, si hablaban juntos de una acción indelicada cometida o de un sentimiento indelicado experimentado por otro, ella los censuraba en virtud de los mismos principios que Swann siempre oyera profesar a sus padres y a los que había permanecido fiel; luego ella arreglaba sus flores, bebía una taza de té, se interesaba por los trabajos de Swann. Y así Swann extendía esos hábitos al resto de la vida de Odette, repetía esos gestos cuando quería representarse los momentos en que ella estaba lejos. Si se la hubiesen descrito tal como era, o más bien tal como había sido durante tanto tiempo con él, pero junto a otro hombre, habría sufrido, porque esa imagen le habría parecido verosímil. Pero que frecuentase casas de alcahuetas, se entregase a orgías con mujeres, llevase la vida crapulosa de criaturas abyectas, era una divagación insensata a cuya realización, gracias a Dios, los imaginados crisantemos, los sucesivos tés y las indignaciones virtuosas no concedían ninguna posibilidad. Solo de vez en cuando daba a entender a Odette que, por maldad, le contaban todo lo que ella hacía; y sirviéndose, a propósito, de un detalle insignificante pero verdadero del que se había enterado por casualidad, como si fuese el único trocito que dejaba traslucir a pesar suyo, entre tantos otros, de una reconstrucción completa de la vida de Odette que mantenía oculta dentro de sí, la inducía a suponer que estaba al corriente de cosas que en realidad no sabía y ni siquiera sospechaba, porque, si muchas veces conminaba a Odette a no alterar la verdad, era simplemente, se diese cuenta o no, para que Odette le dijera todo lo que hacía. Indudablemente, como le decía a Odette, amaba la sinceridad, pero la amaba como a una proxeneta que podía tenerle al corriente de la vida de su amante. Por eso, su amor a la sinceridad, al no ser desinteresado, no lo había vuelto mejor. La verdad que buscaba apasionadamente era la que Odette le diría; pero, para conseguir esa verdad, él mismo no temía recurrir a la mentira, a esa mentira que, como no cesaba de pintar a Odette, conducía a la degradación a toda criatura humana. En resumen, mentía tanto como Odette porque, más infeliz que ella, no era menos egoísta. Y ella, oyendo a Swann contarle de aquel modo cosas que ella había hecho, lo miraba con aire desconfiado y, por si acaso, enfadada, para no dar la impresión de humillarse y avergonzarse de sus actos.

Un día, durante el período de calma más largo que aún hubiera podido atravesar sin verse dominado por un ataque de celos, había aceptado ir por la noche al teatro con la princesa des Laumes. Una vez abierto el periódico para ver qué representaban, la vista del título: *Les Filles de marbre*,[162] de Théodore Barrière, le hirió de un modo tan atroz que instintivamente se echó hacia atrás y apartó la cabeza. Iluminada como por la luz de las candilejas, en el nuevo lugar en que figuraba la palabra *mármol*, que Swann había perdido la facultad de distinguir a fuerza de encontrársela con tanta frecuencia delante de los ojos, se le había vuelto de pronto visible y

---

162. *Las muchachas de mármol*, del dramaturgo francés Théodore Barrière (1823-1877), se estrenó con gran éxito en 1853: era un drama lírico en cinco actos sobre las actrices, a las que describe frías en materia de sentimientos como el mármol, y capaces de obstaculizar la vocación del verdadero artista.

le había hecho recordar inmediatamente aquella historia que Odette le había contado en el pasado, de una visita que había hecho al Salón del Palacio de la Industria en compañía de Mme. Verdurin, y en la que esta le había dicho: «Ten cuidado, yo sabré bien deshelarte, no eres de mármol». Odette le había asegurado que solo era una broma, y él no le había dado mayor importancia. Pero entonces confiaba más en ella que hoy. Y precisamente la carta anónima hablaba de amores de esa clase. Sin atreverse a levantar los ojos hacia el periódico, lo desplegó, volvió una página para no ver más aquella frase: «Les Filles de marbre», y empezó a leer maquinalmente las noticias de los departamentos. Había habido una tempestad en el canal de la Mancha, se hablaba de estragos en Dieppe, en Cabourg, en Beuzeval.[163] De pronto, volvió a echarse hacia atrás.

El nombre de Beuzeval le había hecho pensar en el de otra localidad de esa región, Beuzeville, que lleva unido a este mediante un guión otro nombre, el de Bréauté, que había visto a menudo en los mapas, pero por primera vez caía en la cuenta de que era el mismo de su amigo el señor de Bréauté, de quien la carta anónima decía que había sido amante de Odette. Después de todo, en el caso del señor de Bréauté, la acusación no era inverosímil; pero en lo referente a Mme. Verdurin, no había la menor posibilidad. Por que Odette mintiera algunas veces no podía llegarse a la conclusión de que nunca decía la verdad, y en esas palabras cambiadas con Mme. Verdurin y que ella misma le había referido a Swann, este

163. Estas tres poblaciones, pertenecientes a los departamentos Seine-Maritime, Calvados y Eure, se encuentran cerca del canal de la Mancha.

había reconocido esas bromas inútiles y peligrosas que, por inexperiencia de la vida e ignorancia del vicio, gastan las mujeres, cuya inocencia revelan y que —como por ejemplo Odette— están más lejos que ninguna otra de sentir un afecto apasionado por otra mujer. Mientras que, por el contrario, la indignación con que había rechazado las sospechas que involuntariamente su relato había suscitado en Swann por un instante cuadraba con todo lo que él sabía de los gustos, del temperamento de su querida. Pero en ese instante, por una de esas inspiraciones de celoso, análogas a la que aporta al poeta o al sabio, que aún no tienen más que una rima o una observación, la idea o la ley que les dará todo su poder, Swann recordó por vez primera una frase que Odette le había dicho hacía ya dos años: «¡Oh!, en este momento para Mme. Verdurin solo existo yo, dice que soy un amor, me besa, quiere que salga de compras con ella, quiere que la tutee». Lejos de ver entonces en esa frase relación alguna con las absurdas palabras destinadas a simular el vicio que Odette le había contado, Swann la había acogido como prueba de una calurosa amistad. Ahora el recuerdo de aquel afecto de Mme. Verdurin venía a unirse bruscamente al recuerdo de su conversación de mal gusto. Ya no podía separarlos mentalmente y los vio mezclados también en la realidad, donde el cariño prestaba algo de seriedad y de importancia a aquellas bromas que, a cambio, le hacían perder parte de su inocencia. Fue a casa de Odette. Se sentó lejos de ella. No se atrevía a besarla, por no saber si en ella, si en él, un beso iba a despertar el cariño o la cólera. Se callaba, miraba morir su amor. De pronto tomó una resolución.

«Odette, querida, le dijo, ya sé que soy odioso, pero

tengo que preguntarte unas cosas. ¿Recuerdas la idea que se me ocurrió a propósito de ti y de Mme. Verdurin? Dime si era verdad, con ella o con otra.»

Odette sacudió la cabeza frunciendo la boca, gesto que a menudo utilizan las personas para responder que no irán, que eso las aburre, a alguien que les ha preguntado: «¿Quiere ver pasar la cabalgata, asistirá usted a la Revista?». Pero ese movimiento de cabeza asociado habitualmente a un suceso futuro mezcla precisamente por eso cierta incertidumbre a la negación de un acontecimiento pasado. Además, no evoca más que simples razones de conveniencia personal antes que la reprobación, que una imposibilidad moral. Viendo que Odette le hacía así la señal de que era falso, Swann comprendió que tal vez fuese cierto.

«Ya te lo he dicho, lo sabes de sobra, añadió ella con aire irritado e infeliz.

»—Sí, lo sé, pero ¿estás segura? No me digas: "Lo sabes de sobra", dime: "Nunca he hecho ese tipo de cosas con ninguna mujer."»

Ella repitió como una lección, en tono irónico y como si quisiera librarse de él:

«Nunca he hecho ese tipo de cosas con ninguna mujer.

»—¿Puedes jurármelo por tu medalla de Nuestra Señora de Laghet?».

Swann sabía que Odette no juraría en falso por aquella medalla.

«¡Oh, qué desdichada!», exclamó, escabulléndose con un sobresalto al aprieto de la pregunta. «Pero ¿has acabado ya? ¿Qué te pasa hoy? ¿Has decidido que tengo que detestarte y aborrecerte? Mira, quería volver a estar bien contigo como antes, y así me lo agradeces.»

Pero, sin soltar la presa, como un cirujano que espera el final de un espasmo que su intervención interrumpe pero no lo hace renunciar a ella:

«Estás muy equivocada si te figuras que voy a guardarte el menor rencor por eso, Odette, le dijo con una dulzura persuasiva y engañosa. Nunca te hablo de lo que sé, y siempre sé mucho más de lo que digo. Pero solo tú puedes endulzar con tu confesión lo que me hace odiarte cuando han sido otros quienes me lo han denunciado. Mi rabia contra ti no se debe a tus actos, te perdono todo porque te amo, sino a tu falsedad, a esa falsedad absurda que te hace seguir negando cosas que sé. Pero ¿cómo quieres que pueda seguir amándote cuando veo que sostienes y me juras una cosa que sé falsa? Odette, no prolongues más este instante que es una tortura para los dos. Si quieres, todo habrá terminado en un segundo, serás libre para siempre. Dime por tu medalla si has hecho o no alguna vez esas cosas.

»—Y yo qué sé, exclamó ella con rabia, tal vez hace mucho tiempo, sin darme cuenta de lo que hacía, quizá dos o tres veces».

Swann había previsto todas las posibilidades. Pero la realidad es algo que no guarda ninguna relación con las posibilidades, como tampoco una puñalada que recibimos con los leves movimientos de las nubes sobre nuestra cabeza, porque esas palabras, «dos o tres veces», grabaron en vivo una especie de cruz en su corazón. Cosa extraña que esas palabras, «dos o tres veces», nada más que unas palabras, palabras pronunciadas en el aire, a distancia, pudieran desgarrar de aquella manera el corazón como si realmente lo tocasen, pudieran enfermarlo como un veneno que se ha ingerido. Swann pensó en aquella frase que había oído en casa de

Mme. de Saint-Euverte: «Es lo más fuerte que he visto desde las mesas giratorias». Aquel sufrimiento que sentía no se parecía a nada de lo que se había figurado. No solo porque en sus horas de la mayor desconfianza rara vez su imaginación había ido tan lejos en el mal, sino porque, incluso cuando la imaginaba, esa cosa seguía siendo vaga, incierta, desprovista de ese horror particular que se había desprendido de las palabras «quizá dos o tres veces», despojada de esa crueldad específica tan diferente de cuanto había conocido como una enfermedad que se padece por primera vez. Y sin embargo, no amaba menos a aquella Odette de la que procedía todo aquel dolor, al contrario, le resultaba más preciosa, como si a medida que crecía el sufrimiento creciese al mismo tiempo el valor del calmante, del contraveneno que solo aquella mujer poseía. Quería dedicarle más cuidados, como a una enfermedad cuando de pronto descubrimos que se agrava. Quería que la cosa horrible que le había confesado haber hecho «dos o tres veces» no volviera a repetirse. Para eso tenía que velar por Odette. Suele decirse que denunciando a un amigo los defectos de su amante, solo se consigue unirlo más a ella porque no les presta crédito, ¡pero cuánto más si se lo presta! Pero ¿cómo protegerla?, se decía Swann. Quizá pudiera preservarla de una mujer concreta, pero había cientos de mujeres, y comprendió la locura que lo había dominado cuando, la noche en que no había encontrado a Odette en casa de los Verdurin, había empezado a desear la posesión, siempre imposible, de un ser distinto. Por suerte para Swann, bajo los nuevos sufrimientos que acababan de irrumpir en su alma como hordas de invasores, existía un fondo natural más antiguo, más dulce y silenciosamente laborioso, como las células de un órgano herido que enseguida se ponen en condiciones de rehacer los tejidos lesionados, como los músculos de un miembro paralizado que tienden a recobrar sus movimientos. Esos habitantes más antiguos, más autóctonos de su alma, emplearon por un instante todas las fuerzas de Swann en ese trabajo oscuramente reparador que produce la ilusión del reposo a un convaleciente, a un operado. Esta vez, no fue tanto como solía en el cerebro de Swann donde se produjo aquel alivio por agotamiento sino más bien en su corazón. Pero todas las cosas de la vida que han existido una vez tienden a recrearse, y como un animal agonizante al que de nuevo agita el sobresalto de una convulsión que parecía acabada, en el corazón, momentáneamente salvado, de Swann, el mismo sufrimiento volvió a trazar por sí mismo la misma cruz. Recordó aquellas noches de claro de luna en que, echado en su victoria que lo llevaba a la calle La Pérouse, cultivaba voluptuosamente dentro de sí las emociones del hombre enamorado, sin saber el fruto envenenado que necesariamente habían de producir. Pero todas estas ideas solo duraron el espacio de un segundo, el tiempo de llevarse la mano al corazón, recuperó el aliento y consiguió sonreír para disimular su tortura. Y ya volvía a plantearse sus preguntas. Porque a sus celos, después de haberse tomado el trabajo que un enemigo no se hubiera tomado para llegar a asestarle aquel golpe, para hacerle conocer el dolor más cruel que nunca hasta ese momento había sentido, a sus celos no les parecía que hubiera sufrido suficiente y trataban de hacerle recibir una herida más profunda todavía. Como una divinidad malvada, a Swann le inspiraban los celos y lo empujaban a su perdición. No fue culpa suya, sino solo de Odette si en un primer momento el suplicio no se agravó.

«Querida, le dijo, se acabó, ¿era con una persona que conozco?

»—No, te juro que no, pienso además que he exagerado, que nunca he llegado hasta ese punto.»

Swann sonrió y continuó:

«¿Qué quieres que te diga? No tiene importancia, pero es una lástima que no puedas decirme el nombre. Si pudiera imaginarme a la persona, eso me impediría pensar en ello. Lo digo por ti, porque así no volvería a molestarte. ¡Tranquiliza tanto imaginarse las cosas! Lo horrible es lo que uno no puede imaginar. Pero ya has sido muy amable, no quiero cansarte. Te agradezco de todo corazón todo el bien que me has hecho. Se acabó. Solo una cosa más: "¿Hace cuánto tiempo?".

»—Pero, Charles, ¿no ves que estás matándome, que todo eso es algo viejísimo? Nunca había vuelto a pensar en ello, se diría que quieres meterme esas ideas en la cabeza a toda costa. Pues sí que adelantarías mucho», dijo ella, con una estupidez inconsciente y una perfidia deliberada.

«¡Oh! Solo quería saber si ocurrió después de conocerte. Pero sería tan natural, ¿ocurría aquí? ¿No puedes indicarme una noche concreta, para ver si consigo recordar qué hacía yo esa noche? Como comprenderás, no es posible que no recuerdes con quién, Odette, amor mío.

»—Pero si no lo sé, creo que era en el Bois una noche que viniste a buscarnos a la isla. Habías cenado en casa de la princesa des Laumes», dijo Odette, feliz por proporcionar un detalle preciso que atestiguaba su veracidad. «En una mesa vecina había una mujer a la que no había visto hacía mucho. Me dijo: "Acompáñeme detrás de esa pequeña roca para ver el efecto del claro de luna en el agua". Lo primero que hice fue bostezar y respondí: "No, estoy cansada y me encuentro a gusto aquí". Ella me aseguró que nunca había habido un claro de luna como aquel. Yo le dije: "¡Cuánto cuento!"; sabía de sobra adónde quería ir a parar.»

Odette contaba esto casi riendo, bien porque le pareciese completamente natural, bien porque creyese atenuar así su importancia, o para no parecer humillada. Al ver la cara de Swann, cambió de tono:

«Eres un miserable, te diviertes torturándome, haciéndome decir las mentiras que digo solo para que me dejes en paz».

Este segundo golpe asestado a Swann era más atroz todavía que el primero. Nunca había supuesto que fuera una cosa tan reciente, oculta a sus ojos, incapaces de descubrirla, no en un pasado que no había conocido, sino en noches que recordaba muy bien, que había vivido con Odette, que había creído conocidas a la perfección por él y que ahora, retrospectivamente, adquirían algo de turbio y de atroz; en medio de ellos se abría de repente aquel abismo, aquel momento en la isla del Bois. Sin ser inteligente, Odette poseía el encanto de la naturalidad. Había contado, había remedado aquella escena con tanta sencillez que Swann, anhelante, veía todo: el bostezo de Odette, la pequeña roca. La oía responder —¡alegremente, por desgracia!—: «¡Cuánto cuento!». Intuía que aquella noche no le diría nada más, que no era de esperar ninguna revelación nueva en ese momento; le dijo: «Pobrecita mía, perdóname, me doy cuenta de que te hago sufrir, se acabó, ya no pienso en ello».

Pero Odette vio que sus ojos seguían fijos en las cosas que él no sabía y en aquel pasado de su amor, monótono y dulce en su memoria porque era vago, y que ahora desgarraba como una herida aquel minuto en la isla del Bois, al claro de luna, después de la cena en casa de la princesa des Laumes. Pero Swann estaba tan acostumbrado a encontrar interesante la vida —a admirar los curiosos descubrimientos que pueden hacerse en ella— que aun sufriendo hasta el punto de creer que no podría soportar por mucho tiempo semejante dolor, se decía: «La vida es realmente asombrosa y reserva bellas sorpresas; en resumen, el vicio es algo mucho más extendido de lo que se cree. He ahí una mujer en la que yo confiaba, que parece tan sencilla, tan honesta siempre, y que en cualquier caso, aunque ligera, parecía completamente normal y sana en sus gustos: a raíz de una denuncia inverosímil, la interrogo, y lo poco que me confiesa revela mucho más de lo que hubiera podido sospecharse». Pero no podía limitarse a estas observaciones desinteresadas. Trataba de apreciar exactamente el valor de lo que le había contado, para saber si debía llegar a la conclusión de que había hecho muchas veces aquellas cosas, de que volverían a ocurrir. Se repetía aquellas palabras que Odette había dicho: «Sabía de sobra adónde quería ir a parar», «Dos o tres veces», «¡Cuánto cuento!», pero no reaparecían desarmadas en la memoria de Swann, cada una tenía su puñal y le asestaba un nuevo golpe. Durante mucho tiempo, como un enfermo que no puede dejar de intentar repetir a cada instante el movimiento que le provoca dolor, se decía una y otra vez estas palabras. «Me encuentro a gusto aquí», «¡Cuánto cuento!», pero el sufrimiento era tan fuerte que se veía obligado a detenerse. Lo maravillaba que actos que siempre había juzgado con tanta ligereza, tan alegremente, se hubieran vuelto ahora tan graves como una enfermedad de la que se puede morir. Conocía muchas mujeres a las que hubiera podido pedir que vigilaran a Odette. Pero ¿cómo esperar que se situarían en el mismo punto de vista que él y no se atendrían al que durante tanto tiempo había sido el suyo, que siempre había guiado su vida voluptuosa, que no le dirían riéndose: «Maldito celoso que quiere privar de un placer a los demás»? ¿Por qué trampa abierta de repente a sus pies (él, que, en el pasado, de su amor por Odette solo había conocido delicados placeres) había sido precipitado bruscamente en este nuevo círculo infernal desde donde no vislumbraba cómo podría salir alguna vez? ¡Pobre Odette!, no le guardaba rencor. Solo era culpable a medias. ¿No se decía que fue su propia madre quien la había entregado, casi niña, en Niza, a un rico inglés? ¡Y qué dolorosa verdad adquirirían para él aquellas líneas del *Journal d'un poète* de Alfred de Vigny, que tiempo atrás había leído con indiferencia: «Cuando estamos dominados por el amor de una mujer, deberíamos decirnos: ¿Qué gente la rodea? ¿Qué vida ha sido la suya? Ahí descansa toda la felicidad de la existencia».[164] A Swann lo maravillaba que simples frases deletreadas por su pensamiento, como «¡Cuánto cuento!», «Sabía de sobra adón-

164. Cita aproximativa de una nota del *Diario de un poeta* —que no se publicó hasta 1867—, de Alfred de Vigny; corresponde al 22 de abril de 1831, período negro en la vida del escritor debido a las dificultades por las que atravesaba su relación con Marie Dorval: «Cuando uno se siente enamorado de una mujer, antes de comprometerse, debería decirse: "¿De quién está rodeada? ¿Cuál es su vida?". Toda la felicidad del futuro se basa en eso».

de quería ir a parar», pudieran hacerle tanto daño. Pero se daba cuenta de que lo que creía simples frases no eran sino las piezas de la armadura entre las que resistía, y que podía serle devuelto, el sufrimiento que había experimentado durante el relato de Odette. Porque era desde luego ese sufrimiento el que sentía de nuevo. Poco importaba que ahora supiese —y poco había de importar que, con el tiempo, olvidara un poco y perdonase—; en el momento en que se repetía aquellas palabras, el antiguo sufrimiento lo devolvía al estado en que se hallaba antes de que Odette hablase: ignorante, confiado; para que la confesión de Odette pudiera herirlo, sus crueles celos volvían a colocarlo en la posición de quien aún no sabe, y al cabo de varios meses aquella vieja historia seguía perturbándolo como una revelación. Admiraba el terrible poder recreador de su memoria. Solo del debilitamiento de esa generatriz cuya fecundidad disminuye con la edad podía esperar un alivio a su tortura. Pero cuando parecía un poco agotado el poder que para hacerle sufrir tenía una de las frases pronunciadas por Odette, una de aquellas en las que menos había reparado hasta entonces la mente de Swann, una frase casi nueva venía a relevar a las otras y lo golpeaba con un vigor intacto. El recuerdo de la noche en que había cenado en casa de la princesa des Laumes le resultaba doloroso, pero no era más que el centro de su mal. Mal que irradiaba confusamente a su alrededor durante todos los días siguientes. Y fuera cual fuese el punto de Odette que quisiera tocar en sus recuerdos, era toda la estación en la que los Verdurin habían cenado a menudo en la isla del Bois lo que le hacía daño. Tanto daño que, poco a poco, las curiosidades que en él excitaban sus celos fueron neutralizadas por el miedo a las nuevas torturas que se infligiría en caso de satisfacerlas. Se daba cuenta de que todo el período de la vida de Odette transcurrido antes de que ella lo conociese, período que nunca había tratado de imaginar, no era la extensión abstracta que veía vagamente, sino que había estado compuesto de años determinados, lleno de incidentes concretos. Pero temía que, al conocerlos, aquel pasado incoloro, fluido y soportable, adquiriese un cuerpo tangible e inmundo, un rostro individual y diabólico. Y seguía tratando de no concebirlo, no por pereza mental ahora, sino por miedo a sufrir. Esperaba que un día acabaría por poder oír el nombre de la isla del Bois, de la princesa des Laumes, sin sentir el antiguo desgarramiento, y le parecía imprudente provocar a Odette para que le proporcionase nuevas frases, el nombre de lugares, de circunstancias diferentes que, apenas calmado su daño, lo harían renacer bajo otra forma.

Pero a menudo las cosas que no conocía, que ahora temía conocer, era Odette misma quien se las revelaba espontáneamente, y sin darse cuenta; de hecho, la distancia que el vicio ponía entre la vida real de Odette y la vida relativamente inocente que Swann había creído, y que a menudo seguía creyendo, que llevaba su amante, de esa distancia la propia Odette desconocía la extensión: un ser vicioso, que siempre aparenta la misma virtud ante los seres que no desea que sospechen sus vicios, no tiene medio alguno de controlar hasta qué punto estos últimos, cuyo crecimiento continuo resulta insensible para él mismo, lo arrastran poco a poco lejos de los modos normales de vivir. En su cohabitación, en el seno del espíritu de Odette, con el recuerdo de las acciones que ocultaba a Swann, otras iban recibiendo poco a poco su reflejo, eran contagiadas, sin que ella acertase a ver nada extraño, sin que desentonasen en el ambiente particular en que las hacía vivir dentro de sí misma; pero si se las contaba a Swann, este se asustaba por la revelación del ambiente que dejaban traslucir. Un día intentaba preguntarle, sin herir a Odette, si alguna vez había estado en una casa de alcahuetas. A decir verdad, estaba convencido de que no; la lectura de la carta anónima había inducido aquella suposición en su inteligencia, pero de una forma mecánica; no le había prestado el menor crédito, pero de hecho se había quedado allí, y Swann, para librarse de la presencia puramente material pero sin embargo molesta de la sospecha, anhelaba que Odette la extirpase. «¡Oh, no! Y no es que no me persigan para eso», añadió, revelando en una sonrisa cierta satisfacción vanidosa, sin ocurrírsele ya que a Swann no podía parecer legítima. «Hay una, incluso, que ayer estuvo esperándome más de dos horas, me proponía el precio que yo quisiera. Al parecer hay un embajador que le ha dicho: "Me mato si no me la trae". Le dijeron que había salido, al final yo misma tuve que ir a hablar con ella para que se marchase. Me habría gustado que vieses cómo la traté, mi doncella que me oía desde la habitación de al lado me ha dicho que le gritaba hasta desgañitarme: "¡Pero si ya le he dicho que no quiero! Una idea así no me gusta. ¡Creo que soy libre de hacer lo que me dé la gana, digo yo! Si necesitase dinero, lo comprendo…". El portero tiene orden de no dejarla pasar. Dirá que estoy en el campo. ¡Ah!, me habría gustado que estuvieras escondido en alguna parte. Creo que habrías quedado satisfecho, querido. Ya ves, después de todo tu pequeña Odette tiene algo bueno, aunque algunos la encuentren tan detestable.»

Por otro lado, sus mismas confesiones, cuando se las hacía, de faltas que suponía descubiertas por Swann, servían a Swann sobre todo de punto de partida para nuevas dudas que no ponían término a las antiguas. Porque aquellas nunca guardaban exacta proporción con estas. Por más que Odette eliminase de su confesión todo lo esencial, en lo accesorio quedaba algo que Swann nunca había imaginado, que lo abrumaba con su novedad e iba a permitirle modificar los términos del problema de sus celos. Y esas confesiones, ya no podía olvidarlas. Su alma las acarreaba, las rechazaba, las acunaba, como a cadáveres. Y se envenenaba con ellas.

Una vez ella le habló de una visita que Forcheville le había hecho el día de la fiesta París-Murcia. «Pero ¿ya lo conocías? ¡Ah, sí, es cierto!», dijo él corrigiéndose para no parecer que lo había ignorado. Y de repente se echó a temblar pensando que, el día de aquella fiesta París-Murcia en que había recibido de ella una carta tan celosamente conservada, ella tal vez almorzaba con Forcheville en la Maison d'Or. Odette le juró que no. «Sin embargo, la Maison d'Or me recuerda no sé qué que luego supe que no era cierto», dijo para asustarla. «Sí, que yo no había ido allí la noche en que te dije que acababa de salir cuando tú me habías buscado en Prévost», le replicó (creyendo por su expresión que Swann lo sabía), con una decisión en la que, mucho más que cinismo, había timidez, miedo a contrariar a Swann y que por amor propio quería ocultarle, además del deseo de demostrarle que podía ser sincera. Por eso asestó el golpe con una precisión y un vigor de verdugo y que estaban exentos de crueldad porque Odette no era consciente del daño que hacía a Swann; e incluso se echó a reír, tal vez, sobre todo, para no parecer humillada, confusa. «Es cierto que no había estado en la Maison d'Or, que salía de casa de Forcheville. Había estado realmente en Prévost, eso sí que no era mentira, él me había encontrado allí y me había pedido que subiese a ver sus grabados. Pero había llegado no sé quién a verlo. Te dije que venía de la Maison d'Or, porque tenía miedo de que eso te molestase. Ya ves, de mi parte era más bien una gentileza. Pongamos que haya hecho mal, por lo menos te lo digo francamente. ¿Qué interés tendría en no decirte también que había almorzado con él el día de la fiesta París-Murcia, si fuera cierto? Sobre todo porque, en ese momento, nosotros dos apenas nos conocíamos, ¿verdad, querido?» Swann le sonrió con la repentina cobardía del ser extenuado en que le habían convertido aquellas palabras abrumadoras. Así pues, incluso en los meses en los que nunca más se había atrevido a volver a pensar porque habían sido demasiado felices, en esos meses en los que lo había amado, ¡ya le mentía! Como ese momento (la primera noche que habían «hecho catleya») en que le dijo que salía de la Maison Dorée, cuántos otros debía de haber encubriendo también una mentira que Swann no había sospechado. Recordó que un día ella le había dicho: «Bastaría decirle a Mme. Verdurin que mi vestido no estaba listo, que mi *cab* ha llegado tarde. Siempre hay un medio de apañárselas». Probablemente también a él, muchas veces en que le había dicho frases de esas que explican un retraso, que justifican un cambio de hora en una cita, sus palabras habían debido ocultar, sin que entonces lo sospechase, algún compromiso de Odette con otro, con otro al que había dicho: «Bastará con decirle a Swann que mi vestido no estaba listo, que

mi *cab* ha llegado tarde, siempre hay un medio de apañárselas». Y bajo todos los recuerdos más dulces de
Swann, bajo las palabras más simples que en el pasado
le dijera Odette, que él había creído como palabras del
evangelio, bajo los actos cotidianos que le había contado, bajo los lugares más habituales, la casa de su costurera, la avenida del Bois, el Hipódromo, sentía insinuarse, disimulada por ese excedente de tiempo que
hasta en las jornadas más detalladas aún deja margen,
espacio, y puede servir de escondite a ciertas acciones,
sentía insinuarse la posible y subterránea presencia de
mentiras que a sus ojos volvían innoble todo lo más
querido que le había quedado (sus mejores noches, la
calle de La Pérouse misma que Odette siempre había
debido dejar a horas distintas de las que le había dicho), haciendo circular por todas partes un poco del
tenebroso horror que había sentido al oír la confesión
relativa a la Maison Dorée, y, como las bestias inmun-
das en la Desolación de Nínive,[165] sacudiendo piedra a
piedra todo su pasado. Si ahora se retraía cada vez que
su memoria le decía el cruel nombre de la Maison Dorée, ya no era, como recientemente todavía en la velada
de Mme. de Saint-Euverte, porque le recordara una
felicidad que había perdido hacía mucho, sino una desgracia de la que justo acababa de enterarse. Luego, con
el nombre de la Maison Dorée ocurrió como con el de
la isla del Bois, dejó poco a poco de hacer sufrir a Swann.

165. Proust pudo leer la descripción que Ruskin hace en *La
Biblia de Amiens* —traducida por él en 1902— de los animales del
bajorrelieve del pórtico occidental de esa catedral. El propio tra-
ductor añadía la referencia bíblica: Sofonías, 2, 15; 1, 12, y 2, 14. El
bajorrelieve también figuraba reproducido en el libro de Mâle
L'Art religieux du XIIIe siècle en France.

Pues lo que creemos nuestro amor, nuestros celos, no es una misma pasión continua, indivisible. Se componen de una infinidad de amores sucesivos, de celos diferentes y que son efímeros, pero que por su multitud ininterrumpida dan la impresión de la continuidad, la ilusión de la unidad. La vida del amor de Swann, la fidelidad de sus celos, estaban hechas de muerte, de infidelidad, de innumerables deseos, de innumerables dudas que tenían todas a Odette por único objeto. Si hubiera estado mucho tiempo sin verla, los que morían no habrían sido reemplazados por otros. Pero la presencia de Odette continuaba sembrando el corazón de Swann de ternuras y sospechas alternadas.

Ciertas noches Odette se volvía de repente amabilísima con él, advirtiéndole con dureza que debía aprovecharlo en el acto, so pena de no verla aparecer en años; había que regresar inmediatamente a casa de Odette para «hacer catleya», y ese deseo que ella pretendía haberle inspirado era tan repentino, tan inexplicable, tan imperioso, las caricias que luego le prodigaba tan demostrativas y tan insólitas, que aquella brutal e inverosímil ternura entristecía tanto a Swann como una mentira y como una maldad. Una noche en que, obedeciendo la orden que ella le había dado, había vuelto con ella, y en que ella mezclaba sus besos con apasionadas palabras que contrastaban con su habitual sequedad, creyó oír de pronto un ruido; se levantó, buscó por todas partes, no encontró a nadie, pero no tuvo el valor de volver a ocupar su sitio al lado de Odette, quien entonces, en el colmo de la rabia, rompió un jarrón y le dijo: «¡Nunca se puede hacer nada contigo!». Y a él le quedó la duda de si ella no había escondido a alguien al que quisiera hacer sufrir de celos o excitar los sentidos.

A veces iba a casas de citas, esperando saber algo de ella, aunque sin atreverse a nombrarla. «Tengo una chiquilla que va a gustarle», decía la alcahueta. Y permanecía una hora hablando tristemente con alguna pobre muchacha extrañada de que no hiciese nada más. Una muy joven y encantadora le dijo un día: «A mí lo que me gustaría es encontrar un amigo, entonces él podría estar seguro, nunca volvería a irme con nadie. — ¿Crees de veras que a una mujer puede conmoverla tanto que la quieran que no te engañe nunca?, le preguntó Swann ansioso. — ¡Claro que sí! ¡Eso depende de los caracteres!». Swann no podía dejar de decir a las prostitutas las mismas cosas que habrían agradado a la princesa des Laumes. A la que buscaba un amigo, le dijo sonriendo: «¡Qué gentil! Te has pintado los ojos azules del color de tu cinturón. — También usted lleva puños azules. — ¡Bonita conversación tenemos para un sitio de este tipo! ¿No te aburro? Tal vez tengas algo que hacer. — No, dispongo de todo mi tiempo. Si usted me habría aburrido, se lo habría dicho.[166] Al contrario, me gusta mucho oírle hablar. — Me siento halagado. ¿Verdad que estamos charlando amablemente?, le dijo a la alcahueta que acababa de entrar. — Pues sí, justamente lo que estaba diciéndome. ¡Qué serios son! Ya ve, ahora a mi casa se viene a hablar. El otro día lo decía el príncipe, se está mucho mejor aquí que en el salón de su mujer. Parece que ahora en sociedad todas las mujeres tienen unos modales, ¡un verdadero escándalo! Me voy, que

166. Proust corrigió en galeradas *Si vous m'aviez ennuyée*, texto gramaticalmente correcto, por una incorrección: *Si vous m'auriez ennuyée, je vous l'aurais dit*, para resaltar la forma de hablar de la muchacha.

soy discreta». Y dejó a Swann con la muchacha que tenía los ojos azules. Pero él no tardó en levantarse y despedirse, la joven le resultaba indiferente, no conocía a Odette.

Como el pintor había estado enfermo, el doctor Cottard le aconsejó un viaje por mar; varios fieles hablaron de acompañarlo; los Verdurin no pudieron resignarse a quedarse solos, alquilaron un yate, después lo compraron, y de este modo Odette hizo frecuentes cruceros. Cada vez que se iba, al poco tiempo Swann tenía la sensación de que empezaba a distanciarse de ella, pero desde que sabía que Odette había vuelto, no podía pasar sin verla, como si esa distancia moral fuera proporcional a la distancia material. Una vez, aunque se marcharon solo por un mes, según creían, fuera porque sintiesen la tentación en ruta, o porque el señor Verdurin hubiera dispuesto las cosas de antemano para complacer a su mujer, y no lo hubiera comunicado a los fieles sino sobre la marcha, de Argelia fueron a Túnez, luego a Italia, y más tarde a Grecia, a Constantinopla, en Asia Menor. El viaje duraba ya casi un año. Swann se sentía totalmente tranquilo, casi feliz. Aunque Mme. Verdurin hubiera intentado persuadir al pianista y al doctor Cottard de que la tía del uno y los enfermos del otro no los necesitaban y que en cualquier caso era una imprudencia dejar que Mme. Cottard regresara a París, donde según el señor Verdurin había una revolución,[167]

167. La única revolución del período fue la Comuna, en 1871. Es otra fecha más en la cronología llena de anacronismos y contradicciones del episodio de amor de Swann, que una vez el narrador sitúa «antes de mi nacimiento», otra «hacia la época de mi nacimiento», y otra después «del matrimonio de mi madre». Podría figurar también como revolución el intento de golpe de Estado del general Georges Boulanger, que el 27 de enero de 1889, la noche

se vio obligada a devolverles la libertad en Constantinopla. Y el pintor se fue con ellos. Un día, poco después del regreso de estos tres viajeros, al ver pasar un ómnibus en dirección al Luxembourg, donde tenía algo que hacer, Swann había saltado dentro y allí se había encontrado sentado frente a Mme. Cottard, que hacía su gira de visitas «de días de recibir» en atuendo de gala, pluma en el sombrero, vestido de seda, manguito, *en-tout-cas*,[168] tarjetero y guantes blancos impecables. Revestida con esas insignias, cuando hacía buen tiempo iba a pie de una casa a otra, dentro de un mismo barrio, pero para ir luego a un barrio distinto utilizaba el ómnibus con billete circular. Durante los primeros instantes, antes de que la natural amabilidad de la mujer hubiera podido romper la rigidez de la pequeña burguesa, y sin saber muy bien por otra parte si debía hablar a Swann de los Verdurin, pronunció con toda naturalidad con su voz lenta, torpe y dulce que por momentos el ómnibus cubría totalmente con su estruendo, unas palabras elegidas entre las que oía y repetía en las veinticinco casas cuyas escaleras subía al cabo de una jornada:

«No le pregunto, señor, si un hombre que, como usted, está al día ha visto, en los Mirlitons,[169] el retrato de

---

en que fue elegido diputado por París, estaba dispuesto a marchar contra el Elíseo con su tropa; el 1 de abril siguiente, Boulanger huyó a Bruselas.

168. Sombrilla que también puede servir de paraguas.

169. El Cercle des Mirlitons (1860) venía organizando exposiciones de pintura y terminó fundiéndose con el Cercle des Champs-Élysées (1872) en 1887 para fundar la Union Artistique, que todos los años preparaba la exposición de los Mirlitons en la calle Boissy-d'Anglas, cerca de la Concorde.

Machard,[170] que hace correr a todo París. Y bien, ¿qué me dice de él? ¿Pertenece usted al bando de los que aprueban o al bando de los que censuran? En todos los salones no se habla más que del retrato de Machard, y no es uno *chic*, no es uno puro y no está uno en la onda, si no se opina sobre el retrato de Machard».

Cuando Swann respondió que no había visto ese retrato, Mme. Cottard temió haberlo molestado por obligarle a confesarlo.

«¡Ah!, eso está muy bien, por lo menos lo admite francamente, no se cree deshonrado por no haber visto el retrato de Machard. Me parece estupendo de su parte. Pues bien, yo sí lo he visto, y las opiniones están divididas; unos lo encuentran un poco relamido, un poco nata batida, a mí me parece ideal. Evidentemente, no se parece a las mujeres azules y amarillas de nuestro amigo Biche. Pero debo confesárselo francamente, no le pareceré muy *fin de siècle*, pero lo digo como lo pienso, no lo comprendo. Dios mío, reconozco las cualidades que hay en el retrato de mi marido, es menos raro que lo que suele hacer, pero ha tenido que ponerle unos bigotes azules. ¡Mientras que Machard! Mire, precisamente el marido de la amiga a cuya casa voy en este momento (que me proporciona el gratísimo placer de viajar en su compañía) le ha prometido, si lo nombran para la Academia (es uno de los colegas del doctor), encargarle su retrato a Machard. ¡Evidentemente es un bello sueño! Tengo otra amiga que asegura que prefiere a Leloir.[171]

170. Jules-Louis Machard (1839-1900) se presentó como pintor en el Salón de 1863; fue uno de los retratistas académicos más apreciados del momento.

171. Fueron varios los pintores de ese apellido: Auguste (1809-1892), autor de cuadros históricos y religiosos, y sus hijos Louis

Yo no soy más que una pobre profana y quizá Leloir sea superior en cuanto a técnica. Pero creo yo que la primera cualidad de un retrato, sobre todo cuando cuesta diez mil francos, es parecerse, y con un parecido agradable.»

Después de haber dicho estas palabras que le inspiraban la altura de la pluma del sombrero, las iniciales del tarjetero, el numerito grabado a tinta en sus guantes por el tintorero y el apuro de hablar a Swann de los Verdurin, Mme. Cottard, viendo que aún estaban lejos de la esquina de la calle Bonaparte donde el conductor debía dejarla, escuchó a su corazón, que le aconsejaba otras palabras.

«Seguro que le han silbado los oídos, señor, le dijo, durante el viaje que hemos hecho con Mme. Verdurin. Solo se hablaba de usted.»

A Swann le sorprendió mucho, suponía que su nombre no se profería nunca delante de los Verdurin.

«Además, añadió Mme. Cottard, con nosotros estaba Mme. de Crécy, y con eso está todo dicho. Donde quiera que esté, Odette nunca puede pasar mucho tiempo sin hablar de usted. Y ya puede suponer que no para mal. ¡Cómo!, ¿lo duda?», dijo al ver un gesto escéptico de Swann.

Y, arrastrada por la sinceridad de su convicción, sin poner por otro lado malicia alguna en esa palabra que solo utilizaba en el sentido que se emplea para hablar del afecto que une a dos amigos:

«¡Pero si le adora! ¡Ah, creo que no podría decirse esto en presencia de Odette! ¡Buena la haríamos! A

(1843-1884) y Maurice (1853-1940), que consiguieron una discreta fama como acuarelistas e ilustradores académicos a finales de siglo.

propósito de cualquier cosa, por ejemplo, si estábamos viendo un cuadro, decía: "¡Ay!, si estuviese aquí, él sí que sabría decirle si es auténtico o no. Nadie como él para eso". Y a cada instante preguntaba: "¿Qué puede estar haciendo ahora? ¡Con tal de que trabaje un poco! ¡Qué pena que un joven tan dotado sea tan perezoso!". (Me perdona usted, ¿verdad?) "Estoy viéndolo en este momento, piensa en nosotros, se pregunta dónde estamos." Y hasta dijo una frase que a mí me gustó mucho; el señor Verdurin le decía: "Pero ¿cómo puede ver lo que hace en este momento si está usted a ochocientas leguas de él?". Entonces Odette le replicó: "No hay nada imposible para los ojos de una amiga". No, se lo juro, no le digo todo esto para halagarlo, en ella tiene usted una verdadera amiga como no hay muchas. Además le diré por si no lo sabe que es usted el único. Mme. Verdurin me lo repetía el último día (ya sabe que, en vísperas de una partida, se habla con más confianza): "No digo que Odette no nos quiera, pero todo lo que le digamos no tendría mucho peso en comparación con lo que Swann le diría". ¡Oh, Dios mío!, el conductor está parándome, charlando con usted se me iba a pasar la calle Bonaparte… ¿Sería usted tan amable de decirme si llevo la pluma derecha?».

Y Mme. Cottard sacó de su manguito para tendérsela a Swann su mano enguantada de blanco de la que escapó, junto con un billete circular, una visión de vida elegante que invadió el ómnibus, mezclada al perfume del tintorero. Y Swann sintió una ternura desbordante por ella, tanto como por Mme. Verdurin (y casi tanto como por Odette, pues como al sentimiento que le inspiraba esta última ya no se mezclaba el dolor, apenas si era amor), mientras desde la plataforma, siguiéndola con una mirada enternecida, la vio enfilar valerosamente la calle Bonaparte, con la pluma enhiesta, recogiéndose la falda con una mano, empuñando con la otra su *en-tout-cas* y el tarjetero cuyas iniciales exhibía mientras dejaba balancearse delante de ella su manguito.

Para competir con los sentimientos enfermizos que Swann tenía por Odette, Mme. Cottard, mejor terapeuta de lo que hubiera sido su marido, había injertado junto a ellos otros sentimientos, normales en este caso, de gratitud, de amistad, sentimientos que en la mente de Swann volverían a Odette más humana (más semejante a las otras mujeres, porque también otras mujeres podían inspirárselos), acelerarían su transformación definitiva en aquella Odette amada con un afecto apacible que una noche, después de una fiesta en casa del pintor, lo había llevado a su casa para beber un vaso de naranjada con Forcheville, y a cuyo lado Swann había entrevisto la posibilidad de vivir feliz.

Tiempo atrás había pensado muchas veces con terror en que un día dejaría de estar enamorado de Odette, se había prometido permanecer alerta y, en cuanto sintiese que su amor empezaba a abandonarlo, aferrarse a él, retenerlo. Pero resulta que el debilitamiento de su amor correspondía simultáneamente a un debilitamiento del deseo de seguir enamorado. Porque no se puede cambiar, es decir convertirse en otra persona, mientras seguimos obedeciendo a los sentimientos de la que ya no existe. A veces el nombre leído en un periódico de uno de los hombres que según sus sospechas podía haber sido amante de Odette volvía a darle celos. Pero eran muy leves, y como le demostraban que aún no había salido por entero de aquel período en que tanto había sufrido —aunque también en él conociera

317

una forma de sentir tan voluptuosa— y cuyas bellezas quizá le permitirían seguir vislumbrando furtivamente y de lejos los azares del camino, estos celos le procuraban más bien una excitación agradable, como al melancólico parisino que deja Venecia para regresar a Francia un último mosquito le demuestra que todavía no están muy lejos Italia y el verano. Pero la mayoría de las veces, cuando se esforzaba si no para permanecer en ese período tan particular de su vida del que estaba saliendo, al menos para tener una visión clara mientras todavía pudiera, se daba cuenta de que ya no podía; habría querido percibir como un paisaje que iba a desaparecer aquel amor que acababa de dejar; pero es tan difícil desdoblarse y ofrecerse a sí mismo el espectáculo verídico de un sentimiento que hemos cesado de poseer, que enseguida, al hacerse la oscuridad en su cerebro, ya no veía nada, renunciaba a mirar, se quitaba los lentes, limpiaba los cristales; y se decía que más valía descansar un poco, que aún dispondría de tiempo dentro de un rato, y se refugiaba, falto de curiosidad, en el embotamiento del viajero adormecido que se cala el sombrero hasta los ojos para dormir mientras siente que el vagón lo va llevando, cada vez más deprisa, lejos del país donde ha vivido tanto tiempo y que se había prometido no dejar escapar sin darle un último adiós. Incluso, como ese viajero que solo se despierta en Francia, cuando Swann recogió por casualidad a su lado la prueba de que Forcheville había sido amante de Odette, notó que ya no sentía dolor alguno, que ahora el amor quedaba lejos, y lamentó no haber sido advertido del momento en que lo abandonaba para siempre. Y del mismo modo que antes de besar a Odette por primera vez había tratado de imprimir en su memoria el rostro que ella había tenido tanto tiempo para él y que iba a transformar el recuerdo de ese beso, así hubiera querido, con el pensamiento al menos, haber podido despedirse, mientras aún existía, de aquella Odette que le inspiraba amor, celos, de aquella Odette que le causaba sufrimientos y a la que ahora no volvería a ver jamás. Se equivocaba. Debía volver a verla una vez más, pocas semanas después. Fue durmiendo, en el crepúsculo de un sueño. Paseaba él con Mme. Verdurin, el doctor Cottard, un joven con fez al que no conseguía identificar, el pintor, Odette, Napoleón III y mi abuelo, por un camino que, cortado a pico sobre el mar, lo bordeaba unas veces a gran altura, otras solo a unos metros, de suerte que constantemente subían y bajaban; los paseantes que bajaban no eran ya visibles para los que aún subían, la poca luz que quedaba menguaba y entonces parecía que iba a extenderse de inmediato una noche negra. Por momentos las olas saltaban hasta el borde y Swann sentía en su mejilla salpicaduras heladas. Odette le decía que se las secara, pero no podía y se sentía confuso ante ella, como si estuviera en camisón. Esperaba que a causa de la oscuridad nadie se diera cuenta, pero sin embargo Mme. Verdurin clavó en él una mirada sorprendida durante un largo rato en el que vio deformarse la cara de la mujer, alargarse su nariz, y que tenía grandes bigotes. Apartó la vista para mirar a Odette, tenía pálidas las mejillas, con puntitos rojos, unas facciones tensas, ojeras, pero ella lo miraba con ojos llenos de ternura dispuestos a desprenderse como lágrimas para caer sobre él, y Swann sentía que la amaba tanto que habría querido llevársela enseguida. De repente Odette giró la muñeca, miró un relojito y dijo: «Tengo que irme», se despedía de todos, de la misma forma, sin llevar aparte a Swann, sin decirle dónde volvería a verlo aquella noche o algún otro día. No se atrevió a preguntárselo, habría querido seguirla y estaba obligado, sin volverse hacia ella, a responder sonriendo a una pregunta de Mme. Verdurin, pero su corazón palpitaba horriblemente, sentía odio hacia Odette, habría deseado arrancarle los ojos que tanto amaba hacía un momento, aplastar aquellas mejillas sin lozanía. Continuaba subiendo con Mme. Verdurin, es decir alejándose a cada paso de Odette, que descendía en sentido inverso. Al cabo de un segundo, hacía muchas horas que ella se había ido. El pintor hizo notar a Swann que Napoleón III se había eclipsado un instante después que ella. «Seguro que estaban de acuerdo, añadió, han debido reunirse al pie de la cuesta pero no han querido despedirse a la vez por las conveniencias. Ella es su amante.» El joven desconocido se echó a llorar. Swann trató de consolarlo. «Al fin y al cabo, ella tiene razón», le dijo enjugándole los ojos y quitándole el fez para que estuviera más cómodo. «Se lo he aconsejado diez veces. ¿Por qué entristecerse? Era desde luego el hombre que podía comprenderla.» Así hablaba Swann consigo mismo, porque el joven al que no había podido identificar al principio también era él; como ciertos novelistas, había distribuido su personalidad en dos personajes, el que soñaba, y otro que veía delante de sí tocado con un fez.

En cuanto a Napoleón III, era a Forcheville al que alguna vaga asociación de ideas, luego cierta modificación en la fisonomía habitual del barón, y por último el gran cordón de la Legión de honor que llevaba al pecho, le habían hecho dar ese nombre; pero en realidad, y por todo lo que el personaje presente en el sueño representaba para él y le recordaba, era desde luego Forcheville. Porque, de imágenes incompletas y cambiantes, Swann, dormido, sacaba deducciones falsas, pero por otra parte dotadas de tal poder creativo que se reproducían por simple división como ciertos organismos inferiores; con el calor sentido en la palma de su propia mano modelaba el hueco de una mano ajena que creía estrechar y, de sentimientos y de impresiones de los que aún no era consciente, hacía nacer peripecias que, por su encadenamiento lógico, introducirían en el momento oportuno en el sueño de Swann al personaje necesario para recibir su amor o provocar su despertar. De repente se hizo noche profunda, tocaron a rebato, los habitantes pasaron corriendo, escapando de unas casas en llamas; Swann oía el fragor de las olas que saltaban y su corazón que, con la misma violencia, palpitaba de ansiedad en su pecho. De pronto las palpitaciones de su corazón aumentaron la velocidad, sintió un dolor, una náusea inexplicable; un aldeano cubierto de quemaduras le gritaba al pasar: «Vaya a preguntar a Charlus adónde ha ido Odette a terminar la velada con su compañero, en el pasado estuvo con ella y ella se lo cuenta todo. Son ellos los que han prendido el fuego». Era su ayuda de cámara que venía a despertarle y le decía:

«Señor, son las ocho y está aquí el peluquero, le he dicho que vuelva dentro de una hora».

Pero estas palabras, penetrando en las ondas del sueño en que Swann se hallaba sumido, no habían llegado a su conciencia sino después de sufrir esa desviación que hace que en el fondo del agua un rayo de luz parezca un sol, lo mismo que un momento antes el ruido de la campanilla, adquiriendo en el fondo de esos abismos una sonoridad de rebato, había engendrado el episodio del incendio. Mientras tanto el decorado que tenía ante los ojos se deshizo en polvo; abrió los ojos, oyó una última vez el rumor de una de las olas del mar que se alejaba. Se tocó la mejilla. Estaba seca. Y sin embargo recordaba la sensación del agua fría y el sabor de la sal. Se levantó, se vistió. Había hecho venir temprano al peluquero porque la víspera le había escrito a mi abuelo que iría por la tarde a Combray, tras haberse enterado de que Mme. de Cambremer —de soltera Mlle. Legrandin— debía pasar allí unos días. Asociando en su recuerdo a la seducción de aquel rostro joven el de una campiña a la que no había ido desde hacía tanto tiempo, juntos le ofrecían un atractivo que por fin le había decidido a dejar París por unos días. Como los distintos azares que nos ponen en presencia de ciertas personas no coinciden con el tiempo en que las amamos, sino que, sobrepasándolo, pueden producirse antes de que comience y repetirse después de haber acabado, las primeras apariciones que hace en nuestra vida un ser destinado a gustarnos más tarde adquieren retrospectivamente a nuestros ojos un valor de advertencia, de presagio. De esta forma se había remitido Swann con frecuencia a la imagen de Odette cuando la vio en el teatro, aquella primera noche en que no pensaba volver a verla nunca — y ahora se acordaba de la velada de Mme. de Saint-Euverte en que había presentado el general de Froberville a Mme. de Cambremer. Son tan múltiples los intereses de nuestra vida que no es raro que, en una misma circunstancia, los jalones de una felicidad que aún no existe sean puestos al lado del agravamiento de una pena que sufrimos. Y sin duda es lo que habría podido ocurrirle a Swann en cualquier parte menos en casa de Mme. de Saint-Euverte. ¿Quién sabe incluso si, en caso de encontrarse esa noche en otra parte, no le habrían ocurrido otras dichas, otras penas que luego le hubieran parecido igual de inevitables? Pero lo que le parecía haberlo sido era lo que había ocurrido, y no estaba lejos de ver algo providencial en el hecho de haberse decidido a ir a la velada de Mme. de Saint-Euverte, porque su mente deseosa de admirar la riqueza de invención de la vida e incapaz de plantearse por mucho tiempo una pregunta difícil, como saber qué hubiera sido más deseable, consideraba en los sufrimientos que había padecido aquella noche y en los placeres aún insospechados que ya estaban germinando —y entre los que era demasiado difícil hacer el balance— una especie de encadenamiento necesario.

Pero mientras que, una hora después de despertarse, daba indicaciones al peluquero para que su peinado a cepillo no se deshiciese en el vagón, volvió a pensar en su sueño, volvió a ver, porque las había sentido muy cerca, la tez pálida de Odette, las mejillas demasiado flacas, las facciones tensas, las ojeras, todo lo que —en el curso de las sucesivas ternuras que habían hecho de su duradero amor por Odette un largo olvido de la primera imagen que de ella había recibido— había dejado de notar desde los primeros tiempos de su relación en los que sin duda, mientras dormía, su memoria había ido a buscar la sensación exacta. Y con aquella grosería intermitente que reaparecía en él en cuanto no era desgraciado y que, al mismo tiempo, rebajaba el nivel de su moralidad, exclamó para sí: «¡Y pensar que he echado a perder varios años de mi vida, que he querido morirme, que he tenido mi mayor amor por una mujer que no me gustaba, que no era mi tipo!».

AUSTRAL SINGULAR reúne las obras más emblemáticas de la literatura universal en una edición única.

TÍTULOS DE LA COLECCIÓN:

El fantasma de la Ópera, Gaston Leroux

En las montañas de la locura, H. P. Lovecraft

Mujercitas, Louisa May Alcott

Moby Dick, Herman Melville

Veinte poemas de amor y una canción desesperada, Pablo Neruda

1984, George Orwell

Los pazos de Ulloa, Emilia Pardo Bazán

Cuentos, Edgar Allan Poe

Un amor de Swann, Marcel Proust

Hamlet, William Shakespeare

Romeo y Julieta, William Shakespeare

Frankenstein, Mary Shelley

Rojo y negro, Stendhal

Drácula, Bram Stoker

Ana Karenina, Liev N. Tolstói

Guerra y paz, Liev N. Tolstói

La guerra de los mundos, H. G. Wells

El retrato de Dorian Gray, Oscar Wilde

La señora Dalloway, Virginia Woolf

Una habitación propia, Virginia Woolf

AUSTRAL